U0508283

有爱的青春陪伴者

微风轻轻起,我好喜欢你 2

扣子依依 KOUZIYIYI / 作品 ZUOPIN

花山文艺出版社

图书在版编目（CIP）数据

微风轻轻起，我好喜欢你. 2 / 扣子依依著. —石
家庄：花山文艺出版社，2019.5
ISBN 978-7-5511-4620-3

Ⅰ. ①微… Ⅱ. ①扣… Ⅲ. ①长篇小说－中国－当
代 Ⅳ. ①I247.5

中国版本图书馆CIP数据核字（2019）第082232号

书　　名：微风轻轻起，我好喜欢你2
著　　者：扣子依依

策　　划：张采鑫
责任编辑：董　舸
特约编辑：廖晓霞
装帧设计：刘　艳　西　楼
封面绘制：高梦雪　潘小寻
出版发行：花山文艺出版社（邮政编码：050061）
　　　　　（河北省石家庄市友谊北大街330号）

销售热线：0311-88643221/29/35/26
传　　真：0311-88643225
印　　刷：长沙鸿发印务实业有限公司
经　　销：新华书店
开　　本：880×1230　　1/32
印　　张：9
字　　数：218千字
版　　次：2019年7月第1版
　　　　　2019年7月第1次印刷
书　　号：ISBN 978-7-5511-4620-3
定　　价：36.80元

目录

目录
Contents

分手

第一章

"沈小姐，房子我已经全部打扫干净了，您要不要出来检查一下？"

家政阿姨的声音从门口传来，让原本正在书房里对着电脑翻看照片的沈诗婳回过了神。她回头对家政阿姨微笑道："不用的，今天辛苦您了吴阿姨，不早了，您快回家休息吧。"

"哎，好的。"吴阿姨对诗婳笑了笑，又问道，"那下周，我还是同一时间过来您这边打扫吗？"

诗婳的神情顿了顿，摇头道："这个我暂时没办法告诉你，不然等锦旭回来，我让他联系您再约时间吧。"

"好的，那我这就先走了。"

家政阿姨离开后，诗婳重新将注意力转移到面前的电脑上。她正在一张张翻看的，是两年前她大学毕业的时候，她们整个宿舍的人在学校里照的毕业照。

她记得为了那次毕业照，她们宿舍四姐妹还专门租了一套漂亮的小礼服，在学校各个地方拍了很多照片，留下了很多快乐的记忆。

那时候照片里的四个人都还显得有些稚嫩，未被社会洗涤过的脸上洋溢着对未来的憧憬，看上去充满活力。诗婳更是如此，四十多张毕业照里，每一张她都对着镜头笑得很开心，不知道的人以为她是因为毕业找到了好工作才这么高兴，只有她自己知道，她无法压抑的笑是因为什么。

啊……大概是因为拍毕业照之前不久，她深爱了四年的林锦旭终于答应跟她在一起了吧。

即便是现在想一想，诗婳的脸上都还是忍不住露出淡淡的笑意来，被喜欢的人接受这件事，似乎无论过了多久都能让人心潮澎湃。

可是此刻，她脸上的笑容没能像照片里维持那么久，没过多久就被落寞和疲惫取代了。

诗婳轻叹一口气，关掉了照片页面，起身正准备去衣帽间挑选今晚要穿的衣服，放在一旁的手机忽然响了起来。

这个电话正是她大学舍友之一的赵小果打来的，诗婳连忙接通了，那边立刻传来赵小果标志性的大嗓门："诗婳，今晚七点咱们四个在珠粤味道餐厅见，你没忘记吧！"

诗婳无奈地笑着说："这几天你几乎每天都打电话提醒我一次，你觉得我能忘记吗？"

赵小果爽快地笑道："哈哈哈，我那不是想你了嘛！自从大学毕业之后就再没见过你了，这回好不容易把你约出来，你可千万不能放我们鸽子啊！"

"你放心，我一定准时到。"诗婳说道。

"行，那就先这样，我们晚上慢慢聊！"

挂断电话后，诗嫿走进衣帽间，想给自己挑一身衣服，毕竟也毕业两年了，舍友再度见面她想打扮得正式一点。但是，她才一拉开衣柜，看着里面的东西不禁愣了神。

衣帽间里其中一整面墙，都被设计成了衣柜，左边一半用来放诗嫿的各种衣服，而右边一侧放着的衣服，则是属于林锦旭的。诗嫿望着那一套套的高定西装，还有各种男士休闲服，忍不住凑近了吸一口气，上面似乎还残留着属于林锦旭的一点味道。

那种熟悉的，却似乎又很陌生的味道。

可是这些衣服的主人，已经连续八天没有回过这个家了。

诗嫿不禁苦笑着叹了口气，收回了自己的视线，从衣架上挑选了要穿的衣服，整理好东西便起身出门了。

她提早十分钟到达了约定的餐厅，才停好车下来，就看见宿舍里的三姐妹站在餐厅门口，激动地对着她挥手："诗嫿，诗嫿！这边！"

两年后再度和曾经关系最亲密的舍友见面，诗嫿脸上露出几分笑容，快步朝她们走过去，带着歉意说："你们都到了啊，等我很久了吗？"

"没有没有，我们也是才到。"赵小果笑着解释，"刚在门口还没聊两句，就看见一辆法拉利开过来，我就和殷菲打赌说开车的人肯定是你，没想到被我猜对了，哈哈哈！"

被赵小果提到的舍友殷菲听了并没有什么太大的反应，只是神情淡然地站在旁边，第三个舍友何楚珺则惊呼一声围了上来，拉着诗嫿连连感叹道："哇，你这个包是爱马仕的吧，我都只在网上见过，还有这条裙子，香奈儿经典款吗？诗嫿，你过得好好啊，真羡慕你。"

诗嫿笑道："两年没见，你还是和过去一样最喜欢研究这些东西。好了，咱们不要站在门口聊了，进去再说吧。"

于是，四个人热热闹闹地进了门。在餐厅里落座点菜之后，大家忍不住七嘴八舌地聊了起来。

诗婳也从中了解到三个舍友如今的生活状况：

赵小果毕业后没有从事本科所学的会计工作，而是去了一家保险公司卖保险，凭她能说会道的本事这两年业绩还不错；何楚珺去了一家私企做文职工作，虽然薪水一般，不过前段时间找到了合适的男友，准备年底结婚；而殷菲最厉害，凭自己的努力考到了 CPA 证书，如今在一家大型事务所做审计。

三个舍友交流完自己这两年的经历后，自然而然地把话题转移到诗婳身上，赵小果问道："诗婳，那你呢？这两年每次班级群组织同城的同学出来聚餐什么的，你都不去，你到底在忙什么呀，我们每次问你，你也不说。"

何楚珺笑着问："是不是忙着做林锦旭的全职太太，所以不想出来呀？"

诗婳想了想，发现何楚珺说得也不算错，便回答道："毕业那阵子我不是找到一份外企的工作了吗，起初……我是工作了半年的，不过后来锦旭嫌我总是要加班，就让我别去上班，也不太喜欢我出来走动。"

"看吧，我果然没猜错，就是全职太太嘛。"何楚珺十分羡慕地说，"你可真幸福啊，诗婳。我现在每天上班，累得像狗一样却还赚不到几个钱，可是你呢，过得那么逍遥自在，打扮得就像网上那些贵妇一样，一个包的价格就顶我两年工资了，唉……人与人的差距怎么就这么大啊！"

赵小果听了，埋汰她道："你有人家诗婳那么漂亮吗？你有她对林锦旭那么执着的心吗？这些你都做不到，肯定没办法像她一样啊。"

"也是哦。"何楚珺点了点头，"诗婳的性格很坚忍，想做的事情一定会做到，这个我早就体会到了。不过……说句老实话，我是真没想到你……你能追到林锦旭的，当时认识的人就没有看好你的吧，大家不都劝你别追他了嘛，谁料你还是做到了。诗婳，你的事情现在在同学圈子里都还是传说呢。"

是啊，一个父母离异、家境贫困的女生，连续三年多追求学校里英俊潇洒、家产过亿的有名富二代，死缠烂打多年后终于把他追到了手，这种事情，自然会被大家议论纷纷的。

若是在两年前听到舍友这么说，只怕诗婳心中还会有几分自豪，可是现在她听到了，只觉得无奈又沧桑。她摇了摇头，说道："什么传说，只是那个时候太过不顾一切罢了，现在想想，当时我也确实够傻的。"

赵小果安慰道："别这么说嘛，起码现在你赢了，打败了那么多追求林锦旭的姑娘，以后幸福的是你啊！哎，对了，你们也在一起两年了，打算什么时候结婚啊，到时候一定要叫上我们啊！"

结婚吗？诗婳不禁苦笑了一下，林锦旭以后自然是会结婚的，只是那个对象肯定不是自己罢了。

她摇了摇头："我们还从来没谈过结婚的事情。"

"啊？可是你们都谈了两年了啊……"赵小果听了有些惊讶，"是不是他工作太忙了？我看网上新闻说他家最近在搞什么收购，生意越做越大了啊。"

诗婳苦笑着摇了摇头，索性跟大家说了实话："不是，其实……我们应该要分手了。"

这话一出，剩下三个人不禁都愣住了，最后还是一直沉默没说话的殷菲第一个反应过来，她冷冷地笑了一声，说道："早就料到有这一天了。"

赵小果和何楚珺听了连忙打圆场。

赵小果说："哎，你乱说什么呢！诗婳，你别放在心上啊，殷菲这丫头刀子嘴豆腐心你是知道的。"

"嗯，没事的。"诗嫚说着忽然感觉小腹有点疼，便起身道，"我肚子不太舒服，去一下卫生间，你们先聊着。"

算算时间，诗嫚本以为是自己的例假要来了，可是去了卫生间一趟回来发现并没有来。她低着头朝座位走去，却在走过餐厅拐角处时，听到不远处的三个舍友正大声争论着什么。

赵小果的声音听上去有点生气："殷菲，你刚刚是不是太过分了，什么叫'早就料到有这一天'，你明明知道诗嫚有多喜欢林锦旭，咱们两年没见了，如今好不容易见一次，你说些鼓励她的话不就好了，为什么一定要怼她呢？你没看出她脸色都不对了吗？"

殷菲冷冰冰地回应道："她现在活得跟只金丝雀一样，估计过不了多久就要被林锦旭甩了，你还让我鼓励她？我恨不得拿盆凉水浇醒她！"

何楚珺小声道："我也觉得诗嫚看上去挺不开心的，她以前绝对不是这样子。唉，我还以为她过得很好呢，没想到竟然要分手了，不知道她会不会以为我刚刚说那么多是在故意酸她。"

"她怎么可能过得好。"殷菲冷静地分析，"早几年前我就劝过她了，林锦旭心里根本就没有她，强扭的瓜不甜，就算把人追到手又怎么样，人家心又不在她这儿！现在好了吧，她连个工作都没有，等被甩了难道让她去喝西北风？"

"林锦旭那么有钱，应该不会这么绝情，分手费多多少少会给一点吧……"何楚珺小声道。

殷菲气得一拍桌子："什么分手费！我告诉你，做人就应该靠自己，不要妄想靠别人！她以前在校时成绩那么好，要是没有像中降头一样去追什么林锦旭，毕业后好好工作不辞职，现在肯定比我赚得多！"

赵小果叹了口气，语气有着社会人的沧桑："各人有各人的活法，殷菲，你选择了你想要的路，诗嫚选了她想要的。大家都是成年人了，你可以不赞同她的人生选择，但我觉得你也就在我们面前说说吧，不要想着去影响诗嬿了。她性子那么倔，我们劝了四年都没劝动，现在肯定也不会听我们的。"

殷菲听了没吭声，可是躲在拐角处的诗嬿却无法再继续躲下去了，她慢慢走到她们面前，淡淡地笑道："谁说我不会听你们的？"

三个舍友愣住了，意识到诗嬿听到了她们刚刚的对话，赵小果和何楚珺都有点尴尬，只有殷菲冷着脸问她："你是不是觉得我刚刚那么说，是嫉妒你现在像个贵妇一样过得好？"

"没有。"诗嬿认真地说，"我们同宿舍四年，我知道你们都是真的关心我。你能那么说，我其实很感动。我今天来就是想告诉你们，其实要和林锦旭分手是我的想法，我……决定放弃他了。"

此话一出，赵小果和何楚珺顿时都瞪大了眼睛。赵小果问："真的假的？你……你终于想明白了，不喜欢他了？"

诗嬿有些感慨地说："说一点都不喜欢他了，那肯定是假的。不过这些年经历了那么多事，我对他的感情已经没有当初那么深了。"

"唉……"何楚珺听了不禁叹息，"有句话我一直没敢问你，既然你今天跟我们挑明，那我就问了。你追了林锦旭这么多年，有没有觉得很累的时候？"

诗嬿认真地思考了一下，说道："起初那两年是没有的，当时他简直就是我的全世界，无论为他做什么我都觉得值得。可是……或许人都是有惰性的吧，无论做什么都会有疲惫的一天，更何况他从来没有回应过我。我现在也想明白了，再耗下去也只是浪费时间，我不想再钻牛角尖了。"

赵小果听了不禁红了眼眶，轻轻抓住了诗嬿的手鼓励她。而殷菲则双手抱胸，冷静地看着她："你想好了，真的要分手？你可别分手之后过几天又来找我们痛哭流涕，说你后悔了。如果到时候你那样，我第一个看不起你。"

诗婳摇了摇头，笑道："不会的，我真的想好了，你们就放心吧。今天我出来见你们，也是想让你们不要再担心我。"

赵小果问："那你……和林锦旭分手后怎么办？工作找好了吗，住的地方呢？"

"住的房子已经找好了。"诗婳说，"不过工作还在找。"

"两年没上班了，突然要出来找工作可不容易。"殷菲说道，"我们事务所最近缺人，你要是乐意，我可以安排你进去先上着班，不过薪水可能少一些。"

诗婳不愿意太麻烦朋友，便说："我先自己试着找找工作吧，要是实在找不到，到时候再来麻烦你。"

"行。"殷菲拍了拍她肩膀，似乎终于松了口气，"虽然醒悟得晚了点儿，不过好在是醒悟了，加油，以后有什么需要帮忙的你尽管说。"

赵小果和何楚珺也赶忙举手道："我们也是一样！"

诗婳看着她们，不由得露出感动的笑容，说道："谢谢你们，还是对我这么好。"

"哈哈哈，客气什么，谁让我们是关系最铁的宿舍四姐妹呢！"

饭桌上的气氛因为诗婳要分手的决定，而变得轻松起来，四个人边吃饭边聊天，提起了很多以前上大学时的趣事，大家都被逗得哈哈大笑，让诗婳体会到了一种久违的温暖感。

这顿饭一直吃到深夜才依依不舍地结束，诗婳开车将三个舍友一一送回家，然后回到了自己的家中，不，这话说得不对，应该说是林锦旭买的别墅里。

她将车停在别墅车库，拿出钥匙打开大门，映入眼帘的房间里一片漆黑——和前几天一样，林锦旭依旧没有回来。

似乎是失望已经成了习惯，诗婳现在的心情已经可以很平静了。她走进去放下包包，抬步来到茶几旁边，拿起了摆放在上面的一本厚厚的万年历。

这是一本有些年头的万年历了，是诗婳高考结束后，从老家坐火车去S市上大学之前，在家附近的文具店买的。万年历设计得十分可爱，每个日期下面都留有空白处，可以记录每天发生的事情，她当时觉得很有意思，她想把上大学后发生的有趣事都记录下来，便带着它一起去了大学。

但她当时根本没想到，自己在万年历上记录下的第一件事，就是遇到了林锦旭。

想到这里，她不禁把手里的万年历翻到了最前面，看着上面用浅粉色的中性笔在9月1日那天的空白处写道："开学报到，遇到了一个很温柔帅气的学长，他说他叫林锦旭。"

诗婳抚摸着自己带着雀跃的字迹，不禁慢慢陷入六年前的那段回忆当中去……

诗婳的父母在她初中时离了婚，他们很快就各自有了新的家庭和孩子，因此对于诗婳这个夹在中间的拖油瓶，两人谁都不愿意管。所以诗婳的高中基本上是在亲戚朋友的资助下读完的，但她并没有因此被打倒，而是窝在远房亲戚家没人住的破旧房子里，坚忍地读完了高中，并且考取了S市一所在全国排名前十的名校。

当时她的想法其实很简单，那就是她要靠自己的努力出人头地。虽然她不像其他同学有父母资助，可是她成绩一直很好，她觉得靠自己也能成功，然后好好地报答那些当初帮助过她的亲戚。

考上S市的大学后，她带着亲戚们东拼西凑给她的第一学年的学费，坐着价格最便宜的绿皮火车赶往了 S 市。尽管性格坚强，可是人生地不熟的她在火车到达 S 市火车站时，心中还是难免有些紧张彷徨。

她随着人流朝站外走去，却因为周遭拥挤的缘故，在出站口被其他人撞倒在地。那原本就不太牢靠的老旧行李箱更是被摔裂了，里面的东西散落一地，顿时让她脑子一片空白。她焦急地蹲在地上，一边央求路过的人不要踩她的东西，一边艰难地把行李塞回箱子里。

林锦旭就是在这个时候出现的。诗婳只记得她面前忽然投下一片阴影，紧接着响起了一个男生响亮而有磁性的声音，大声对周遭的人说道："都请让一让，别踩到人家的东西，请大家都不要拥挤以免受伤！"

人群在他响亮的声音中果真朝四周散开了，秩序也比刚刚好了很多。紧接着，这个男生蹲在了诗婳面前，帮她一起捡地上的行李。她注意到他脖子上挂着的 S 市大学的名牌，不由得说道："你……你也是 S 市大学的？谢谢你。"

男生闻言朝她开朗地笑了笑，英俊的眉眼似乎比那天的阳光还要灿烂好看，他指了指自己胸前的名牌，说道："是啊，我是学校的志愿者，今天专门来火车站接大一新生的。我远远看到你的行李箱上贴着咱们学校的标志，所以赶紧过来帮你，怎么样，师妹你没受伤吧？"

九月初天气并不冷，她穿着一条裙子，膝盖其实在刚刚摔倒时擦伤了，不过她并没有放在心上，于是便朝男生摇摇头："没有。不过……我的行李箱摔裂了……"

男生看了看她的行李箱，皱眉道："是啊，这个没法拖着走了吧，东西会掉出来的，你等一下，我叫人给你拿条绳子过来，暂时把箱子捆起来。"

接着，他就从口袋里拿出手机拨通号码，说道："张迪，我在 E 出站口这里，麻烦你拿一条绳子过来。"

电话挂断后没多久，那个叫张迪的男生朝他们跑了过来，两个男生一起，帮她把行李箱结实地捆了起来，然后带着她朝学校的会合点走去。

路上，叫张迪的男生一直热情地试图跟她搭话："师妹，你学什么专业的啊？"

她连忙有礼貌地说："会计。"

"哎呀，那就是和你一个学院了啊。"张迪说着，捶了一下旁边男生的胸口，一脸不满地说，"凭什么美女都出在经管学院啊，真不公平，也给我们机械学院分几个呗。"

男生听了顿时笑着说："你小心这话被你们班女生听见，她们揍你一顿。"

张迪有些后怕地闭了嘴，两人将她送到了会合点。

那里停着学校派来专门接新生的校车，但她去得有点晚，等她到那里时车上已经坐满了。

"一个位置都没了吗？"帅气的男生跟校车司机确认过没有多余的座位之后，不禁皱起了眉头。

她不想让别人为难，连忙说："师兄没事的，我等下一趟车来就好了。"

"下一趟车过来要半小时，太阳那么大。"男生想了想，"你要不介意的话，坐我的车走吧，我送你去学校。"

她惊讶道："那怎么行……太麻烦你了。"

张迪却在旁边起哄道："你就让他送你吧漂亮小师妹，你不知道，要是学校里其他女生知道你享受到这待遇，肯定超级羡慕你呢。"

男生瞪了张迪一眼，下定了决心，对她说："走吧，坐我的车，不然你要等很久的。你别担心，我不是坏人，昨天我也这么送了两个师弟去学校。"

她想了想，还是答应了。男生抱着她的行李箱，带她一起来到附近的停车场，然后用车钥匙打开了一辆宾利的车门。

诗婳看着他价值几百万的车愣了一下，小心翼翼地坐了进去，生怕自己弄坏里面的什么东西。

男生倒是很随意，一上车就从车载冰箱里拿出一瓶饮料递给她："你渴了就喝一点。"

"谢谢。"诗婳连忙说，她现在算是明白刚刚张迪师兄为什么那么说了，这样英俊帅气又热心的师兄，还这么有钱，在学校里肯定很受女生欢迎吧。

她偷看着他帅气的侧脸，有些紧张地问："师兄，你帮我这么多，我……我还没问过你叫什么名字。"

"哦，我忘说了，我叫林锦旭。"男生说着，将胸口名牌翻过来给她看了看上面的名字，又随口问，"你呢，你叫什么？"

"我……我叫沈诗婳。"她有些紧张地说出自己的名字。

林锦旭笑着说："你的名字真好听。"

她的心跳顿时加快了几分，带了点期待问："你跟我一个学院，那也是学会计的吗？"

"不是，我学金融的。"林锦旭朝她笑了笑，"家里打算以后让我回公司帮忙，所以选了这个专业。"

诗婳听了点点头，心中不禁有些崇拜，却也有点落寞。因为她感觉到自己跟这个男生之间有着绝对的距离，他就是电视剧里才能见到的那种企业继承人之类的吧。

二十分钟后，林锦旭将她送到了宿舍楼下，说道："女生宿舍我不能上去，你得自己把行李搬上去了，小心一点啊。"

诗婳道了谢，刚想跟他告别，他却忽然皱皱眉头，说道："你在这儿等我两分钟，我很快回来。"

诗婳茫然地看着他朝不远处的便利店跑去，很快折返回来，手里多了一盒创可贴。他将创可贴递给诗婳，说道："你膝盖受伤了刚刚怎么不说呢，我差点就没看见，你回去自己处理一下伤口啊。"

诗婳受宠若惊地看着他："师兄，谢谢你。"

"小事一桩，没什么。"林锦旭朝她挥挥手，"那我走了啊，还得回去继续接新生，你以后有什么事需要帮忙，尽管说就好。"

"嗯，师兄再见。"诗婳望着他坐进车里绝尘而去，不禁慢慢攥紧了手里的那瓶饮料和创可贴。

父母的婚姻在她很小的时候就已经破裂，多年来诗婳一直在一种无爱而阴沉的环境里成长，这让她不得不用坚强的外壳将自己保护起来。可这并不意味着她就不期待爱。而这一天，林锦旭的出现，仿佛是她阴云密布的世界里突然照射进来的一道曙光，让诗婳第一次感受到了内心的悸动。

现在想想，她应该在第一次见面时，就已经喜欢上他了吧。

只可惜，林锦旭这束温暖阳光并非特意照进她的心扉，她只是碰巧感受到了一点温度罢了，他还有大把大把的热情和关怀，都给了另一个人。

想到这里，诗婳不禁叹了口气。她将万年历翻到今天的日期，看到右下角有自己写的一行小字："第六年的最后一天，你该放手了。"

没错，今天是她爱上林锦旭整整六年的日子，也是她决定要放弃的日子，没想到，最后她还是不得不选择了这条路。大厅里的古董钟也在这一刻沉重地敲响了十二声，告诉她第二天已然到来。

诗婳叹了口气，合上万年历正打算上楼去拿行李，可就在这时，家里的大门却忽然被人打开了。

诗婳愣了一下，扭头朝门口看去，只见林锦旭有些脚步不稳地缓缓从外面走了进来。这个男人身上穿着价值不菲的高定西装，然而此刻那身西装却被他弄得皱皱巴巴，衣襟敞开着，领带歪歪斜斜地挂在他的脖子上，就连那一向精心打理的头发也显得有些乱糟糟。

诗婳又看了看他略显潮红的脸颊，立刻就猜到了什么。她想了想，还是像以前一样走到林锦旭身边，扶着他到沙发上坐下，然后问："又有人逼你喝酒了？"

林锦旭似乎十分疲惫，半躺在沙发上用一只手遮着脸，语调沙哑道："应酬嘛，没办法啊，那群生意场上的老油条，太能喝了……我刚刚差点吐在家门口……你……咳咳，你去给我弄点解酒汤吧诗婳，就是你经常做的那种……"

诗婳没有立刻答应，而是低头想帮他解开领口的领带，然而面前的男人却因为她这个太过亲密的动作而微微朝后躲了一下。诗婳顿了顿，努力克制住心里那丝酸涩的感觉，慢慢收回了手，起身对他说道："锦旭，我有件很重要的事要跟你说。"

沙发上的男人语调似乎很不耐烦："有什么事不能明天再说吗？我现在头很晕，你让我好好休息一会儿行不行？"

诗婳平静地说："不行，这件事很重要，我必须现在告诉你。"

林锦旭沉默了两秒，接着无奈地长叹一声，拿开了遮在脸上的手，看着她沙哑道："行，你说，什么事？"

诗婳最后一次看着男人那轮廓分明的脸部线条，看着他修长的手指，还有他深邃而有神的双眼，即使她已经迷恋地盯着这张脸看了那么多年，可是现如今再次看到，她依旧承认自己还是会为他动心。

可是不行，再迷恋，她都应该放手了。

许是她盯着林锦旭看的时间太久，沙发上的男人有些不耐烦了，他扯了一下领带，提高声调道："说啊，到底什么事？"

诗婳收回了自己的思绪，看向他平淡道："我们分手吧，锦旭。"

林锦旭脸上的神情卡在了刚刚那个不耐烦的表情，过了几秒之后慢慢转变为困惑不解："你……刚刚说什么？"

"我说，我们分手吧，锦旭。"诗婳将心底早就准备好的话慢慢说出，"这些年我们这么在一起，其实你和我都挺累的吧，既然这样我们又何必继续勉强自己，还是好聚好散吧。"

林锦旭愣了一会儿，几秒后从沙发上坐了起来，他抬手用力抹了把脸，然后对她说："如果你是因为那天晚上的事情跟我生气的话，我……我知道我做得有不对的地方，可是这几天公司里确实很忙，我不是故意不回来……"

"我没有生气，真的没有。"诗婳朝他安慰地笑了一下，"我只是真的想明白了，咱们还是算了吧。这样耗下去，你不开心，我也得不到什么，既然如此又有什么意义呢？"

林锦旭沉默了几秒，忽然笑了一声，说道："今天是什么愚人节吗，你跟我开玩笑的吧？"

"没有。"诗婳摇了摇头，"我的行李都已经收拾好了，就放在二楼。出租车我也预约好了，大概再过十分钟就会过来接我。其实……我没料到你今晚会回来的，我本来的打算是走了之后再给你发个消息。不过既然你回来了，这件事我们当面说清楚也好。"

她说完这些之后，林锦旭就没有再作声，他只是安静地坐在沙发上，微微垂着头，双眼愣愣地盯着面前的波斯地毯，凌乱的头发落下来挡住他的额头，让他的神情看上去晦暗不明。

诗婳就当他是默认分手的事情了，没有再等待。她去二楼换了衣服取了行李，接着从厨房冰箱里取出之前做好的解酒汤，用微波炉热了一下然后端到他面前，说道："那我就走了，你……以后好好照顾自己，别再喝这么多酒了。哦，还有，记得跟家政阿姨约好下周打扫的时间，以后，我就不能帮你处理这些事情了。"

说完这些，她便拖着自己的行李箱朝门外走去。行李箱很轻，诗婳带的东西很简单，全都是她以前用自己的存款买的东西。而这些年林锦旭给她的那些衣服首饰和包包，她全都留在衣帽间没有拿走。

可就在她走到大门口的一刹那，原本一直沉默的男人忽然开了口："站住。"

诗婳停下脚步，没有回头看他："怎么了？"

林锦旭从沙发上缓缓站起，投向诗婳的眼神冰寒而冷酷，他说道："沈诗婳，你想清楚了，只要你现在从这里走出去，以后就再别想回来！我林锦旭不是那种任凭女人摆布的男人，你不要以为你闹个小脾气要个小手段，我就会妥协。"

诗婳哭笑不得，她不明白为什么林锦旭会不相信她是真的要分手，并不是耍手段。明明他们过去在一起的那些日子里，他表现得是那么想摆脱这段恋情，可现在她主动放他自由，他却反而开始怀疑了？

她有些无奈地苦笑了一下，说道："我不会回来了，锦旭，我们都去追求各自应有的幸福吧，我祝你幸福。"

说完这些，诗婳便再不犹豫，抬步跨出了别墅大门。不远处传来车辆行驶的声音，是她叫的出租车来了。诗婳将行李搬进后备厢，跟司机说了地点，车子很快绝尘而去。

诗婳从后视镜里看着那幢自己住了两年的别墅慢慢自视线里远去，很意外，她竟然一点痛苦的感觉都没有。她本以为今晚和林锦旭分手对她来说是很难的，却没想到当她真正说出"分手"两个字之后，心头那压抑多年的痛苦和辛酸就忽然全消失了。

只剩下她那颗空荡荡的，还在机械跳动的心脏。

不过没关系，你已经做得很好了。诗姤不断在心底对自己说：你忍住了没有回头看他，即使仍旧爱着，可你依旧勇敢地放开了手，所以你已经做得很好了，只要再过些时日，你一定能把他忘掉的。

可是下一秒，前面司机的话却将她拉回了残忍的现实："我说姑娘啊，你怎么哭得这么伤心？别难过了，给你纸巾擦擦脸吧。"

诗姤愣了一下，去看后视镜里自己的脸，这才发现原来在不知不觉中，泪水早已经沾满了她的整张脸庞。

诗姤接过司机递来的纸巾，终于忍不住低下头，把脸埋在双手间低声哭泣起来。

诗姤离开之后，林锦旭在空荡荡的别墅大厅里一动不动地站了很久，最后是口袋里的手机消息声唤回了他的神志。

他拿出手机点亮屏幕，上面是一条名叫"念玉"的人发来的消息，消息很简单，只有三个字："睡了吗？"

若是时间倒流到五六年前，林锦旭能收到这个女人主动发来的一条消息，哪怕只是一个表情符号，他都能高兴得拉着舍友出去吃大餐庆祝。可是现在看着这条消息，他只觉得心里一阵烦躁。

他按灭了屏幕，重新坐回沙发上用双手用力抓扯着自己的头发。他不明白诗姤到底在发哪门子的疯，好好的为什么突然要分手。这些年来，他自问对她绝对足够好，无论吃的穿的用的，全都给了她最好的，让她像真正的上流社会太太一样生活，她还有什么不满足的？

难道就因为那天晚上……

一想到那件事，林锦旭就觉得头痛欲裂，简直想穿越回几天前把当时的自己一把掐死。

这些年里，诗姤在他面前一直是温顺而乖巧的，无论什么事她都会听从他的意见，说她对自己百依百顺都不为过。因此现在，她突如其来提出要分手，着实把他给打了个措手不及。

所以他不相信一个一直温顺的姑娘会忽然转变性子变得那么决绝。林锦旭还是觉得诗婳在跟自己闹脾气。她有多喜欢自己他很清楚，这么深爱自己的女人怎么可能突然就不爱了？

林锦旭心底笃定诗婳不会离开自己，可还是忍不住愤怒。他不喜欢被别人摆布的感觉，更不喜欢被诗婳摆布，她就应该做个虔诚的信徒，像爱慕天神一样爱慕着自己，谁允许她离开，谁允许她跟自己闹脾气了？

英俊的男人越想越生气，看着桌上那碗热气腾腾的解酒汤也是越来越不顺眼，最后没好气地挥手将它一把打翻在地。

"砰"的一声巨响，瓷碗在大理石地面上摔成碎片，浓汤洒了一地。

林锦旭的烦躁却有增无减，最后他只好从口袋里拿出手机，拨通了一个号码。片刻后，电话那头传来一个有些低哑慵懒的男声："什么事，我这儿正在泡妞呢。"

林锦旭无奈道："心情不好，是兄弟就跟我出来喝酒。"

那边的男人愣了下："喝酒？你不是今天被你爸拉去吃饭应酬了吗，应该喝了不少吧，怎么这会儿还要喝？"

"少问那么多！"林锦旭气呼呼道，"舒澄，你到底是不是我哥们儿，是的话就痛快点儿，陪我喝酒！"

挚友

WEIZHENG
QINGQINGQI
WOHAOXIHUANNI

第二章

　　舒澄赶到他和林锦旭常去的那家酒吧时，林锦旭已然喝了不少。他连 VIP 包厢都没开，直接坐在舞池旁边的吧台上，让酒保一杯接一杯地给他倒威士忌。

　　舒澄看着他的背影无奈地摇摇头，走过去拦住酒保继续给林锦旭倒酒的动作，说道："行了，这儿有我，你忙你的去吧。"

　　酒保如释重负地舒了口气，恭敬地朝舒澄鞠了一躬，然后便赶忙退开了。

　　舒澄拍了下林锦旭的肩，挑眉问道："兄弟，你是打算把自己喝死在我名下的酒吧里，然后让你爹找我算账吗？"

　　林锦旭慢慢抬起头，皱眉看向面前的人。对方有着一双狭长的凤眼，身上穿着带金纹的黑色衬衫，脖子上还带着某个女人留下的口红印，林锦旭看着他这样子就来气，怒道："泡妞泡妞，你这家伙就知道泡妞！不是让你快点来吗，还这么慢吞吞的！"

"我能来就不错了好嘛。"说到这个舒澄就无语，今天晚上，他追了两个星期的妹子终于被他泡到了手，两人原本正在酒店总统套房里呢，结果林锦旭这家伙非要把他叫出来，害得他错失了吃到新鲜大餐的机会。

不过和林锦旭做了这么多年朋友，舒澄知道他平时性格也算沉稳，一般不会做出这种找人喝酒解闷的事，除非这事情真的让他无法解决或者难受万分。想到这里，舒澄便压住了心头的无奈，问他："怎么了，大半夜喊我出来，到底出什么事了？"

林锦旭趴在吧台上，烦躁地抓了抓已然很凌乱的头发，过了好几秒才开口道："沈诗姮，她……她今晚跟我提出要分手，然后带着行李从家里搬出去了。"

舒澄听到他的话却愣住了。

林锦旭等了好半天没等到好哥们儿的回应，不由得扭头去看他："你怎么不吭声啊？"

"哦……"舒澄终于从惊讶中回过了神，重新换上他那总是漫不经心的神情，淡淡地说，"我是真没想到你是因为这件事在这里喝闷酒。"

"那不然我还能为了什么事？"林锦旭奇怪道。

舒澄从口袋里掏出一根雪茄点燃，吸了一口之后才说："不是听说，肖念玉从美国回来了吗？我以为你是因为她回来才这样，没想到……是为了沈诗姮。"

林锦旭被他说得顿了顿，两三秒后才开口道："肖念玉回不回来和这件事没关系！我就是不明白沈诗姮好端端为什么要分手，你说，这几年我对她哪里不好了？好好地过日子不行吗，非要跟我要小脾气，她还以为她闹着要分手，我就会低三下四去求她回来吗？想都别想！我才不会为了一个女人做这种没尊严的事情！"

等林锦旭连珠炮一样把话说完了，舒澄才慢悠悠道："那不如就顺势分手好了，反正你本来也不喜欢她，不是吗？"

林锦旭顿时瞪大了眼睛，说道："你开什么玩笑，我和她是怎么在一起的你也大概知道一点吧？我提出分手，那我成了什么人了？我得对她负责任啊！"

"责任确实要负，不过那也是她愿意让你负责任的时候才行。"舒澄说道，"现在她既然提出分手，那就证明她不需要你为她负责了，你就此放手不是更好？也不用像之前那样，三天两头地跟人抱怨你情路坎坷了。"

"这……这不一样！"林锦旭怒道，"我说，你到底站在谁那边的？我叫你出来是给我想法子，不是让你顺水推舟！你不了解沈诗婳，她肯定不是真的想分手，只是在跟我赌气才这么说的！"

"我不了解她吗……"舒澄笑了一声，点点头道，"也对，我又不是她男友，肯定没你了解她。不过我不认为她会突然跟你赌气，你们之间是不是发生了什么事？"

他的话刚说完，林锦旭的脸色就猛地变了。

舒澄注意到林锦旭的神情变化，夹着雪茄的手顿时微微抖了一下，问道："真的出事了？你该不会打她了吧？"

"你想到哪里去了，我怎么可能打女人！"林锦旭瞪大了眼，下一秒又立刻低下头，"我们……我们之间好着呢，没出什么事，你别瞎想。我觉得她就是好日子过得太久，想给生活找刺激，所以才说什么要分手。"

舒澄看出他在说谎，却也没有戳破，只是问："行吧，那你现在到底想怎么办呢？让你分手你不肯，让你去劝她你又拉不下脸，难道你还有第三种办法？"

林锦旭抬头看了眼好友，低声道："不然……你去劝劝她？"

舒澄一挑眉："我？我都没见过她几次，她怎么可能听我的。"

"那你也是我的朋友里跟她最熟的了。"林锦旭说，"她的朋友我又都不认识，我不找你还能找谁？"

舒澄苦笑了一声，摇了摇头："这事儿我不干。"

"舒澄，你不能在这个时候不讲义气啊！"林锦旭有些着急了，"小时候你把你爸的古董花瓶砸了，是谁替你顶的包？上大学时你泡妞花了几百万，差点被你爸打死，是谁给你填的窟窿？我帮了你那么多，现在让你帮我劝劝沈诗嫚你都不肯吗？"

舒澄揉了揉发胀的太阳穴，无奈道："行了行了，别说了。我只能去试试，但我什么都不能跟你保证，她到时不肯回头你可别怪我。"

"不会！"见他答应，林锦旭顿时松了口气，露出笑容，"我跟你说，诗嫚性子很软的，你去劝一下，就说我……就说我以后会对她更好的，她肯定就回来了！"

舒澄露出一个漫不经心的笑容，淡淡道："也许吧。"

解决了压在心头的问题后，林锦旭的心情显然好了起来，他转过头去看舞池里的人跳舞。舒澄却问："聊了这么久，还没说肖念玉的事情。她回国了，你怎么好像并不是很兴奋？"

林锦旭愣了一下，才说："我为什么要兴奋，我跟她又没有什么关系。"

舒澄惊讶地挑起眉："不会吧？以前肖念玉在美国的时候，你可是经常跟我们几个兄弟念叨着她，怎么人家现在回来了，你反倒没感觉了？"

"不是……"林锦旭微微蹙眉，"就是我感觉她跟以前不太一样了。"

"这么说你们是见过面了。"舒澄点点头，"人都是会变的，尤其是捧在心里多年的女神，有时候你接近了才能发现，女神其实只是你自己在脑海里塑造出来的，真实的她并不是那样。"

林锦旭望着舞池凝神思考了很久，最后摇了摇头，叹气道："不说她了，我们继续喝酒吧。"

见他不愿再谈，舒澄也不勉强，毕竟每个人心底都有那么一块不愿被别人触碰到的地方，那里隐藏着他们最深最深的秘密。对于林锦旭来说，可能肖念玉就是这样的存在吧。

而自己最深处的秘密又是什么呢……

想到这里，舒澄苦笑着摇了摇头，将雪茄熄灭，摇晃着就走进了舞池里，和一个漂亮姑娘对了个眼神，对方立刻心领神会攀住了他的脖颈，两人在舞池里亲昵地扭动起来。

看到这一幕，林锦旭无奈地摇摇头，笑骂道："这家伙，这么花心，以后哪个女人敢嫁给他啊？"

他朝不远处的酒保打了个响指，说："再给我倒杯威士忌。"

酒保为难道："林先生，舒老板的意思是不敢再让您喝了。"

"没事儿，我就再喝最后一杯。"林锦旭笑道，"润润嗓子而已。"

是啊，最后一杯，他相信只要明天好哥们儿去劝过诗嫚，她肯定就会回到自己身边，既然如此，他还有什么好烦躁的呢？

第二天清早，诗嫚被楼下传来的早餐叫卖声吵醒了。她怔怔地看着头顶陌生的天花板，闻着从窗外飘进来的油条豆浆的香气，不禁慢慢地、慢慢地露出了一个微笑。

即使这间出租屋只有五十多平方米，即使周遭的环境根本比不上以前她住的别墅，她却觉得异常轻松，那是一种摆脱了压抑和痛苦的感觉。

她伸了个懒腰，从硬邦邦的床上坐起来，将周围环视了一圈。

这间出租屋虽然面积不大，但房东将它布置得十分温馨，家电一应俱全，房租也不算贵，并且楼下就是热闹的菜市场，吃喝都很方便，对于诗婳这样一个想要尽快赚钱自立的人来说，是再合适不过的了。

不过昨晚，由于诗婳到达这里的时间太晚了，没有精力收拾，因此现在房间还显得有些杂乱。

"那么今天就给房子来个大扫除吧。"诗婳这么对自己说着，她快速去卫生间洗漱了一番，然后便戴上口罩，开始打扫房间的卫生。

但还没过多久，手机就忽然响了。诗婳看到上面显示的是好友殷菲的名字，连忙接了电话，那边传来对方冷冷的声音："怎么样，后悔了吗？"

诗婳愣了一下，才明白她在说什么，笑道："没有。我昨晚就已经从林锦旭的房子里搬出来了，现在在新家里。"

"是吗？那就好。"殷菲说道，"把新家的地址告诉我，我过来看看。"

诗婳疑惑道："今天是周四，你不用上班的吗？"

"等下我去请假。"殷菲说，"想着你搬到新家应该要打扫，我过来帮帮你吧。"

诗婳连忙说不用了，殷菲却不容拒绝道："行了行了，你不要跟我磨磨叽叽的，快点说地址。"

诗婳了解她的性格，只好笑着报上了地址。挂断电话后，她走到窗边打开窗子朝外看了看，初秋早晨的清风吹了进来，让她神清气爽。

望着底下热热闹闹买早餐的路人，诗婳感觉到一种久违的被社会包容的幸福感。

她深吸了一口气，在心里对自己说：就算没有他，我也一定能好好生活下去的。

殷菲在半小时后赶到了诗婳的新住处，手里还拎着两袋从楼下买来的早餐，进门后对她摇了摇袋子，问道："早饭吃了吗？"

"还没。"诗娴内疚地说，"应该让我下去买的，你来帮忙打扫，我就很不好意思了，你还帮我买早餐。"

殷菲翻了个白眼，训她："两年不见，你这人怎么变得这么客套了？以前在宿舍里我们四个人都是混着吃每个人的零食，那个时候怎么不见你跟我们客气？你到底吃不吃，不吃我扔垃圾桶了啊。"

"别别别，宿舍长，我知道错了。"诗娴连忙向她讨饶。以前在宿舍里，殷菲是她们四个当中年纪最大的，再加上性格成熟冷静，所以她们一直推举她来当宿舍长。

如今再度听到"宿舍长"这个称呼，殷菲的脸色果然好了很多，她没再埋汰诗娴，两人一起坐在小客厅的饭桌前开始吃早餐。

"我刚刚过来的时候观察了一下，这四周吵是吵了点儿，不过环境挺好的。"殷菲一边吃，一边评价着诗娴的新住处。

"是呀，房租也不贵。"诗娴笑道，"对我来说真的很合适了。"

殷菲问："那你身上现在有多少存款？如果一直找不到工作，你的存款够你活几个月？"

诗娴回答："大概……四五个月吧，我的存款都是以前上大学，还有毕业后工作那半年攒的，所以并没有多少。不过，我想我应该能在四个月内找到工作的。"

殷菲又问："那林锦旭呢，你要分手，他给你分手费了没有？"

"没有。我不否认，其实这两年他给我买的东西很多，但我什么都没拿。"诗娴停顿了一下，又困惑道，"但昨晚我跟他说分手，他好像觉得我是在跟他闹脾气一样，我……我其实真的不太懂他了，他明明一直都很想摆脱我的，如今我主动离开，他怎么好像却不相信？"

殷菲冷笑一声，说道："人都是有惯性的。你陪在他身边，像个老妈子一样细心照顾他两年，现在你这个优质老妈子突然说要辞职不干，他当然适应不了。我说沈诗婳，你该不会以为他现在这样的表现，是因为喜欢上你了吧？"

诗婳怔了怔，片刻后落寞地笑了笑，摇头道："之前或许还会有点小期冀……但你这么一说，我就全明白了，是我太幼稚了。"

"你别怪我说话太难听太直接。"殷菲认真地看着她，"我是怕你又被他骗回去。"

诗婳摇摇头："我不会的，谢谢你点醒我，殷菲。"

是啊，林锦旭怎么可能是因为对自己有了感情，所以昨晚才那么固执地觉得自己是在闹脾气呢？他只是受不了以后没人照顾他而已。虽然他年轻英俊又富有，想陪在他身边的姑娘从来不少，但自己走了，让他再找个像自己一样愿意无怨无悔照顾他不求回应的，一时半会儿怕是也不容易。

想到这里，诗婳终于狠了狠心，将心底那最后一丝期望的火苗都掐灭了。

吃完早餐后，两人便开始打扫卫生，诗婳将自己昨晚带来的行李从箱子里拿出来，整理到一半时忽然惊讶地"啊"了一声。

一旁正在扫地的殷菲问她："怎么了？"

"我……有本万年历落在锦旭家里忘拿了。"

殷菲不明所以："那万年历很重要吗？再买本新的不就行了？"

如果是普通的万年历自然是没问题的，但诗婳在那本万年历上详尽地记录了六年间关于林锦旭的每一件小事，可以说是她深爱他的见证也不为过。诗婳烦躁地抓了抓头发，忘记什么不好，她怎么就偏偏把万年历忘在那里了呢？

不过依照林锦旭的性子，自己现在既然离开了，那么关于自己的东西他肯定会看也不看，就全部丢掉的。想到这里，诗婳稍稍松了口气，罢了，反正他也不会打开看，万年历没了就没了吧，她以后总归也不会再记录了。

于是诗婳很快将这件事忘到了脑后，她和殷菲一起，花了一上午的时间才终于搞定了房间的卫生。

诗婳本想请殷菲出去吃顿午饭，殷菲却急着要走，说是她只请了半天假，必须中午赶回去。

诗婳也知道她工作的那个事务所有多忙碌，便约好下次一定再找时间请她。等殷菲走后，诗婳连午饭都顾不得吃，就连忙坐在电脑前开始给招聘网站投递简历。

诗婳所在的大学全国排名很靠前，她学的会计专业又是该学校的王牌专业之一，因此，她的简历投出去没过多久，就有公司人事部的人给她来电话了。

一开始双方聊得还算顺利，但几乎每一家公司的人事都会在电话里询问她同一个问题：“我刚刚仔细看了您的简历，发现您毕业后在一家很有名的外企工作了半年，可接下来您就辞职了，后面您有近乎两年的空白期，能告诉我们这两年里您是去做什么了？”

诗婳每次被问到这里就会卡壳，她能怎么回答呢？难道直接告诉对方自己是因为跟一个富二代在一起，对方不喜欢她出去工作所以她就辞了职？这在别人眼里和被包养又有什么区别？

但她又不想骗人，只能硬着头皮说：“我……当时男朋友不想让我出去工作，所以我辞职了。”

对方人事听完果然愣了一下，半晌后才说：“这个……沈小姐，不瞒您说，从您的简历来看，您的确十分优秀，因此您虽然不是应届生，我们都可以不介意。但您这个空白期的理由，可能让我们公司不太能接受。如果您来我们这里工作后没多久再度因为男友辞职，也会给公司增添很多麻烦的……"

"我明白。"诗婳试着解释，"但我已经结束了和前男友的感情，现在我真的只想把全部精力投入在工作上，能否请您给我个机会，让我们见面谈谈呢？"

"这样吧，我跟领导商量一下您的事情，有消息了我们会给您发邮件的。"

诗婳听出了对方话语里婉拒的意思，却没有办法，只能说："好的，谢谢您。"

她就这么忙碌了一下午，直到外面天都黑了，找工作的事情却还是一筹莫展。和林锦旭在一起的两年时间，之前对她来说是无比甜蜜，可现在，成了她找工作路上的绊脚石。

诗婳趴在桌前，头疼地揉着太阳穴，这时放在旁边的手机忽然响起，她疲惫地接过电话，问："您好，哪位？"

电话那头的人沉默了两秒，接着发出一声低哑好听的轻笑："连我是哪位都不知道，该不会是把我的号码删掉了吧？"

诗婳看了眼屏幕，发现上面写着"舒澄"两个字，不由得微微睁大眼睛："是舒澄？不好意思，我刚刚没仔细看屏幕就接了……"

"没关系。"舒澄淡淡地说，"你现在忙吗？"

"啊，不忙……"

"既然这样，那陪我出来喝杯咖啡，可以吗？"舒澄问道。

诗婳愣了愣，没想到舒澄会提出这样的要求。他虽然是林锦旭最好的朋友，可是这两年里林锦旭也不怎么让她跟舒澄见面。就是偶尔在宴会上见到了，林锦旭都会很快把她拉走。因此，她其实跟舒澄并不算熟，只是之前交换了联系方式而已。

"怎么，不想去吗？"舒澄笑道，"你是怕林锦旭知道了训你？"

诗婳连忙道："不是，舒澄你可能还不知道，我们已经分手了。"

"我知道。"舒澄的语调听上去似乎永远是慵懒的，"所以你们既然已经分手了，那你就更不用怕出来跟我见面了吧？"

怕是不怕，不过他们两个都不熟，见面又能说什么呢？诗婳正在犹豫，就听到舒澄又补充道："别担心，我只是想随意找你聊聊而已。唉，也不知道林锦旭那家伙到底在你面前说了我多少坏话，把你吓成这样，我只是有点花心而已，不会吃人的。"

诗婳被他逗笑了，说道："没有没有。那……好吧，你想在哪里见呢？"

舒澄给她发了一个定位，是一家很高档的咖啡厅，然后说："这里，半小时后见，可以吗？"

"嗯，没问题。"

挂断了电话后，诗婳站起来伸了个懒腰，心想已经累了一天，出去找人聊聊天也正好可以放松一下。她收拾好东西出门，坐进地铁里之后忍不住开始回忆……

自己和舒澄，是什么时候认识的？

说起来，诗婳第一次见到舒澄，还是六年前的事情了。并且他们能够认识，也是因为林锦旭。

诗婳记得，那是她进入大学一个月后发生的事情。那时候，作为一名刚入校的大一新生，诗婳和班上的其他同学一样，对大学的一切都充满新奇和热情。

学生会、广播站，还有各种各样的社团都在这个时候开始招纳新成员，眼看着宿舍另外三人都报名参加了各种招新活动，诗婳不禁也有点跃跃欲试。可是当时她很茫然，不知道到底哪个更加适合自己。

还是赵小果热情地建议她说："你长得这么漂亮，普通话又标准，要我看，不然你去试试报名学校的司仪队吧？"

旁边的何楚珺举手道："我觉得模特队也行！每年学校的晚会还能上台表演呢！"

诗婳不是很想当模特，但如果是当主持人的话她倒是想尝试一番，于是便递交了校司仪队的申请表。没过多久，她就收到了去面试的消息，当时她对于司仪这种工作几乎是一窍不通的，一头雾水到达面试现场后不禁有些紧张。

然而就在她走进面试房间时，却忽然听到了一个熟悉的声音："哎，沈诗婳，是你吗？"

诗婳猛地抬起头，发现林锦旭竟然坐在面试官的座位上。开学这一个月以来，她早已从其他女生那里听说了关于他的很多事情，这个帅气热情、家境优渥的大二学长，很明显是很多女生的理想情人。

只可惜自开学那天他送自己到学校后，诗婳就再没有机会见到他。她心底还一度非常失落来着，却没想到竟然在这里见到了，而且……他还记得自己的名字！

"师兄……"诗婳愣了一下才开口，"你也是司仪队的吗？"

林锦旭笑道："是啊，我是司仪队副队长，你来面试的吗？太好了，我看你条件挺合适的。"

坐在林锦旭旁边的一个女生听了顿时笑了一声，有些阴阳怪气地说："哟，副队长你这该不会是要让小师妹走后门吧？"

"当然不会，我会按要求来的。"林锦旭立刻转头看向那女生，严肃道，"只是见到熟悉的人打个招呼罢了。"

那个女生没有再说话，只是看向诗婳的眼神有些凉飕飕的。可诗婳顾不得这些了，从她见到林锦旭的这一刻，她就下定了决心，无论如何一定要留在司仪队！

好在接下来面试的问题也都不难，诗婳虽然不是专业司仪，也都顺利答完了。面试结束后，她却没有立刻离开，而是有些忐忑地在教室外徘徊，一方面是担忧自己的表现，另一方面是她还想再看一眼林锦旭。

她就这么等了将近一个小时，林锦旭终于从教室里出来了。诗婳连忙紧张地迎了上去，颤声喊住他："林……林师兄。"

"沈诗婳？"林锦旭停住脚步看向她，"你怎么还没走？"

诗婳捏着袖口："我有点担心……不知道自己刚刚表现得怎么样……"

林锦旭听了笑道："别那么担心。我现在虽然不能向你保证什么，但今晚来面试的人当中，你是素质最好的。所以你赶紧回去吧，时间也不早了，我相信你能加入我们司仪队的。"

诗婳听着他说话的声音就满心欢喜，连忙用力点头："嗯，谢谢师兄。"

那之后过了两三天，诗婳果真被选中加入了司仪队。没过几天，诗婳更是收到了林锦旭亲自发来的消息："沈诗婳，我是你师兄林锦旭。你这周日下午有没有空啊？"

诗婳受宠若惊，连忙回复："师兄你好。我有空的，请问有什么事吗？"

林锦旭："咱们司仪队不是刚刚结束招新嘛，我想组织大家一起出去聚餐，也能相互熟悉一下。你愿意来的话，到时候我来接你们。"

诗婳自然是愿意的，连忙答应了对方。她存林锦旭号码的时候正好被赵小果瞧见了，对方瞧了一眼她的手机屏幕，顿时惊叫道："哎呀呀呀！我们诗婳拿到林大帅哥的电话号码了耶！诗婳你好样的，多少女生要他号码都要不到呢！"

诗婳红着脸解释："不是的，他是司仪队的副队长……"

赵小果打趣她："嘿嘿，那你敢说对这位又帅又多金的师兄，你一点都不动心？"

诗婳的脸越来越红，赵小果看了哈哈大笑："果然被我猜对了，我说为什么最近我在宿舍一提到林锦旭，你就那么聚精会神地听呢，原来你真的喜欢他呀！"

　　何楚珺也笑道："哎，小果你别说，我觉得诗婳和林锦旭还真挺配的，就是不知道她能不能打败学校其他竞争者，最后抱得帅哥归了。"

　　"我觉得行！诗婳现在也加入司仪队了，这是近水楼台先得月啊！"

　　两人聊得热火朝天，这时，一直在旁边没吭声的殷菲却忽然说道："她就算打败其他竞争者也没用。有这个时间你们不如好好学习，在这个世界上，靠什么都不如靠自己。"

　　何楚珺不解道："殷菲，你为什么这么说啊？"

　　殷菲回答道："不是说林锦旭早就有喜欢的人了吗？"

　　诗婳听了心顿时猛地一跳，忍不住开口："是……是谁？"

　　殷菲摇了摇头，赵小果也说："这个传闻我也听过，听说他一直有喜欢的人，所以其他女生追求他，他都不接受。但具体是谁我还没打听出来。"

　　诗婳心里有些不安，但很快她又安慰自己：就算林锦旭有喜欢的人，可只要他没有跟别人在一起，自己就有机会追求他，让他喜欢上自己不是吗？爱情从来都是公平竞争的。

　　于是，周日下午，诗婳努力将自己打扮了一番，然后按约定好的时间来到了学校门口，司仪队今年招纳的另外两名大一新生很快也来了。三个人等了没多久，林锦旭就开着车出现在了大家面前，他们上车后，另一个男生好奇地问："师兄，请问我们这是去哪里聚餐啊？"

　　林锦旭说了市中心一家很高档的餐厅名，那男生听了不禁为难道："那里很贵的吧……"

　　"别担心，今晚的餐费我买单。"林锦旭笑道，"我就是想让大家都认识一下，然后好好吃一顿，你们今晚放开了聊就行，其他不用担心。"

男生这才放下心来，又问："师兄，今晚是不是司仪队的所有人都会来啊？"

林锦旭说道："除了队长不在，其他人差不多都来。"

男生好奇道："开学第一次聚餐，队长为什么就不来呢？"

林锦旭立刻解释："她除了司仪队的活动，还有其他社团的事情，所以比较忙，以后咱们正式开会她肯定会来的。"

或许是女孩子的第六感吧，当时诗婳在旁边听着，只觉得林锦旭提起这位队长的时候变得特别有保护欲，仿佛容不得别人说一点队长的不好。她很想问问林锦旭关于这个队长的事，又怕惹他讨厌，只好忍住了。

晚上的聚餐进行得还算顺利，除了面试时那个坐在林锦旭身旁，对诗婳阴阳怪气的师姐，其他人对她的态度都算友善。诗婳和另一位大三的师姐很聊得来，忍不住偷偷向对方打听关于司仪队队长的消息。那个学姐立刻一脸佩服地跟她"科普"道："咱们队长叫肖念玉，她特别厉害，去年参加全省大学生司仪比赛还获得了一等奖呢！等你见到她就知道了，真的是盘靓条顺的大美女，好多男生追她的！"

诗婳听了之后，心中的落寞和不安不禁又多了几分。之前舍友说林锦旭有个一直喜欢的人，她凭直觉觉得，或许他喜欢的正是这个叫肖念玉的人。

晚上聚餐结束后，大家纷纷散去。林锦旭负责开车送大家一个个回去，最后送看送看，车上就只剩下了他和诗婳两个人。

诗婳十分珍惜这样和他独处的机会，却又苦于不知道跟他说什么。

就在这时，林锦旭的手机忽然响了，诗婳注意到车载屏幕上显示着"舒澄"两个字，林锦旭看到这名字就翻了个白眼，无奈地按下接听键，用一种诗婳之前没听过的烦躁口吻说道："大半夜的，你又有什么事？"

那边先是传来一阵嘈杂声，接着响起一个慵懒沙哑的男声："我在恒一路这边，车子撞到树开不动了，你过来接我一下吧。"

　　林锦旭骂道："舒澄，你是不是又酒后驾车？我告诉你，继续这样你早晚把自己玩死！"

　　"我没喝酒也没开车，我让我泡的妞儿开的，谁知道她技术那么差，开出去不到一百米就把车给我撞了，我也没说让她赔啊，她就哭着吓跑了。"

　　"你那是超跑，一般人会开吗？"林锦旭训道，"总是干种种不靠谱的事情，让你家司机接你，我不管你的破事。"

　　"我让我家司机来接，那不是找死吗？"电话那端的人说道，"我爸知道肯定打死我，你要是不想让兄弟我看到明早的太阳，那就别管我了。"说完就把电话挂了。

　　林锦旭无奈地长叹一声，他把车停在路边，揉着眉心思考了片刻，才对诗婳说："不好意思啊诗婳，我这朋友出了点儿事，我得先去把他送到酒店，不然我怕他乱来。之后我再送你回学校，你看这样行吗？"

　　诗婳连忙点头道："嗯，师兄，我没关系的。"

　　林锦旭对她笑了笑："谢谢你啊。哦，对了，一会儿你见到我这个朋友，千万别理他，知道吗？这家伙就是个花心浪子，你这么清纯善良，我可不想让他把你带坏了。"

　　诗婳因为那句"清纯善良"而心潮澎湃，连忙低下头怕他发现自己脸红了。

　　片刻后，林锦旭把车开到了那个名叫舒澄的人撞车的地方，诗婳在车里，看到林锦旭下去把车里的人拽了出来，然后没好气地扶着他慢慢朝这边走来。

　　那就是诗婳第一次见到舒澄时的情景。他穿着一件暗绿色的衬衫和黑西裤，领口大大敞开着，露出的精壮胸肌上还有几个鲜艳的口红印。他的头发凌乱地遮挡住了眉眼，却依旧能看得出这个男人有着不亚于林锦旭的英俊面容。

林锦旭一脸嫌弃地把他扔到了车后座上，然后就要开车离开。

诗婳问："师兄，那他的车不管了吗？"

"他已经叫了保险和拖车的人。"林锦旭说，"等会儿把你送回学校，我再过来处理他的烂摊子。"

诗婳似懂非懂地点点头。这时，躺在后面的舒澄忽然喃喃道："头好晕，我不会是撞成脑震荡了吧……"

林锦旭没好气地瞪他一眼："怎么不直接撞死你得了！"

说是这么说，可诗婳还是能看得出这两人关系很好，是那种不需要客套的铁哥们儿。虽然林锦旭叮嘱过她不要理会舒澄，但她还是有些担心，忍不住转头朝后看了一眼。

而也就是在这同时，原本捂着额头的舒澄忽然放下了手，用他那双漆黑如墨的眼睛直勾勾地看向了诗婳。

情深
WEIFENG
QINGQINGQI
WOHAOXIHUANNI

第三章

那一瞬间，诗婳只觉得自己后背汗毛都竖了起来，这个男人的眼神冷酷又极具侵略性，让她有种被野狼盯住的错觉。

她吓了一跳，连忙把身体转了回去，感觉自己的心脏都跳到了嗓子眼。林师兄果然没骗她，这个叫舒澄的男生看上去好危险，她还是不要理会他了。

但诗婳不理会他，后座上的舒澄却似乎对她来了兴趣，他哼笑了一声，忽然抬脚朝林锦旭的座位踹了一脚，懒洋洋地说："可以啊你小子，终于想开了？"

"什么想开了？"林锦旭正在开车，没有回头看他，"还有，不要踹我的车，不然信不信我现在把你扔出去。"

舒澄慢悠悠地从座位上坐起来，说道："我说你终于想开了，不再单恋肖念玉那个女神了，这是好事，我恭喜你啊兄弟。"

"你……你胡说什么呢？"林锦旭说话忽然开始结巴起来，诗婳悄悄瞥了他一眼，发现他的脸有点泛红。

舒澄笑道："难道不是吗？不然你怎么深夜载着这个漂亮小姑娘啊？你好样的，谈恋爱了也不告诉我一声？"

"没有的事，你别乱讲！"林锦旭这才明白舒澄误会了什么，连忙解释，"今晚我们司仪队聚餐，这是新招进来的大一师妹，我只是送她回宿舍而已！我们没有什么特殊关系，你在这里胡说八道，让人家师妹怎么想？"

"好吧，原来不是你女朋友啊。"舒澄摇了摇头，歪着脑袋打量前方诗婳的侧脸，仔细看了一会儿之后说道，"可惜了，还真挺漂亮的，我觉得比你的女神肖念玉好看多了。不过……既然她不是你女朋友，那你不介意我下手吧？"

诗婳顿时因为这句话吓得瞪大了眼睛，而一旁的林锦旭也很生气，他直接把车停在了路边，转过头一把拽住了舒澄的领口，非常严肃地盯着他说道："舒澄，我警告你，别对沈诗婳起什么歪念头！人家是正经姑娘，不是你在夜店花钱泡的妞儿！你平时在外面乱来我管不着，但你要是敢做出什么伤害正经姑娘的事，我一定不放过你！"

舒澄漫不经心地回应："我就随口提一句，你未免也太紧张了。这种青涩的小白菜也不是我喜欢的类型啊。"

林锦旭放开了他，说道："那我也要防患于未然，谁知道你这家伙会不会哪天忽然抽风！"

"行行行，我知道了。"舒澄举手投降，"我不会对她怎么样的，这样你放心了吧？"

林锦旭没理他，重新发动了车子。车子里安静了片刻，后座上的舒澄忽然又开了口，带着几分慵懒的笑意："不过……沈诗婳，这名字还真挺好听的啊。"

诗婳也不敢回应他，只是安静地坐在座位上，尽量降低自己的存在感。舒澄见她不说话，像只受惊的鹌鹑一样把自己缩成一团，不由得轻轻笑了一下，重新躺回了座位上没有再开口。

片刻后，林锦旭把车开到了一家五星级酒店门口，他将舒澄扶下了车，对诗婳说道："你在这里稍等我一下，我安顿好他就出来。"

诗婳连忙点点头，这个时候舒澄忽然抬手对她挥了挥，勾着嘴角说道："诗婳小师妹，再见啊。"

话音刚落，林锦旭就毫不客气地踹了舒澄一脚，然后把舒澄像缉捕犯人一样一路送进了酒店。

诗婳看着他们两个打打闹闹走远的样子，忍不住轻轻笑了出来。虽然她不是很喜欢这个舒澄，可是林锦旭有关系这么好的朋友，她也很为他感到高兴。

没过多久林锦旭就折返回来，对她充满歉意地说："对不起啊，让你久等了。走吧，我赶紧送你回去，时间不早了。"

诗婳很真心地说："我没关系的。师兄，今晚真的辛苦你了，为大家做了这么多。"

林锦旭笑道："这有什么，我是副队长嘛，做这些是应该的。"

说起副队长，诗婳不由得又想起了那个今晚未出现的队长。她心中纠结万分，最后还是忍不住试探着开口问道："师兄，我今晚听吴学姐讲了很多关于肖队长的事情，她说队长还拿过全省比赛第一名呢。"

"是啊。"一提起肖念玉，林锦旭脸上的笑容顿时变得非常灿烂，"念玉她很厉害，各方面都很优秀！不是我夸她，但我跟你说，只要是她想做的事情就没有做不好的！这点我从小时候就发现了……"

诗婳愣了愣，问道："你们……很小就认识吗？"

"对，我们爸妈是生意上的朋友。"林锦旭也不隐瞒，坦率地说，"我小学的时候就认识她了。"

原来……是门当户对的金童玉女啊，这样看来，林锦旭一直喜欢的那个人，肯定就是她了吧。

诗婳的心情不禁有些低落，可是看着身边这个热情帅气的男生，他是如此吸引人，让她都有些挪不开目光。如果错过了这样的人，她只怕下半辈子都会后悔。既然如此她就努力追求一番吧，就算最后结果是失败，她也尝试过了不是吗？

当时还年轻的诗婳，就带着这样莽撞的爱慕踏上了追求林锦旭的旅途。那个时候她觉得自己简直是世界上最勇敢的人，可是现在诗婳再去回忆当时的自己，却只从中看出了她的愚蠢和可笑。

如果她从未遇到过林锦旭，又或者在发现他单恋了别人多年后就果断放手，只怕现在自己会过得更幸福吧？

诗婳靠在座位上思考着这样的可能性，就在这时，地铁的报站声打断了她的思绪，她该下车的地方到了。诗婳连忙收起了杂乱的思绪，随着拥挤的人群一起出了地铁。

舒澄跟她约定的那家咖啡厅位置非常好找，就位于市中心繁华商业街的十字路口，高档独特的装潢和昂贵的价格让这家店成了本地的标志性建筑物之一。

尽管是下班高峰期，路上到处都是来往行人，可这家店的人并不多。诗婳走进去后立刻有服务生迎上来问她："您好女士，您是一个人吗？"

诗婳说道："不，请问有没有一位舒澄先生……"

对方的神色顿时变得更恭敬了，说道："原来是沈小姐，请跟我来，舒先生已经到了，正在二楼雅座等您。"

诗婳跟着对方，伴着咖啡厅里优雅舒缓的音乐来到二层，看见舒澄正坐在窗边望着夜景发愣。

　　今天的舒澄穿了一件米白色Ｖ领针织衫和咖色休闲裤，脚上踩着球鞋，看上去和他平时那"纨绔子弟"的气质完全不同，简直就像个单纯的大学生似的。诗婳差点就没认出来，愣了一下才快步走过去，带着歉意说："我是不是来晚了，对不起，你等很久了吗？"

　　"没有，是我来得早了。"舒澄转头将视线投向她，勾唇一笑道，"你刚刚在楼下过马路的时候我就看见你了。"

　　"啊，是吗？"

　　"是啊，许久不见，你比以前更漂亮了，比我之前泡……我是说，比我交往的几个女明星还好看。"

　　好吧，虽然打扮风格变了，但这个人一开口果然还是那个熟悉的花花公子嘛。

　　诗婳笑了一下，说："那我就谢谢夸奖了。你今天找我来，是想聊些什么？"

　　舒澄用修长的手指敲了敲桌子，慵懒地说道："先不急，你饿了吗？我晚饭还没吃，所以帮咱们点了一点吃的，不介意的话，你可以跟我一起吃一点吗？"

　　来都来了，诗婳自然没有拒绝的道理，点头道："没问题呀。"

　　于是舒澄转头看向服务生，后者心领神会，很快便端来了两人的点餐。舒澄点了两杯咖啡，还要了两份牛排和一份甜品，两人边吃边聊。过了片刻，舒澄忽然有些感慨地对诗婳说："你好像没有从前那么怕我了。"

　　"嗯？"诗婳吃了一口牛排，抬头问他，"这话怎么讲？"

　　舒澄回忆道："我记得咱们刚认识那个时候，你特别害怕我，每次见到我就像鹌鹑一样缩着，连抬头看我都打战。"

诗嫚差点把牛排喷出来，无奈道："什么鹌鹑，你这是什么比喻呀！"

舒澄耸耸肩："不觉得很形象吗？"

诗嫚无语地瞪了他一眼："那还不是因为你那个时候表现得……表现得太……"

"表现得太纨绔不羁了？"舒澄替她补完了后半句话。

诗嫚立刻点点头："对对对，就是这个词。我那个时候刚从小地方来到S市，你这样子的人我都只在电视剧里见过，所以才会被吓到。"

"那后来你是怎么慢慢不怕我的？"舒澄好奇地问，"是因为见得次数多了，麻木了吗？"

"我们好像也没见过很多次吧？"诗嫚仔细思考着，"好像是因为一件什么事……啊，我想起来了——"

诗嫚再度陷入了对过去大学生活的回忆当中。

进入大学后的时光似乎走得非常快，几乎是一转眼的工夫，大一的第一个学期就快要结束了。而诗嫚跟司仪队的其他同学关系也渐渐熟络起来，只是有件事一直压在她心口让她难以放下，那就是自从开学到现在，她还从未见到过肖念玉本人。

肖念玉虽然是司仪队的队长，可除此之外她又身兼数职，同时还是校广播站的副站长和院学生会的部长，再加上还有学业需要完成，她生活的忙碌程度可想而知。

所以自从诗嫚加入司仪队后直到现在，队里每一次开会或者组织活动，肖念玉都从未出现过，是林锦旭帮肖念玉担负起了队内的所有职责。尽管林锦旭非常认真负责，大家都认可他的组织能力，可队里还是不免有人对肖念玉有意见——你一个队长大半学期都不参加一次集体活动，什么都让别人帮你做，那你还占着这个队长的名头做什么？该不会就是为了期末能增加绩点吧？

这样的言论传出去没几天，林锦旭就非常严肃地召集大家开了一次会，希望大家能够不要误会肖念玉，还说她其实一直在为司仪队做事，只是因为忙碌没时间出现，所以由他替她出面了而已。

不仅如此，他还展示了肖念玉为队里活动编写的策划书。这么有证有据，众人自然也没法再反驳什么。只是散会后，诗婳还是听见几个对肖念玉有意见的人小声议论道："喊，谁不知道他单恋肖念玉啊，不然怎么可能这么为她说话。"

"你小声点儿吧，人家两个都是标准的富二代，咱们惹不起还躲不起嘛。"

是啊，一个学期过去，林锦旭喜欢肖念玉这件事，早就已经默默地在队里传开了。诗婳甚至怀疑，或许整个学院都知道林锦旭对肖念玉的喜欢。

诗婳听过无数人对肖念玉的描述，都把她形容得十分完美，也在网上看到过她的照片，可诗婳还是很想亲眼见到她本人。她想看看，自己到底有没有资格跟这个人比较。

她没想到，机会很快就来了。

一周后，司仪队照旧在周五晚上召开了会议，林锦旭却第一次没有准时出现。过了十多分钟后，他才跌跌撞撞地走进了会议室，他下巴上带着青色的胡楂，整个人看上去萎靡不振，等他走近了，诗婳甚至在他身上闻到了酒味。

诗婳的心不禁揪了起来，然而看看旁边几个大二大三的老队员，却似乎对林锦旭这种样子毫不意外。尽管状态不佳，但林锦旭还是敬业地给大家安排完了工作，然后便醉醺醺地独自离开了。

诗婳想要追上去，却被跟她关系好的吴师姐拦住了，对方说道："你别管他了，他不是第一次这样了，没事的。"

诗婳焦急地问："师姐，林师兄发生什么事了啊？"

吴师姐说道："昨天肖念玉被一个大四学长表白了，就在学校大门口，好多人看到，还拍了照片发在网上。所以林锦旭就变成这样了。"

诗婳睁大眼睛："念玉师姐跟……跟别人在一起了吗？"

吴师姐叹了口气说："是啊。之前就发生过两次了，每次肖念玉跟别人谈恋爱，林锦旭都会变成这样，你不用管他的。"

可是，诗婳如何能不管他呢？此刻外面正下着小雪，林锦旭又喝了酒，万一他出什么事该怎么办？

诗婳跟吴师姐道别后连忙追了上去，很快在校园小道上找到了正独自前行的林锦旭。雪天路滑，诗婳看他走得跌跌撞撞屡次差点跌倒，终于忍不住冲了上去，扶住他的手臂说道："师兄，你没事吧？"

"嗯……诗婳？"林锦旭认清她之后摆了摆手，"我没事，你赶紧回去吧，时间也不早了。"

"可是师兄你这个样子，我……我不放心。"诗婳颤声说道，"我送你到宿舍楼下好吗？"

"不用不用，我自己能回去。"林锦旭拒绝，"你不用管我。"

但诗婳仍旧不愿意放弃，两人这么争执了几回合之后，林锦旭终于不耐烦地跟她发火了："我都说了我没事，你为什么要多管闲事啊？"

诗婳被他生气的样子吓了一跳，脸色顿时变得苍白。林锦旭看到她的神情之后不禁有些后悔，他无奈地揉了揉眉心，最后有气无力地留下一句"你走吧"然后便快步朝前走远。

诗婳在原地愣怔了片刻，还是咬着嘴唇再度追了上去。但这次她并不敢跟得太近，只是在林锦旭背后远远看着他。

诗婳看着他在学校外的便利店里买了两瓶啤酒，然后跌跌撞撞地又往回走，似乎是想去校园里的一个凉亭里喝酒。去往凉亭的小路上铺满了鹅卵石，林锦旭喝得醉醺醺，终于被石头绊了一跤，口袋里有东西掉了出去，但他并没有发现。

诗婳快步走上去，发现掉出来的东西是他的手机。她捡起手机刚想追上去，可就在这时，忽然有人打进来了电话。

诗婳看着屏幕上写着"舒澄"两个字，顿时不知道该不该接。

这一个学期以来，她见到舒澄的次数也有五六次了。舒澄在 S 市的另外一所名牌大学读企业管理，和林锦旭一样是大二，两所学校相距不远，所以他经常会跑来找林锦旭玩。

偶尔舒澄来的时候，正巧遇到司仪队正在开会，舒澄便会在外面等待着。每次他见到诗婳都会忍不住逗她几句，但诗婳一直有点怕他，所以最多也就是喊他一声师兄，两人之间再没有什么更多的交流。

想到这些，诗婳不禁不太想接，可很快她转念一想，又改了主意——舒澄是林锦旭最好的哥们儿，这种时候或许只有他能劝得动林锦旭。

于是她按下了接听键，听到那边传来舒澄慵懒的声音："喂，在宿舍吗，出来吃火锅。"

"舒……舒师兄，我是沈诗婳。"诗婳有些紧张地攥着手机说。

电话那边的人顿了顿，轻笑一声道："哦，是你啊，为什么是你接林锦旭的电话？"

诗婳看向不远处，只见林锦旭正靠坐在凉亭里一口接一口地喝闷酒，她的眼睛不禁酸涩起来，说起话来也带了几分哭腔："林……林师兄他今天心情不太好，喝了很多酒，刚刚还在雪地里摔了一跤。我……我想安慰他，可是他不太想理我，我……呜呜……我现在不知道该怎么办了……"

"你别哭。"舒澄的声音变得认真起来，"告诉我你们现在在哪里，我立刻过来。"

诗婳连忙告诉了对方地点。

没过十分钟，舒澄就赶了过来，诗婳看到他连忙抽噎着将从吴师姐那里知道的事情告诉了他，最后说道："师兄拜托你一定要劝住他，我担心林师兄这么喝下去身体撑不住。"

"你放心，我来搞定他。"舒澄朝林锦旭走了几步，又折返回来把脖子上的围巾塞到她手里说，"这儿太冷了，你系着这个。"

诗婳哪里顾得上系围巾，只是睁大眼睛，看舒澄快步走到林锦旭面前，二话不说就上去踹了他一脚。

林锦旭被舒澄踹倒在地，手里的啤酒瓶也掉了。

"你干什么？"林锦旭没好气地从地上爬起来，瞪着舒澄。

"你说我来干什么？"舒澄嘲讽地说，"林锦旭，你这辈子也就这点儿出息了。每次肖念玉跟别人在一起你就死要活的，还在这里喝什么酒？真的不想活就直接一头撞死在这儿，我保证不救你。"

林锦旭红着眼睛吼道："你又懂什么！我就不明白我喜欢她这么久了，她又不是不知道，为什么每一次都不选我？"

"这话你得去问肖念玉本人。"舒澄冷冷道，"我也不知道她吊着你这么久是打什么算盘。"

"她不是吊着我！念玉不是那种人！"林锦旭立刻辩驳道，"是我还不够优秀，所以她每次才看不见我……"

"行行，你爱怎么想就怎么想。"舒澄耸耸肩说道，"但我告诉你，你要颓废厌世无所谓，但你能不能不要因此影响身边的人？你在这儿喝闷酒寻死觅活，知不知道沈诗婳还在旁边担心你？"

诗婳没料到舒澄会突然提到自己，不由得吓了一跳，而林锦旭也朝她这边看了过来。似乎是记起了刚刚他把诗婳赶走的行为，林锦旭不由得后悔地抓起了头发。

诗媗看不得他这般痛苦的样子，连忙走到林锦旭面前想要安慰他，对方却先开口了："对不起啊诗媗，我……我刚刚不是故意对你那么凶。我只是今天真的心情很差，我向你道歉，谢谢你这么关心我。"

他不说这话还好，一说诗媗的眼泪顿时就像开了闸一样止不住了，她一边揉眼睛，一边哽咽道："我……我没事的师兄，我只是担心你……你有什么不开心都可以跟我说的，呜呜，但是以后能不能不要这么喝酒了……"

林锦旭顿时更内疚了，连忙道："哎呀，你别哭啊，我……我没事的，我酒量很好的也没喝多少，你别哭了……"

他站起来，慌慌张张地在口袋里翻找，终于找到了一包纸巾，刚想把纸巾递过去给诗媗，可就在这时，不远处忽然传来了一个婉转悦耳的女声："锦旭。"

诗媗顿时睁大了双眼，扭头朝声音发出的方向看去。只见凉亭外面站着一个身材高挑的长发女生，她穿着一身红色的羊毛大衣，大衣领子上有着一圈绒毛，将她原本就小巧的瓜子脸衬托得越发精致。女生踩着一双酒红色短靴，站在银白色的雪地里看上去简直就像精灵一样柔美。

女生看了眼凉亭里的三个人，将视线短暂地在诗媗身上停留了片刻，然后便走了过来，对着林锦旭叹了口气，用一种很熟悉又无奈的口吻问道："你呀，又乱喝酒了是不是？"

诗媗凭直觉猜到，这个人肯定就是肖念玉。

果不其然，林锦旭看到她先是怔了一下，然后便把头偏了过去，小声道："你怎么知道我在这儿。"

"我还能不知道你吗？"肖念玉叹了口气，"每次你心情不好，都喜欢跑来这个小亭子一个人待着。我刚刚本来在外面忙着呢，杨顺突然给我打电话说你今天开会的时候喝了酒，我就赶紧赶过来了。"

她说到的杨顺，就是一直在司仪队里和诗婳关系不好的大二学姐。诗婳从面试开始杨顺就对她阴阳怪气的，后来她正式入队了，杨顺更是隔三岔五就泼她冷水。起初诗婳还不明白原因，但后来她知道杨顺是肖念玉的好朋友，也便没有那么奇怪了。

肖念玉虽然总是不参加司仪队活动，杨顺却像肖念玉的手下似的，队里要是有哪个女生敢和林锦旭有什么亲近一点的交流，她都会跑出来阻止，说她是肖念玉的狗腿子都不为过。

"我喝酒跟你没有关系。"听了肖念玉的解释，林锦旭带着几分赌气的情绪说道，"你不需要跑来这里安慰我，还是快去找你的新男友吧。"

"唉……你呀，什么时候才能成熟一点？"肖念玉用一种看不成熟弟弟的眼神看着林锦旭，接着她又把视线转向了站在一旁的诗婳和舒澄，对他们说道，"你们可以先离开一下吗，有些话我想单独跟锦旭说。"

诗婳没有立场反对，舒澄也无所谓地耸耸肩，说道："行啊。"

于是两个人一前一后走出了凉亭，站在不远处的一株梅花树旁。诗婳能看得清肖念玉和林锦旭的身影，可是隔得有些远，她听不到他们在说什么。

尽管如此，她的视线还是无法离开林锦旭。诗婳认真地看着他的一举一动：起初林锦旭似乎非常生气，无论肖念玉跟他说什么，他都会露出一副我不想听的表情。但渐渐地，也不知道肖念玉说了些什么，他的表情就慢慢平静下来了。

诗婳看得几乎入了神，最后是身边舒澄的声音唤回了她的注意力，他用有些低哑的嗓音说道："看来你是真的很喜欢林锦旭啊。"

诗婳被这句话吓了一跳，瞪大眼睛扭头看向他："我……"

"怎么，要否认吗？"舒澄轻笑着说道，"我虽然从来不明白喜欢这种感情，可是看着你的眼睛，我真的好像体会到了一点。"

诗婳慢慢低下了头，咬着嘴唇没有回应。

她是喜欢林锦旭，很喜欢很喜欢，可是那会有用吗？今天她终于见到了自己的"情敌"，才知道原来人和人之间是真的有差距的。

单论长相的话，诗婳觉得自己并不比肖念玉差。可或许是从小锦衣玉食、养尊处优的缘故，肖念玉身上带着一种诗婳没有的高傲矜持感，仿佛在用她身体的每一个表情每一个动作告诉诗婳，她们两个不是一个世界的人。

此时此刻，凉亭里的两个人不就是童话故事里的王子和公主吗？而她沈诗婳又算什么呢，怕是在童话故事里连个姓名都无法留下吧。

诗婳不禁越想越心酸，但就在这时，舒澄忽然开口："觉得你比不过肖念玉，所以想放弃吗？说句实话吧，我觉得你比她强多了。"

诗婳愣了愣，刚想问他为什么这么说，凉亭里的两个人结束了对话，一起朝着他们走了过来。林锦旭的表情看上去已经明朗了许多，甚至隐约间还带上了几分笑意，他有些不好意思地挠了挠头，对诗婳、舒澄说道："让你们担心了，我已经没事了，以后我保证绝不会再这样了。"

舒澄道："那你最好是说话算话。"

而一旁的肖念玉则一直无声地打量着诗婳，最后她主动开了口，说道："你叫沈诗婳是吧，这名字真好听。刚刚锦旭跟我说，你是司仪队今年新招进来的队员，很高兴认识你。"

诗婳连忙礼貌地说："师姐你好。"

肖念玉笑得很温婉，说道："诗婳长得真漂亮啊，一看就是做主持人的料子。难怪锦旭对你这么特别。"

林锦旭听了顿时摆手道："没……没有的事，你在乱说些什么啊？"

肖念玉轻笑了两声："好了好了，不逗你了。那既然你没事我就先走了，广播站那边我还有好多事要忙。"

"嗯，那你快去吧。"林锦旭连忙道。

肖念玉朝他们挥了挥手，临走前还专门对诗婳说："诗婳小师妹，以后有机会我们一起吃饭啊。"

诗婳觉得她对自己的热络来得莫名其妙，但还是点头道："一定。"

肖念玉走后，舒澄瞥了一眼林锦旭，漫不经心地问："怎么，这么快就打起精神，不难受了？肖念玉刚刚跟你说了些什么，效果就这么好？"

"也没说什么……"林锦旭道，"只是我想明白了，一个人喝闷酒自怨自艾又能有什么用？是，她现在是有男朋友了，可那又怎么样，我目前的确是比不上她男朋友，这我得承认，所以我现在要做的就是让自己变得更优秀，这样她总有一天会看到我的。"

舒澄用手指掏了掏耳朵，一脸无趣地说道："每一次都是这番说辞，我早就听腻了。"

"我是认真的好不好！"林锦旭瞪大眼睛。

"行行，随便你。"舒澄无奈道，"那既然没事了，大冷天的，要不要去吃火锅，诗婳也一起来吧。"

林锦旭立刻挡在诗婳面前说："你想干什么，我都说了让你离她远一点了！诗婳你别理他，已经不早了，我送你回宿舍吧。"

舒澄做了个举手投降的动作："得了，那我自个儿去吃吧。"

能够和林锦旭一起走回宿舍，诗婳自然是很乐意的，只是两人走出没多远，她才发现自己手里还拿着舒澄的围巾，她连忙止住脚步，对林锦旭说道："师兄你等我一下好不好，我去把围巾还给舒师兄。"

林锦旭想说他去还就行了，但还没开口诗婳就已经跑远，他只能有些担忧地站在原地等。

好在舒澄走得不太远，诗婳在他坐进车子里之前拦住了他："师兄。"

舒澄看到她愣了一下，继而笑道："怎么，要跟我一起去吃火锅吗？"

"不是，我忘了把围巾还给你。"诗婳将围巾递了过去，"还有，我要回答你刚刚的那个问题。"

舒澄不解地问："什么问题？"

"你刚刚不是问我，是不是喜欢林师兄？我现在就可以告诉你答案，是的，我很喜欢他。"诗婳认真地说，"而且我不会因为念玉师姐就放弃喜欢他这件事，以后我会努力去追他的。"

舒澄静静地看了她片刻，才勾唇笑道："有点意外，你比我想象当中坚忍多了。"

诗婳说："师兄你也让我很意外，我之前一直有点怕你，但我今天才知道，原来你是个好人啊。"

舒澄无奈地扶着额头笑了，而且越笑越大声。

诗婳被他笑得一脸茫然："师兄，我……我说错什么话了吗？"

"你知不知道……"舒澄笑得浑身快散架了，"我活到现在，你是第一个给我发'好人卡'的女生，哈哈哈……"

回忆到这里，诗婳不由得轻轻笑了一声。

坐在她对面的舒澄说道："所以从那个时候开始，你就不怕我了？"

"嗯。"诗婳点点头，"差不多吧。"

舒澄放下了手中的刀叉，安静了一会儿忽然说："那个时候你说我是个'好人'，我其实很好奇你为什么这么说。因为在很多人看来，我根本就是个喜欢玩弄女人的花花公子罢了。"

"这一点确实如此。"诗婳想了想，说，"可不知道为什么，我总觉得这好像只是你的表象，你……你好像是故意把自己表现成这样……"

舒澄看着盘子里吃剩的牛排沉默了。

诗婳看了看他的表情，连忙道："这……这只是我自己的胡乱猜测，如果让你听了不舒服的话，我跟你道歉。"

"没有，我没事。"片刻后舒澄抬头对她微笑了一下，然后说道，"你不是问我今天为什么约你到这里来吗？"

"嗯，对……"

"我现在就告诉你答案。"舒澄平静地说，"林锦旭想让你回到他身边，你愿意回去吗？"

诗婳叹了口气，说道："果然是这样……他是不是依旧觉得，我现在只是在跟他闹脾气，所以才从他家里搬出去？"

"对。"舒澄点点头。

"锦旭听不懂我的意思，可我想你是明白的。"诗婳认真道，"我是真的决意跟他分手了，不是耍小脾气，也不是别的什么。我已经着手开始自己的新生活了，可否麻烦你转告他，让他也开始自己的新生活呢？"

"我知道了，我会转告的。"舒澄顿了顿又问，"那么你可否告诉我突然跟他分手的原因？"

诗婳觉得这原因实在是太过于复杂，正想着该怎么跟他解释，就听到舒澄说道："肖念玉在不久前回国了，这件事你是不是已经知道了，所以才要跟他分手？"

诗婳顿了顿，才开口道："是，她回国的事我知道，但我要分手的原因比这个更复杂。"

舒澄淡淡说道："有多复杂，能不能尽量说来听听？"

诗婳扭头看向窗外，像是在回忆什么，片刻后才说道："以前我追了锦旭将近四年，他一直拒绝我，这件事你也知道。可你知道后来，他为什么忽然就答应跟我在一起了吗？"

舒澄摇了摇头："具体原因我还真不清楚，那小子也不肯细说。"

诗嬿苦笑了一下，说道："其实算是我乘虚而入了。那个时候肖念玉刚刚去美国跟别人结了婚，他一个人喝得酩酊大醉，我看着他那么脆弱的样子，忍不住冲上去对他说，我很喜欢他，比他对肖念玉的喜欢还要多很多，我想要照顾他，就算他一辈子都不喜欢我都没关系，只要我能陪在他身边就好。"

"然后他就答应了？"

"不。"诗嬿脸上染上了几分落寞笑意，"他当时问了我一个问题，这个问题我这辈子都不会忘。锦旭对我说：'你会永远像现在这么喜欢我吗？如果你能做到，那我们就在一起。'我想也没想就答应了，当时我甚至觉得他这个问题问得可笑。我是那么喜欢他，我觉得这份感情绝对不会减弱只会越来越浓烈。可是现在才不过两年，我就没办法遵守对他的承诺了。"

舒澄捏着咖啡杯的手指微微紧缩了一下："你是说，你不再爱他了？"

"大概还是爱的吧，只是已经没有以前那么热切了。"诗嬿说道，"现在每次我想到他，心中更多的是疲惫。我知道我当时跟他保证过，就算他一辈子都不喜欢我都没关系，可是我毕竟是个人……我深爱的男人心里永远住着另一个女人，我生活的点点滴滴里都充满关于那个女人的回忆，时间久了，我真的受不了。"

舒澄想了想，说："归根结底，你要分手还是因为肖念玉。"

"不，是因为锦旭他不爱我。"诗嬿叹息，"我已经想明白了，既然他喜欢的是别人，我又何必苦苦勉强呢。这样待在他身边，只会让两个人都痛苦，所以不如就算了吧。"

舒澄点头道："我懂了，我理解你的心情。"

诗嬿笑了笑，问他："你会不会有点看不起我？我记得当初我信誓旦旦跟你保证过，我会努力追求锦旭，现在我却主动放弃了。"

"不，我从来没有看不起你。"舒澄认真道，"相反的是，我很敬佩你，敬佩你坚忍的性格。想想看，要是有像你这样一个姑娘这么真挚地追求我，估计我都能改邪归正从此吃素。"

诗婳不禁被他逗笑了。

舒澄也笑了一下，状似不经意地问："那接下来呢，你……有没有考虑过开始一段新恋情？"

诗婳立刻摇了摇头："我这些年为了这段感情，真的过得太累了。我现在只想赶紧找到工作，靠自己独立生活下去。"

舒澄点了点头，道："嗯，这样也好。要是工作不好找，你可以跟我说，我有能帮到你的地方绝不推辞。"

诗婳笑道："谢谢了，不过我想应该不用的。"

两人又随意聊了几句，舒澄抬腕看了看表，说道："时间不早了，今天咱们就聊到这里吧。"

诗婳刚想拿出钱包，舒澄就说道："账我早就结过了，今天是我约你出来，就让我请你吧。"

"那怎么行……"

"怎么不行，我们怎么说也算是朋友吧。"舒澄说道，"更何况你现在正是经济困难的时候，今天这顿就让我出，等你找到工作，再找个机会请我不就行了？"

诗婳觉得这样也行，便说："好，那就这么说定了，等我找到工作一定请你吃饭！"

两人一起离开了咖啡厅，舒澄又提出要送诗婳回家："时间太晚了，你一个人回去我不放心，万一路上出什么事就是我的责任了。"停顿了一下他又补充道，"你放心，我不会把你现在的住处告诉锦旭。"

于是诗婳坐着他的车回到了公寓楼下。舒澄从车里探出头将她住的那幢公寓楼打量了一番，说道："楼看着有点旧，不过周围治安好像还行。"

"嗯，晚上这周围都是夜市，很热闹，还挺安全的。"诗婳笑着对他挥挥手，"那我就回去了，今天谢谢你陪我聊这么多。"

"客气了。"舒澄淡淡地说，等她走出几步，他却又忽然开口，"诗婳。"

"嗯，怎么了？"不远处的姑娘回过头看他。

舒澄盯着她看了几秒，才摇了摇头说："没什么，晚安。"

诗婳不明所以，笑着朝他挥了挥手便快步走进公寓楼。

舒澄关上车窗，伸手从仪表盘下面的隔层里取出了一条围巾。那是一条巴宝莉经典款的男士围巾，由于是六七年前买的，围巾看上去已经有些泛旧了，他却一直留着没扔。

他将围巾拿起来放在鼻尖处轻轻闻了闻，仿佛还能闻到上面那淡淡的，属于一个女孩子在雪天里散发出的香气。

就在这时，旁边的手机忽然急促地响了起来，舒澄无奈地放下了围巾，在看清手机屏幕上写着"林锦旭"三个字之后，他无奈的神情当中又多了一丝晦暗不明。他直接挂断了电话，给林锦旭发了一条消息说："谈完了，我马上过来找你。"

"不夜澄"酒吧内，林锦旭正独自一人坐在吧台前，他的面前放着一杯威士忌，此刻他却没有喝酒的念头，而是不断地回头朝酒吧门口张望，想看看他的好哥们儿来了没有。

大概过了五分钟，舒澄的身影终于出现在人潮当中，林锦旭顿时坐直了身体，焦急地朝他招手道："这边！别忙着跟你认识的妞儿打招呼了，快点过来！"

舒澄有些吃力地从那群扑到他身上的姑娘当中挣脱出来，林锦旭立刻把他抓了过去，问道："怎么样，她怎么说的？"

舒澄顿了一下，看向他的眼睛，说道："那我就把沈诗婳的原话转达给你吧。她说自己真的决意跟你分手了，不是耍小脾气，希望你能快点开始自己的新生活。"

林锦旭脸上焦急的表情顿时愣住了："你跟我开玩笑吧？"

"没有。"舒澄说道，"她原话就是这么说的，而且我可以看出诗婳的态度很坚定，我想在这件事上她是不会反悔的。"

林锦旭双眼发直地看向前方，过了好几秒猛地回过神，愤怒地抓住舒澄的衣领说道："舒澄你怎么回事，我不是让你帮我把她劝回来吗？这就是你带给我的结果？"

"我只是答应你去试试，没答应你一定让她回心转意。"舒澄十分平静地说，"更何况，这种事你这个当事人为什么不自己去做？我和诗婳并不算熟，她今晚能出来见我已经是不容易了。"

他话刚说完，林锦旭就有些暴躁地说道："我才不会亲自去劝她回来，她以为她是谁啊！我才不会这么助长她的小性子，要是以后次次都这么闹，那还有完没了！要我向她低头，根本不可能！"

"你是不是还没听懂我的意思。"舒澄的语气有些无奈，"沈诗婳现在没有跟你闹脾气，你们两个已经分手了，明白吗？"

"不可能！"林锦旭立刻说道，"她是什么性格我很清楚，她那么在乎我，怎么可能突然就走？她不过是想趁这次的机会让我更在乎她罢了，我偏偏不惯着她！"

舒澄见跟林锦旭说不通，索性也就不再劝了。他打了个响指问酒保要了一杯酒，坐在林锦旭旁边开始自顾自地喝酒。

许是没人跟林锦旭辩驳，他的气势反而弱下来了。他闷不吭声地连灌了好几杯浓烈的威士忌，才缓缓小声问舒澄："那她……有没有跟你说为什么要分手。"

舒澄瞥了他一眼，道："这个问题你自己不是应该最清楚吗？"

林锦旭被他噎得顿了一下，说不出什么话来，只好又接着给自己灌酒。

舒澄看他这样，终于忍不住开口："其实我真的不明白，现在你和沈诗婳分手，不正是你一直以来期盼的结果吗？你终于可以放心大胆地去追肖念玉，过你想要的日子了，不是吗？"

"谁说我想要的结果是跟诗婳分手了！"林锦旭立刻急促地说，"我……我是个男人，既然答应跟她在一起，那我就得对她负责的！"

"负责？"舒澄翻了个白眼，反问道，"你所谓的负责，难道就是心里一直牵挂着女神，但表面上还得忍耐着嫌弃跟沈诗婳同床共枕？恕我直言啊林锦旭，别人都叫我渣男，但在我看来，你这种做法可比我渣多了。沈诗婳上辈子也没欠你钱吧，她凭什么就一定要陪在你身边，跟一个不爱她的男人过一辈子？"

"可是当初是她说不介意的！就算我一辈子心里有别人，她也愿意跟我在一起！"林锦旭立刻非常有底气地说道。

"那是她当时脑子里有水。"舒澄直白道，"现在她把脑子里的水倒干净了，人家想做回正常人，不行吗？"

"不行！"林锦旭非常强硬地说，"没有我允许，她就绝对不能离开我！她这两年一直乖乖住在家里，什么都没干过，现在突然要自己出去生活，这不是开玩笑吗？就她这样子，在外面过不了几天肯定会哭着回来求我！"

这家伙简直就是强盗逻辑。舒澄冷笑着摇了摇头，耸耸肩道："行吧，那你就等着她回头求你那天吧。"

说完他便转身走进了一旁的舞池，明显不想继续再与林锦旭做无意义的争辩了。

少了可以争论的对象，林锦旭只好把目标移向一旁正在调酒的酒保，他有些急促地问："你说我说得对吧，我女朋友她会回来的，对吗？"

酒保不明所以，也不敢胡乱搭腔，只好装作没听见转身去招呼其他客人。

林锦旭只好把视线挪向了手里的酒杯，他盯着杯底那仅剩的一点点威士忌，带着醉意自言自语道："她肯定会回来的，一定会的，林锦旭，当初她答应过你的，会永远都那么喜欢你……所以你不用担心……"

他就这么不断地喃喃自语着，最后终于在渐渐涌起的醉意当中，垂下头睡了过去。

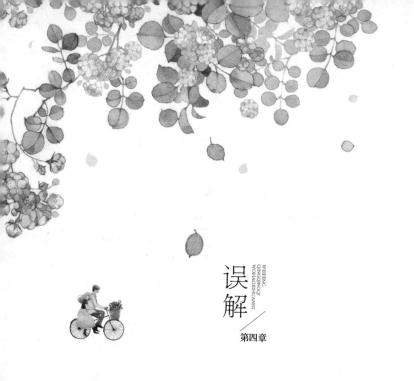

误解

WEIJIE
QINGQINGQI
WOHAOXIHUANNI

第四章

　　诗婳回到公寓之后没多久，就收到了舒澄发来的消息，他叮嘱她一个人住要注意安全，晚上把门锁好。

　　诗婳回复了消息谢谢他，然后不禁长长地舒了一口气。

　　虽然她和舒澄之前见面的次数不多，她觉得自己跟他并不算熟，但今晚和舒澄这么聊了一番下来，让她有种如释重负的感觉。

　　诗婳完全没想到，舒澄竟然是一位很好的倾听者，他安静地听她诉说，在恰当的时候给予她安慰，让她终于有机会能把自己压抑在心中多年的委屈和难过稍稍向外宣泄一点。

　　诗婳觉得自己对舒澄的了解又多了一些，如果可以，她还真的挺希望生活中能有这么一位善解人意的朋友。只可惜因为锦旭的缘故，怕是以后，她应该没什么机会再和舒澄见面了。

诗婳这么想着,去卫生间里洗漱了一番打算休息,而就在她躺到床上的时候,手机却忽然接到了一个人的来电。

看着屏幕上"林母"两个大字,诗婳不禁睁大了眼睛——

是锦旭的妈妈,她怎么会突然给自己打电话?

诗婳犹豫了几秒,才按下了接听键,那边传来一个很温柔的中年女声:"诗婳,抱歉这么晚打给你,你睡了吗?"

"还没有。"诗婳连忙说道,"阿姨,您打给我是有什么事吗?那个……有件事我得跟您说一下,我和锦旭已经……"

"你们分手了,我知道。"林母在电话里平静地说,"我就是因为这件事才给你打电话的。如果你方便的话,明天下午我们出来见一面好吗?"

诗婳想了想,最后同意了:"嗯,好吧。"

"谢谢你。"林母似乎松了口气,"时间、地点我等下发给你,不早了,你休息吧,我就不打扰你了。"

"好的,阿姨晚安。"

挂断电话后,林母很快把约定地点发到了诗婳的手机上。诗婳怔怔地看着那条消息,只觉得脑子有点蒙——

为什么锦旭身边的人,突然一个两个全都跑过来说要找她见面了?

今天舒澄约她出来,是想劝她回到锦旭身边,诗婳不禁有些怀疑林母是不是也有同样的目的。不过仔细一想她又觉得不会,凭自己对林母的了解,她觉得林母不会做这样的事。

不过反正自己这段时间也比较有空,干脆就和他们把事情都说清楚好了,省得以后再横生什么枝节。

想到这里,诗婳放下了手机,她在床上翻了个身,却没什么睡意。林母刚刚的这通电话,让她不禁回忆起她与林母第一次见面时的情景……

　　那是诗婳跟林锦旭在一起之后不久发生的事了。那个时候，她刚刚大学毕业，找到了一份外企的工作，她本来是想自己租房子住的，可林锦旭说她一个人住不安全，要把她接进他独住的别墅。

　　诗婳记得那天阳光很明媚，当时已经工作了的林锦旭专门跟公司请了假，开车到女生宿舍楼下，将她的行李搬进车子的后备厢。

　　有几个还没有搬离宿舍的女生站在楼上看到这一幕，不禁笑着大声打趣："哎哟，诗婳，你这是一毕业就要住大房子开豪车当阔太太呀？"

　　"好羡慕啊，悲惨的我现在连工作都没找到。林师兄，你家里有没有兄弟，给我介绍一个呗？"

　　诗婳被她们说得红了脸，忍不住拉了拉林锦旭的袖子说："要不……要不我还是自己找房子吧……"

　　"那怎么行！"林锦旭立刻拒绝了，理所应当地说，"你现在是我女朋友，我要是让你跑出去租房子，我自己却住得舒舒服服，那我成什么人了？"

　　诗婳听到这番话，只觉得心里像蜜糖那么甜，便再没有任何犹豫跟着他一起回了家。那时她以为锦旭会这么说，是因为他对自己也有了感情，却没想过这个男人只是不想"不负责"罢了。

　　两个人回到别墅后，林锦旭将她的东西搬到了主卧，然后指了指隔壁的次卧说："以后你住这里，我就住在你隔壁。"

　　诗婳原本的喜悦心情顿时像是被凉水浇灭，她惶然不安地说："为……为什么？我们那天在酒店不是都已经……"

　　"我……我知道那天在酒店发生了什么！"不等诗婳把话说完，林锦旭就略有些脸红地打断了她，他抓着头发烦躁地说，"就是因为这样，我才不能和你一起住啊，我不想再差一点就和你……和你……"

"可是我愿意啊。"诗嫚立刻追上去一片赤诚地说，"只要是你想要的话，我什么都可以给你的。"

林锦旭被她这般直白的言语弄得脸更红了，他朝后退了半步，用力摆手道："不行！我不能那么对你，我们就分开住吧！这样对你我都好！"

"可现在我已经是你的女朋友了啊……"诗嫚觉得眼眶发酸，说着说着，眼泪就不受控制地落下，"好不容易终于和你在一起，你却让我跟你分开住，这样跟我们没有在一起又有什么区别呢？你今天来学校接我，我还以为你有一点在乎我了，原来你还是只把我当成陌生人……"

"哎，你……你别哭啊。"林锦旭一见她哭，顿时慌了神，连忙走上去用手给她擦眼泪，他磕磕巴巴地解释，"我没有把你当成陌生人，我答应跟你在一起了啊！我就是因为在乎你，才不想这么草率地跟你一起住的，我……我怕你过段时间后悔……"

"我不会后悔的！"诗嫚带着哭腔说道，"我喜欢你那么久那么久，你到现在还是不相信吗？"

林锦旭被她哭得简直六神无主，最后终于败下阵来，说道："好好，那我们就一起住，你不要哭了，你再哭下去信不信我跟着你一起哭啊！"

诗嫚这才勉强止住了泪水，抽抽噎噎地看着他："真的吗？我……我们一起住？"

"嗯。"林锦旭点了点头。

诗嫚顿时破涕为笑，忍不住走上去扑到了他怀里，却没注意到林锦旭眼底暗藏的无奈，还有他被拥抱后身体的僵硬。

由于只请了半天假，林锦旭把诗嫚在别墅里安顿好之后，很快便开车回公司去了。

诗婳便像只小鸟一样，开心地在偌大的房子里四处转悠，她要走遍这幢别墅的每一处，感受心爱的男人在这里留下的每一寸气息。

　　但就在诗婳坐在别墅花园里欣赏盛开的花朵时，一辆保时捷忽然停在了别墅门外，车上的司机拿出门禁卡打开了别墅铁门，诗婳还没反应过来，车子就已经驶了进来。

　　然后她看见一个端庄的中年女人从车里走了下来。

　　对方穿着一身香奈儿的经典套裙，整个人散发出一种成熟又高贵的气质，看到诗婳之后对她礼貌微笑了一下，问道："你就是沈诗婳吧？"

　　诗婳一瞬间就猜到了对方是谁，连忙站起身礼貌道："是的。请问您……是锦旭的母亲吗？"

　　那一刻诗婳的内心很受打击，她完全没想到自己才刚刚搬进锦旭的住处，他的母亲就找上门来。她的脑海里都已经在幻想林母会对自己说什么了，是"你这种家境出身的拜金女也妄想高攀我儿子"，还是"这笔钱给你，请你立刻从我儿子身边消失"？

　　诗婳不禁握紧了拳头，打算用尽全力向林母证明她对锦旭的真心，却没想到，林母朝她温柔地笑了笑，然后走上前拉住了她的手，说："没错，我是锦旭的妈妈。锦旭跟我说他谈恋爱了，还把人家女孩子接到家里住，我就想来看看到底是什么样的姑娘，我突然有没有吓到你？"

　　诗婳愣了愣，摇头道："没……没有。"

　　其实这一刻她才是真的被吓到了，为什么事情发展跟她想象的好像不太一样？

　　接着，林母笑着说："走吧，我们进屋聊聊。"

　　于是两人回到了别墅中，坐在大厅一角的沙发上，林母先是问了诗婳一些基本情况。在得知她父母离异，很小就靠自己独立生活之后，林母不禁很是感慨地说："你一个女孩子，能走到今天一定很辛苦吧。"

诗婳说道："还好，我都习惯了。"

林母温柔地说道："看得出你是个很坚强的孩子，阿姨很欣赏你这一点。你不用担心，我今天来不是想要拆散你和锦旭，我们林家对于孩子的感情问题一向不多干涉，都让他们自己做主。只是……有件事，阿姨觉得还是有必要跟你说一下。"

"是什么事？"诗婳问道。

林母神情复杂地看向她，问："锦旭他……有个喜欢了很多年的女孩子叫肖念玉，你知道这个人吗？"

诗婳立刻点头道："嗯，念玉学姐，我知道她。"

林母顿了顿，又说："即便这样你也不介意，愿意和锦旭在一起吗？"

"我不介意。"诗婳真挚地说，"阿姨，我知道锦旭他现在还不喜欢我。可是我真的很喜欢他，只要跟他在一起我就觉得很满足了。我相信只要我努力对他好，总有一天他会看到我的。"

林母盯着她看了许久，最后长叹一声说道："你和锦旭……都是倔强的孩子啊。也不知道你们谁的倔强能撑到最后呢……罢了，既然你的决心这么坚定，我也就不再说什么了。其实锦旭他内心还是个大男孩，以后的日子里，怕是还要你多包容他。"

诗婳想也不想就用力点头："嗯，我一定会好好照顾他的，阿姨您放心！"

当时的她答应得那么干脆，可是这才过了多久，自己就已经坚持不住了。

想到这里，诗婳不由得有些内疚地叹了口气，她在床上翻了个身，罢了，明天和林母见面，好好地跟对方道歉吧。

另一边，林家老宅内，喝得烂醉如泥的林锦旭正趴在卫生间里，抱着马桶吐个不停。

两个用人在旁边照顾着他，林母则站在卫生间门口，看着儿子的背影无奈地叹气。

没过多久，林锦旭的父亲回来了，听到动静的他很快寻了过来，看到儿子一边吐还一边喊着什么"不许走"之类的话，他不禁皱起眉头，有些生气地问自己的妻子："儿子好不容易回来一次，怎么就喝成这样，又是因为那个肖念玉？"

"不是……"林母摇了摇头，"这回应该不是因为她。"

"最好不是。"林父冷着脸说，"肖家的姑娘也太不懂事了，不是早就结婚出国了吗，怎么还缠着咱们儿子。"

那也是咱们儿子给她机会缠啊。林母在心底无奈地说，她将丈夫推了出去："你去休息吧，这里有我就行。"

林父离开后，两个用人将林锦旭扶到了客房的床上。林母上前给儿子盖好被子，听到儿子在酒醉当中说道："沈诗姵你不能离开我……你答应过永远喜欢我的……"

林母不禁摇了摇头，感叹道："现在知道后悔了，你早干吗去了呢？"

第二天下午，S市市中心一家私房粤菜馆门口，一位看上去二十多岁的短发年轻姑娘正站在那里不安地等待着。

她穿着一身轻奢套裙，手里提着一个奢侈品牌手包，打扮得倒是很像出门逛街的富家千金。然而能来这家私房餐厅光顾的客人们都是非富即贵的主儿，站在餐厅门口的迎宾们自然也是眼光毒辣。

两个迎宾看着这姑娘手里的提包，不由得小声议论："那包山寨得那么明显她也敢背出来……"

"根本不识货吧。这人到底干吗啊，站在咱们店门口好久了……"

短发姑娘听到迎宾的议论，不禁有些羞耻地用手臂遮挡住了包包上的商标。

这个姑娘不是别人，正是肖念玉在大学里最忠实的跟班杨顺。大学四年里，为了讨好巴结家境富裕的肖念玉，她可没少帮肖念玉做事。

而今天她之所以会站在这家高档餐厅门口等待，是因为肖念玉从美国回来了，约了她在这里吃饭。

大学毕业后，杨顺在职场混得并不怎么样，因此当肖念玉约她出来的时候，她是很激动的，要是能再次抱上这个富家千金的大腿，那对她可是大有好处。

杨顺正这么想着，就看见一辆红色法拉利朝着餐厅这边驶了过来。杨顺还没认出车里的人，身后两个眼尖的迎宾就快速冲了上去，一改刚才议论杨顺时的不屑口吻，恭敬地打开了车门，说道："肖小姐，欢迎欢迎。"

车上走下来一位身材高挑、气质温婉的美丽姑娘，她穿着一身高定风衣，手里拿着一个爱马仕，仿佛天生自带一种矜持的贵族感。杨顺看清了眼前的人，立刻喜笑颜开地跑过去喊道："念玉，好久不见呀！"

没错，从车里下来的这个人正是肖念玉。她将车钥匙交给了旁边的迎宾让对方去安排停车，然后热情地拉住了杨顺的手，道："是啊，好久不见，杨顺你看上去真是一点没变。"

杨顺不好意思地笑道："哪有，都被工作磋磨得老了，哪像你，还是这么漂亮端庄。"

肖念玉优雅地笑了笑，说："我们进去聊吧。"

"哎，好好。"杨顺赶忙跟着肖念玉朝餐厅走。

有服务生上前为两人领路，对方非常礼貌地问："肖小姐，请问是去您以前经常订的那个包间呢，还是给您换个地方？"

肖念玉说道："今天天气很好，我和朋友去户外花园坐坐吧。"

杨顺自然是没意见的，她巴巴地跟在肖念玉身旁，将脑子里能想到的夸赞的话全都说了个遍。最后是肖念玉笑着打断了她，说道："好了，我知道你记挂我。这是我给你带的礼物，你看看喜不喜欢？"说着，她就把手里提着的纸袋递到了杨顺手上。

杨顺打开一看，发现里面是一个奢侈手包，简直激动得要跳起来，肖念玉则指了指她提着的山寨包，低声道："以后旧的就别背了，会被人笑的。"

杨顺连连点头道："我知道了，念玉你真的太好了！"

"这有什么，你以前在大学帮我那么多，我送你礼物是应该的。"

两人一边说着，一边走到了餐厅的户外花园旁。服务生指了指旁边的一个位置，问道："肖小姐，您看那个位置可以吗？"

肖念玉点了点头，刚想带着朋友走过去，然而当她注意到坐在不远处的一个身影时，却猛地刹住了脚步。

"念玉，怎么了？"杨顺着她的视线看过去，当她看清对面那个人时也不禁十分吃惊，低声说道，"咦，那不是沈诗婳吗？"

诗婳此刻并没有察觉到肖念玉、杨顺两人的到来。林母和她约好了下午在这家私房餐厅见面，但她来得早了些，林母还没有到，因此她便抽空用手机浏览着网上的招聘信息。

过了没多久，林母便来了，带着歉意说道："诗婳，对不起，路上有点堵车，阿姨让你等很久了吗？"

诗婳连忙收起手机，对林母笑着摇头道："没有的，我也才刚到不久。"

林母先是认真地将她打量了一番，然后温柔地笑道："许久不见你，感觉你状态还不错。"

诗婳点头道："嗯，还挺好的，谢谢阿姨关心。"

林母笑了笑，思索了片刻才开口道："你不要有什么压力，阿姨今天叫你出来不是想逼你做什么。只是阿姨一直觉得你是个好孩子，很喜欢你，现在你离开了锦旭，阿姨担心你以后的生活，所以想问问你接下来是怎么打算的。"

诗婳毫不隐瞒地说："我现在自己租了房子，也在努力找工作，今天还有一家公司约我明天去面试，我想应该很快就能靠自己生活下去的。"

"那就好……那就好……"林母低头喃喃道，"阿姨以前也听锦旭说过，你在大学里成绩特别好，我相信你肯定没问题的。"

"谢谢阿姨。"诗婳笑了笑，微微捏紧了拳头，做了个深呼吸才开口说道，"阿姨，我想跟您道歉，真的很对不起。"

林母惊讶地看向她："怎么好端端忽然说这种话？"

"我……我以前答应过您的，会好好照顾锦旭，会让他幸福，就算他不爱我也无所谓。"诗婳微微低下了头，"可是我却这么快就放弃了，真的对不起。"

"不要这么说！"林母有些心疼地拉住了她的手，"这根本不是你的错啊！是我的儿子太傻，不懂得珍惜你……是阿姨跟你道歉才对，害得你白白在锦旭身上浪费了这么多年光阴，早知今日，或许当初我就应该阻止你们在一起……"

"不是浪费。"诗婳摇了摇头，"喜欢他的那些年还是值得的，只是现在我有别的路想走了。"

"我明白。"林母眼眶微微有些泛红，"我们家锦旭啊，就是太傻太倔强了，所以看不清那个真正对他好的人……诗婳，你值得对你更好的男人。"

诗婳原本觉得自己已经放下了，可是看到林母的表情，鼻子却不禁有些发酸，连忙摇了摇头，说道："不说这些了，要是把阿姨您惹哭，就是我不好了。"

　　"哎，好，不谈这些了。"林母擦了擦眼角，"阿姨今天找你来，除了想问问你以后的打算，还有一件东西想要给你。"

　　诗婳正想问林母是什么，就看见林母从包里取出了一张支票，然后迅速塞到了她的手里。

　　诗婳顿时睁大了眼睛，想把支票塞回去："阿姨您这是做什么，这个我不能要的！"

　　"你先别急着拒绝，听阿姨把话说完。"林母用力按住她的手，认真道，"锦旭跟我说你走的时候什么都没拿，这两年你也没有上班，现在身上肯定很拮据，我不能看你过得这么苦。这一百万就当阿姨送你的礼物，有了这些钱，你就算暂时找不到工作也不用担心过不下去……"

　　"您的好意我明白，但这钱我绝对不能收！"诗婳严肃地说，"我自己有积蓄的，阿姨！我知道您是关心我，可如果我收了这钱，我喜欢锦旭这么多年的意义就完全变质了！阿姨，如果您相信我对锦旭的感情，就请尊重我！"

　　两人僵持了许久，最后林母只能无奈地收回了支票，她轻叹一声："我只是想弥补你一点……"

　　"我明白的，可我不需要。"诗婳说道，"虽然没有好的结果，可这几年对锦旭的付出，我一点都不后悔。"

　　林母有些伤感地叹了口气，看向她试探着问："其实你现在还是喜欢锦旭的，对不对？"

　　诗婳顿了顿，才苦笑道："对，我承认。可是只有我喜欢有什么用呢，他不喜欢我啊。"

听到最后一句，林母不禁张了张口，似乎有些欲言又止，但最后她还是把涌到嘴边的话咽了回去，换成了另外一句："罢了，不说这些了，我们点些吃的吧。"

"嗯，好。"

两个人开始点菜，而不远处的肖念玉看着诗婳和林母在一起亲密聊天的样子，脸色则是一片铁青。

她扭头去问旁边举着手机的杨顺："刚刚的事儿，你都录下来了吗？"

杨顺立刻点头道："嗯，你放心！"

"好。"肖念玉微微眯起眼睛，遮掩住眼眸深处那一抹精光，她悠悠道，"把沈诗婳收支票那一段视频剪出来，然后……你应该知道要怎么做。"

一小时后，林家老宅内。昨夜喝酒喝到抱着马桶狂吐不止的林锦旭，终于从宿醉中清醒过来。

他揉着发胀的头走出卧室，来到老宅大厅，看到父亲正坐在沙发上看新闻，便走过去坐在父亲对面，朝着厨房方向沙哑地喊道："张阿姨，给我煮点儿解酒汤来。"

没等厨房里的保姆应声，林父就冷冷瞪他一眼，斥责道："喝成这副鬼样子还好意思劳烦别人，要喝解酒汤自己去煮！"

林锦旭有些痛苦地揉着太阳穴："爸，我现在很难受，你就别说我了不行吗？"

"你要是为了别的事烂醉如泥，也就罢了，偏偏是为了肖家那个不检点的姑娘！"林父怒道，"你简直是丢我的人！这么多年了，那丫头到底给你下了什么咒，让你这么放不下？"

林锦旭沉默了一会儿才说："不是为了她，你不要问了。"

说着他便站起身打算去厨房，而就在这时，口袋里的手机忽然振动了一下。

　　林锦旭拿出手机瞥了一眼，发现是一个名叫"杨顺"的人给他发来的消息，写道："这段有关沈诗婳的视频你一定想看。"

　　杨顺是谁，林锦旭已经没什么印象了，可是"沈诗婳"三个字已经足够吸引他的注意力。

　　林锦旭连忙点开了手机屏幕，发现对方给他发来的是一段只有几秒的视频，他点开视频，很快因为里面的内容而瞪大了眼睛……

　　夜晚时分，诗婳结束了和林母的见面，独自坐地铁朝着家的方向赶去。今天这一下午的时间里，诗婳和林母聊了很多很多。

　　说实话，诗婳是很喜欢林母的。她父母离异得很早，母亲对她一直不管不问，她从林母身上体会到了很多类似母爱的关怀，她以前甚至还天真地想过，如果以后林锦旭愿意娶自己，那林母就真的成为自己的亲人了。

　　现在诗婳才明白自己的想法是多么愚蠢。林锦旭根本从来没想过要娶她，当初他为了那所谓的"负责任"强忍着厌恶把她接进家里，这两年里，他应该一直在心底期待她有一天能自己主动离开。

　　从前她是多么天真，以为只要自己足够真诚，就一定能融化林锦旭的心。但如果只要你足够爱一个人对方就会反过来爱上你，这世界上怎么还会有那么多人因为感情伤心欲绝呢？

　　想到这里，诗婳不禁轻叹一声，随着人潮一起走出了地铁站。

　　就在她走到公寓楼门口时，身后忽然传来了一个隐隐压抑着愤怒的声音："站住。"

　　这声音诗婳再熟悉不过了，她不由得愣了一下，回头朝身后看去，就看见林锦旭正靠在他的黑色迈凯伦旁边，双手插在口袋里表情冰冷地盯着她。

公寓楼下面的路灯很是昏暗，林锦旭又穿了一件黑色衬衫，因此诗婳刚刚走路的时候竟然没看见他。

她想了想，这才开口道："你怎么知道我住在这里？"

听到她这么说，林锦旭不禁冷哼一声，迈开修长的腿快步走到她面前，低头看着她："沈诗婳，我已经主动来找你了，你现在还跟我演有意思吗？"

诗婳十分茫然："我……我跟你演什么？锦旭，我不是跟你说得很清楚了吗，我没有跟你闹脾气，我是真的跟你分——"

还没等她把"分手"两个字讲完，面前的男人就有些暴躁地打断了她，怒道："分什么手！沈诗婳，我认识你这么多年，怎么到今天才发现原来你这个女人这么虚伪！"

诗婳被"虚伪"两个字重重地打击到，她和锦旭相处这么多年，他虽然不喜欢她，可从来没对她说过这么难听的字眼！

她的情绪顿时混乱起来，其中还夹杂着一股慢慢涌出的酸涩："你……你说我虚伪是什么意思？"

林锦旭冷笑一声，直直地看向她眼眸深处，质问道："今天下午，你是不是去见我妈了？"

诗婳茫然地点点头，"虚伪"两个字不断在她心头盘旋，已然让她有些无法正常呼吸了："是……我见她了……"

林锦旭接着气势逼人地质问："那你是不是收了她一张支票？"

说着，他便拿出手机，找出杨顺下午发给自己的那段视频播放给诗婳看。这段视频只有五六秒，是无声的，画面上正是林母把支票塞到她手里的动作。

诗婳慢慢睁大了眼睛，她好像有点猜到林锦旭为什么会说自己虚伪了，心底却又不太愿意相信这是真的。

　　然而她的这般反应却让林锦旭误认为是她被拆穿之后惊慌失措了，他不由得叹了口气，愤怒又无奈地说："我真的不明白了，我跟你在一起这段时间，我的副卡不是早就给你了，你想买什么不能买？如果你是觉得钱不在你手上你不放心，那你可以直接跟我说啊，你要多少我打到你账户上不就行了？为了这么点儿事情你就闹得轰轰烈烈，说什么要分手，搞得尽人皆知，连我妈都知道了，让她出来圆场，你好意思吗？沈诗婳，我们都是成年人了，你知不知道你闹出这些事情真的让我很丢脸？"

　　诗婳被他这连珠炮一般的指责完全打蒙了，站在原地一时之间无法动弹。林锦旭刚刚说过的每一个字都变成了锋利的刀尖，不断在她的心头扎下，让她连指尖都疼到瑟缩了。

　　她爱了这个男人六年，即使从未得到他的回应，可她总觉得自己为他的付出终归会变成他人生中的美好回忆。多年以后他回想起来也会觉得开心，因为有这样的一个姑娘真心爱过他，却没想到原来自己在他心中，根本就是个不折不扣的拜金女罢了。

　　心底的酸涩如同潮水般迅速向上蔓延，最后化成了泪水积聚在诗婳的眼眶里。可是林锦旭并没有发现她的异常，他只是强势地拉住了她的手腕，说道："行了，以后你想要什么我都会给你的，你不要再闹了，快点儿跟我回去，我工作很忙，不能耽误在这点儿小事上。"

　　说罢，他就拉着诗婳朝自己的车子走去，但人还没跨出半步，身后的人就猛然甩开了他的手。

　　"你——"林锦旭回过头，原本想训斥诗婳不懂事，可是当他看清对方的脸之后，却不由得怔住了。

因为诗婳哭了。几乎是一瞬间的工夫，泪水就落满了她的整张脸，她不抽噎不哭喊，只是红着眼睛伤心地看着他，眼底净是不可置信和绝望。

"你……你哭什么……"林锦旭的声调顿时降了下来。这几年里他很少看见诗婳哭的样子，可是只要她一哭，他的脑子顿时就一团乱麻不知道该怎么运转了。

"林锦旭。"诗婳做了个深呼吸才开口道，"从我第一次见你的那天起，我就知道自己喜欢上你了。我明白，我的家境配不上你，我也没有那些富家千金养尊处优的优雅仪态，当时别人都暗地里嘲笑我追你是自不量力。可我一直觉得就算我什么都没有，但我对你的这颗真心是别人都比不了的，我以为你能看出来的，原来这么多年来，你一直都觉得我是为了你的钱才死追着你不放的吗？"

林锦旭愣住了："不……我不是这个意思……"

"可你刚刚就是这么说的！"诗婳带着哭腔说道，"我承认下午我去见你母亲了，她也的确给了我支票，但是我没有收！你为什么仅凭一段掐头去尾的视频就给我定罪？你甚至连问都不问我，就认定我收了你妈妈的钱？我在你心里就这么不堪吗？"

"我……不是……"林锦旭的大脑彻底死机了，那平常精明的生意头脑此刻彻底派不上用场，他现在仅剩的本能，就是想让面前的姑娘不要再流泪了。

于是他伸出了手，想要给诗婳擦眼泪，却被后者用力把手挥开了。

诗婳朝后退了一步，用一种他从未见过的眼光看向他，仿佛他林锦旭只是一个陌生人而已，然后听到她哽咽着说："林锦旭，今天下午你妈妈还问我，虽然分手了，但我是不是还对你有感情。我当时承认了，可现在我才知道自己有多愚蠢，我……我知道你嫌我挡了你的情路，可现在我已经主动退开了啊，你为什么就不能让我体面一点离开呢？"

林锦旭有些慌乱地上前一步，想把远离自己的诗婳抓回来，可得到的却只是她强硬的拒绝："不要再靠近我了！我们已经分手了，这是我最后一次对你说这句话！请你以后不要再出现在我面前！"

说完这些，诗婳就转身快步朝着公寓楼的方向走去。

林锦旭看着她的背影，心中猛然生出一种被抽离感，好像他身体的某一部分正活生生从他身上撕裂开来一样。他沙哑地开口试图把她唤回来："诗婳，我……"

诗婳却打断了他，她背对着他低声道："我现在真的很后悔，我以为你就算不喜欢我，多年后也会记得我对你的真心……原来你一直都是这么看我的。早知如此，我就应该听别人的，早点儿放弃你……"

说完这些，她就快步走进了黑漆漆的楼道。林锦旭不由得朝前追了几步，可最后还是停了下来，因为他怕此刻自己追上去只会让诗婳哭得更伤心。

他脑子里无比混乱，不明白事情怎么会发展成这样。诗婳刚刚哭着说的那些话不断在他耳边回响，他完全没料到，自己那番话会让诗婳觉得他认为她是为了钱才追求自己。

他从来都没有这样想过，他知道她不是这样的人！

他只是想快点儿让诗婳回到自己身边来所以才那么说，可为什么一切根本没有像他想象中那样发展？

林锦旭愣怔地在昏暗的路灯下站了很久，最后才转身回到了车里。

他疲惫地捏了捏眉心，一种挫败感将他紧紧包围住。

林锦旭长这么大，还是第一次体会到这种无能为力的感觉。

而心口那种隐隐的疼痛感，又是因为什么呢？

林锦旭将头靠在方向盘上，努力让自己冷静下来。可是诗婳的眼泪却打乱了他大脑里的所有思绪，让他越想越混乱，最后他只能无助地拨通了好友的电话，希望对方能给他一些解决的办法："喂，舒澄……是我。能出来见一面吗？"

电话那边声音很嘈杂，舒澄显然又是在酒吧里，他问："又出什么事了？"

林锦旭脑海中浮现出诗婳哭得通红的双眼，不由得闭了闭眼，才开口道："我……我刚刚把诗婳惹哭了……"

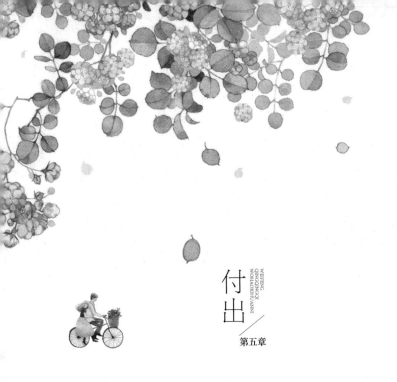

付出

WEIFENG
QINGQINGZJ
WOHAOXIHUANNI

第五章

　　让林锦旭感到有些诧异的是，这天晚上，舒澄并不在他自己开的那家酒吧里瞎混。林锦旭赶到"不夜澄"酒吧之后，舒澄还没有来，他便像上次那般独自坐在吧台边，问酒保要了酒闷头连灌了好几杯。

　　酒保在旁边看得不忍，想劝林锦旭少喝一点，却又怕自己说错话惹怒了这个大少爷丢掉工作，只好站在一旁不出声。就在他焦虑不安的时候，突然看见自家老板舒澄气势汹汹地朝这边走过来。

　　酒保刚想开口把老板叫过来，却见到舒澄对他做了个噤声的手势，然后走到一名服务生旁边，从对方手中的托盘里取了一杯啤酒，接着走到了林锦旭身后。

　　酒保还没反应过来自家老板要做什么，下一秒，就看见舒澄毫不客气地把手中的啤酒全部倒在了林锦旭的脑袋上。

"林锦旭，你是不是脑子出问题了？"倒完啤酒之后，舒澄"砰"的一声放下手中的酒杯，冷冷瞪向自己的好友，质问道，"我那天是不是跟你说得很清楚了，沈诗婳没有跟你闹脾气，她就是真的离开你了，你是哪个字没听懂？都已经分手了，你为什么还要去找人家的麻烦？"

林锦旭的整张脸全都被酒浇湿了，可是他并不愤怒，只是低着头有些虚弱地为自己辩解："我没有想找她的麻烦……我只是想让她回来，我不想分手……"

"分手这种事情只要其中一个人决定了，那就是分手了。"舒澄说道，"更何况你哪来的颜面说出不想分手这种话？这几年你心里的那个人到底是谁，我想你自己应该很清楚！"

林锦旭不说话，只是垂着头，水滴不断地顺着他被打湿的头发朝下落去。

两个人安静了一会儿，舒澄才平缓了情绪，问："她为什么哭了？你又跟她说了什么？"

想起刚刚诗婳那沾满泪水的脸，林锦旭就觉得心口隐隐作痛。他张了张口，费了好些力气才勉强把今天晚上的事情告诉了舒澄。

他差不多要把事情讲完的时候，舒澄的脸色已经很难看了。舒澄紧紧握着手里的空啤酒杯，手臂上的青筋都隐隐浮现出来，让站在一旁的酒保看得胆战心惊，生怕自家老板下一秒就要抄起酒杯砸向好哥们儿的脑袋。

最后，舒澄闭上眼睛做了个深呼吸抑制住了自己的冲动，他嘲讽地开口道："我真挺佩服你的，我爸平常在家里总是夸你，说你学到了你父亲的精髓，做生意滴水不漏以后必成大器，可是今天晚上你的智商是都被狗吃了吗？一段无声视频就能让你跑到沈诗婳面前骂她是拜金女，你是脑子出问题，还是平常我们大家都看错你了，其实你根本没有别人想得那么聪明？"

"我不是那个意思……我……我知道她不是那样的人。"林锦旭慌张地说，"我只是以为……以为是我这两年不够照顾她，她心底有怨气，所以才那么说，我只想让她快点儿回到我身边……"

"那你这个办法真是聪明绝顶啊。"舒澄讽刺地说，"你是不是觉得，你说完这些羞辱她的话，再给她足够的钱，沈诗婳就会开开心心地跟你回去，然后你们继续那种无爱的折磨关系？"

"我不是这样想的！"林锦旭的脑子又乱了，他求助地看向好哥们儿，"舒澄，你交往过那么多姑娘，肯定比我有办法，你帮帮我，你告诉我，我现在该怎么做她才会回来？"

"这件事我帮不了你。"舒澄扭过头看向别处，冷声道，"我交往的是什么姑娘你应该很清楚，她们才是真的冲着我的钱来的。都到这个地步了，你就放手吧，你不是一直都想去找肖念玉吗？现在机会就摆在你面前，你还在犹豫什么？"

是啊，自己还在犹豫什么呢？林锦旭茫然地盯着面前的酒杯，脑子里混沌一片。他和肖念玉从很小的时候就认识了，肖念玉很优秀，不仅长得漂亮，还会弹奏很多种乐器，为人处世也很优雅，简直就是最为标准的大家闺秀。很多男生都悄悄地暗恋着她，他林锦旭也不例外。

因此，当他和肖念玉考到同一所大学之后，他立刻就向她表明了心意，当时有众多追求者的肖念玉没有接受，但这并没有打击到他，只是更加增强了他想要得到她的心。于是他一追就是将近四年，哪怕肖念玉在大学毕业那年和外籍男友去了美国，他心中对她的执念似乎都没有减少过。

但为了对诗婳负责，这两年来，他一直压抑着对肖念玉的执着，现在挡在他面前的阻碍终于没有了，他为什么突然又不急着向前冲了呢？

林锦旭试着去回想他与肖念玉的过去，可是此刻不知为何，他脑海里充斥的全都是关于诗嫚的点点滴滴。

　　他生于富贵之家，从小到大一直体会着身边人为了钱而产生的尔虞我诈，因此他怎么可能分辨不出一个人的真实目的？这些年为了钱缠着他的姑娘不在少数，但他很清楚诗嫚绝不是那样的人，从很早的时候就清楚了。

　　他记得那是他上大三时候的事情了……

　　当时正值夏季，学校承办了一项比赛，让校司仪队派出两个人来做这次比赛的主持人。肖念玉知道这件事后立刻答应了下来，还让林锦旭跟她一起去，他自然高兴地答应了。只是这项比赛的专业性极强，身为主持人需要知道很多专业知识才能顺利地完成主持介绍的工作。

　　当时肖念玉很苦恼地跟他说她的工作太忙了，怕不能及时写完主持发言稿，他一听，心中的英雄情怀立刻澎湃起来，连忙安慰道："没事，你就去忙其他的工作，咱们的主持稿我会写好的！"

　　肖念玉十分感激，她离开后，林锦旭一个人在司仪队的会议室里写着稿子。当时马上就要期末考了，大家都在紧张地备考，因此司仪队的其他队员也没有人主动提出要帮忙。

　　林锦旭也并不责怪谁，毕竟这本来就是他和肖念玉两个人的工作，他也不想给其他队员添麻烦。那场比赛时间定在一个周六的上午，但由于工作量实在太大，直到周五晚上，林锦旭还是没能把主持稿写完。正当他独自忙到焦头烂额的时候，会议室的大门忽然被人打开了。

　　林锦旭扭过头，就看见那时已经上大二的诗嫚站在门口。她手里提着两罐咖啡，很关切地问他："师兄，稿子你还没写完吗？"

　　"还没有。"林锦旭无奈地朝她摊摊手，"好多专业术语，我得一个个查清楚它们的意思，不然我怕明天主持的时候出问题。你怎么来了？"

"我想来帮你。"诗婳走到他身边，将手中的一罐咖啡递给他，"你一个人忙这么久肯定很累了，你先歇一歇吧，剩下的我帮你做。"

　　林锦旭有些不好意思："那怎么行？马上就要考试了，你快回去复习吧。"

　　"没事的，我都复习好了。"诗婳有些心疼地看着他，"师兄，我来帮你吧，你看你，都有黑眼圈了。"

　　林锦旭还想拒绝，但诗婳已经拿起一旁的资料开始认真研究起来。林锦旭看着她温柔安静的侧脸，那一瞬间忽然就说不出拒绝的话了。

　　罢了，那就让她帮自己一会儿吧。林锦旭在心底想着，等一会儿他就送她回宿舍。

　　但事情并没有像林锦旭想象的那样发展，尽管喝了提神的咖啡，可已经连续忙碌了两天的他还是太疲惫了，最后竟然不知不觉就趴在会议室的桌子上睡了过去。

　　等他再度睁开眼的时候，时间已经到了第二天早晨。

　　林锦旭迷蒙地抓起手机，当他看清屏幕上的时间后瞬间清醒过来，他猛地坐直了身子，只觉得头皮发麻——

　　该死的，他怎么一觉就睡到第二天早晨了，稿子还没写完，一会儿比赛开始他和肖念玉该怎么上台主持？

　　就在他焦急万分的时候，身侧却忽然传来了一个柔软的声音："师兄，你醒啦？"

　　林锦旭惊讶地回过头，就看到诗婳坐在他身边。晨光透过窗户柔和地洒落在她清丽的脸颊上，让她整个人仿佛置身在油画当中一样。

　　诗婳面前摆放着整理好的稿件，旁边还放着一份还在冒热气的早饭，她对林锦旭微笑道："我正想着叫醒你呢。稿子我已经都帮你写好了，应该没什么问题了。还有这是我刚刚去食堂买的早餐，你赶紧吃一点吧。"

林锦旭愣怔了好久，才开口道："你……难道昨晚一夜没睡，帮我写稿子吗？"

诗婳点了点头："嗯，都写好了，你要是不放心可以再检查一下。"

"不，我不是这个意思。"林锦旭十分愧疚地看着她，"我……我不该睡着的，我没想耽误你一晚上的时间！对不起啊，这件事本来跟你没关系的，我却麻烦你那么多……"

"怎么会跟我没关系呢？"诗婳真诚地说道，"能帮到师兄我就很开心了。"

她最后那句话让林锦旭的心骤然加速跳了一下。但他还没反应过来，诗婳就站起身，她看了眼时间，说道："师兄，那我就先走了。"

林锦旭以为她太累了要回宿舍休息，连忙说道："好，你赶紧回去休息吧，我……我等下还得去比赛现场没办法送你，真不好意思……"

"没事的。"诗婳摇摇头，"下次有这种需要帮忙的事，师兄你喊我就好了，只要是你的事我随时都有空的。"

林锦旭被她温暖的言语感动到了，说道："太谢谢你了诗婳，我下次请你吃饭好吗？"

"嗯，好啊。"诗婳很高兴地答应了，她对他挥了挥手，然后便步履匆匆地离开了。

林锦旭拿过诗婳整理的主持稿看了看，发现诗婳将稿子整理得非常细致，每一个专业术语旁边都有她用小字写的注解，她的笔迹很好看，仿佛能从她娟秀的字迹当中看出她柔软温顺的性格。

还有她买的早餐……林锦旭这种挑剔的大少爷平常是很少吃学校食堂的，可是此刻，他吃了一口诗婳给自己买来的小笼包，却觉得这是他吃过最好吃的东西。

因为时间紧迫，那天早晨，林锦旭带着整理好的稿子和没吃完的小笼包赶去了比赛现场。而当他赶到赛场时，肖念玉已经到了那里，正在和一个参加比赛的男选手聊天——那个时候，肖念玉刚和之前的男友分手没多久。说老实话，那位男选手长得还算不错，而能到这里参加决赛的人的确都有点本事，所以肖念玉看向对方的神情里自然带了几分崇拜。

林锦旭看到这一幕，说心里一点都不难受那肯定是假的。他一个人忙了这么多天，不就是为了能让肖念玉轻松一点，让她也能用这种崇拜的眼神看着自己？可如今她把这样的眼神投射在了别人身上，他不明白为什么无论自己多努力，她好像永远看不见自己。

但他很快将这股消极的念头压了下去，走过去跟肖念玉打了个招呼。肖念玉接过他递来的主持稿，带着小小的抱怨说道："你怎么才把稿子拿来呀，离比赛开始只剩一小时了。"

林锦旭只好跟她道歉，她摆了摆手，又拿过他手里剩下的小笼包说："我还没吃早饭呢，这是给我买的吗？"

林锦旭本来想解释，可是肖念玉已经拿出一个小笼包咬了一口，很快，她的眉头便皱了起来，说道："这是哪儿买的呀，做得太难吃了吧，你的口味什么时候变得这么差了？"

林锦旭心底本来就有怨气，如今听她这么抱怨，火气不由得上来了——她怎么可以这么说？这是诗嫿在忙碌了一晚上之后还特意顶着疲惫跑去给自己买的早餐，诗嫿对自己这么照顾，结果放在她这里就变成了一句"难吃"？退一万步说，就算真的不好吃，她就一定要这么直白地表现出来吗？平常那个懂礼貌的优雅大小姐跑到哪儿去了？

他冷着脸拿回剩下的小笼包，说道："不喜欢吃那就还给我。"

说完他便独自走到了一旁，在台下找了个空座位开始熟悉稿子，不打算再理会肖念玉。他承认自己很喜欢她，但这不代表他对她的喜欢是毫无底线的，起码现在这一刻，她给他的感觉很差。

肖念玉也没有过来跟他道歉，而是忙着和那个男选手聊天。后来整场比赛，林锦旭都是压抑着心中的情绪去主持的，比赛结束后他便立刻离开了，因为那位男选手获得了第一名，他不想看见肖念玉和对方聊得热络的样子。

他去了图书馆备考，时间一眨眼就到了下午。

林锦旭计算着时间，想着这个时间点诗婳应该休息得差不多了，便给她打了个电话想请她吃饭，谁料她的手机却一直无人接听。

其他的联络方式也都联络不到诗婳，林锦旭不由得有点担心，索性到了她的宿舍楼下，想要问问宿管阿姨。就在他走到宿舍附近时，忽然看到一个熟悉的身影正朝前面走去。

他连忙拦住了那个姑娘，礼貌地说："你好，请问你是不是认识沈诗婳？之前我好像见你们一起去过图书馆。"

被他拦住的人正是诗婳的舍友殷菲，她自然是认识林锦旭的，她十分冷淡地点了点头："是，我是她的舍友，怎么了？"

"那请问你知道她在哪儿吗？我是司仪队的副队长林锦旭，我打她电话好几次一直没人接，有点担心她。"林锦旭连忙说。

谁料他话刚说完，面前的姑娘就冷笑一声，说道："得了吧，都这会儿了虚情假意关心她有必要吗？"说完她甩了林锦旭一个白眼就要离开。

这下林锦旭就茫然了，他连忙再度拦住对方，不解道："对不起，我不明白你刚刚的话是什么意思，能否请你给我详细解释一下？"

"我没空，就算有空也不想跟你这种人解释。"殷菲说道。

林锦旭问道："什么叫我这种人？我们应该不算认识吧，为什么我感觉你很不喜欢我的样子？"

他的话终于惹怒了殷菲，她说道："对，你猜得没错，我很不喜欢你。怎么，你这种锦衣玉食的大少爷是不是就觉得天底下所有女生都该巴结着你啊？你还有脸问我诗婳在哪儿，你自己难道猜不到吗？"

　　林锦旭心中慢慢不安起来："对不起，我真的不清楚，你生我的气也可以，但能否先告诉我诗婳现在的情况？"

　　殷菲带着怒气说道："诗婳昨天晚上一夜没回宿舍，就为了帮你整理那什么主持稿，然后今天早上她还要赶着去做家教，忙到下午才回来，结果一到宿舍就发了高烧，这全都是拜你所赐！我真不明白你怎么脸皮这么厚，好意思这么麻烦她？"

　　"什么？她发烧了？"林锦旭骤然睁大眼睛，"我……我不知道她早上要做家教……我以为她忙完就回宿舍休息了。"

　　"我们跟你这种开着几百万豪车的大少爷不一样，我们是要靠自己生存下去的。"殷菲说道，"诗婳每周末都要做家教养活自己，我以为你们认识这么久了，你应该知道的。"

　　"她……她从来没跟我说过。"林锦旭喃喃道。

　　殷菲叹了口气，说道："罢了，我懒得跟你说，再见。"

　　"等等！"林锦旭连忙道，"请问有没有什么我能做的，她病得严重吗，我可以送她去医院！"

　　"不用了，我们宿舍的人在照顾她。"说完，殷菲就快步走进了宿舍楼里。

　　林锦旭心里翻腾起一股复杂的情绪，只觉得内疚又难过。要不是为了帮他，诗婳不用忙一整晚，肯定也就不会生病了，他却大大咧咧地什么都没发现，还以为她今早急匆匆离开是回宿舍，却不知道她是赶着去做家教。

　　是他太自私了，只顾着追求自己的爱情，就让别人来为此付出代价。

想到这里，林锦旭不再犹豫，他连忙开车离开学校，去他常去的一家饭店订了四份食物，还去药店买了一些常用药，然后回到了诗嫚的宿舍楼下。他将东西都交给了楼下的宿管阿姨，拜托对方将东西转交给诗嫚。

大概过了半个小时，林锦旭的手机忽然收到了诗嫚发来的消息："师兄，不好意思我才醒来。谢谢你送来的药，还有给我们宿舍买的晚餐。"

林锦旭连忙回复道："没事，其中写着你名字那份是专门给你买的，比较清淡，适合生病的人吃。对不起，我不知道你今天要做家教，害你发烧了，你现在身体好些了吗？"

"嗯，烧已经退了。"诗嫚回复，"没事的，师兄，你千万不要觉得自责，能帮到你我很开心，就算生病也是值得的。"

林锦旭看得哭笑不得："胡说什么呢，以后不可以再这样了知道吗？"

诗嫚答应了，林锦旭又发了一条消息："这几天你们宿舍的饭我来买，你就好好休息，直到把身体养好。"

诗嫚说道："那怎么行，这太麻烦你了，不用的。"

"什么不用，这怎么能算麻烦呢？"林锦旭回复道，"你就好好养病，其他的什么都不用管了，就这么决定了！"

过了片刻，诗嫚才回复了他一句"好"，后面还配了一个可爱的微笑表情。

林锦旭看着那个可爱的表情，仿佛能想象得出诗嫚此刻微笑的样子，他的嘴角也不由得向上慢慢勾了起来。

回忆到这里，林锦旭不由得难受地抽了一口气。他扭头看向身旁的舒澄，回答舒澄之前提出的问题："我也不知道我现在犹豫什么……"

"既然如此那就不要想这些了，去追你一直喜欢的人吧。"舒澄淡淡地说道。

"可是……"林锦旭张了张口,"我不能就这么不管诗姮的,她一直那么喜欢我,没有我她肯定过不下去的。"

舒澄冷笑道:"你怕是太高估了自己。"

"我没有!她从见我的第一面就喜欢上我了,这是她亲口对我说的!"林锦旭立刻激动地为自己辩解。

"就算是这样吧,那难道感情就不会变吗?她也可以决定不再喜欢你啊。"舒澄说道。

林锦旭被他最后那句话打击到了,他怔怔地看着手里的空酒杯,是啊,世界上的一切都在变,喜欢这种感情也会变啊,如果诗姮真的已经不喜欢自己……

就在这时,坐在林锦旭另一侧的一个陌生中年男人忽然拍了拍他的肩膀,开口道:"兄弟,我不是故意偷听你们谈话啊,实在是你声音太大了我不想听都不行。你听我这个过来人一句劝吧,你既然那么喜欢这个叫诗姮的姑娘就赶紧把她追回来,不然以后你后悔可来不及了。我以前也认识这样一个姑娘,但我没好好珍惜,等我反应过来想去找她的时候,她早就结婚了,连孩子都生了,唉……"

林锦旭缓缓扭头,喃喃道:"你刚刚说什么?"

那个中年男人茫然道:"我说我以前也认识——"

"不是这句!"林锦旭快速打断了他,"你刚刚是不是说我喜欢她?"

林锦旭问出这个问题的同时,一旁的舒澄忽然猛地攥紧了手中的酒杯,连神情都有些绷紧了。

而那位中年男人回答道:"是啊,不然呢?看你一杯杯灌酒的样子,可不就是对这个叫诗姮的姑娘爱得不行了吗?"

林锦旭听了之后不由得微微睁大了眼睛,深埋在他心中的某颗种子仿佛因为这句话而受到了触动，突然有了动静，几乎马上就要破土而出了。

但他还没来得及把中年男人的话想明白，舒澄就忽然冷冷开口道："这位先生，你不了解情况就不要随意评论。"

那位中年男人也是店里常客，知道舒澄是这里的老板，他不想得罪人，因此便收起了话头，拿着酒杯转身离开了。

林锦旭连忙把视线转向了舒澄："那个人刚刚说我——"

"他说的就是真的吗？"舒澄平静地看着他，"怎么，难道你真的觉得自己现在舍不得沈诗婳离开，是因为你喜欢上她了？"

林锦旭愣怔了一下："我……"

舒澄紧盯着他茫然的神情，接着说道："林锦旭，你搞清楚，你现在之所以这么舍不得她离开，只是因为这些年里你早已习惯她对你的好罢了。我说点儿难听的话，沈诗婳照顾你恐怕比保姆都尽职尽责，现在她要走了，以后没有人帮你打理家务照顾你的起居，因此你一时之间不习惯罢了。

"如果你真的是个有担当的男人，就赶紧看清自己内心深处的真实想法，放她离开吧。她又没有把整个人卖给你，凭什么要一辈子耗在你身边当保姆，她也有权利追求真正的幸福。"

舒澄这番话如同锐利的寒冰，猛地插进林锦旭的内心，将那颗正在缓缓破土而出的种子重新冰封了。

喝醉了酒的林锦旭缓缓低下头，喃喃道："对，你说得对。我只是舍不得她对我的好罢了，是我太自私了。"

"你能想明白就好。"舒澄的神情终于稍微放松了一些，他拍了拍好哥们儿的肩膀，"去找肖念玉吧，等你们在一起之后，你就不会再胡思乱想了。"

林锦旭却垂着头没有回应。舒澄没有再逼他，两人又坐着默默喝了几杯酒，最后是林家的司机过来开车接走了林锦旭。

　　舒澄独自在酒吧里坐了一会儿，期间有好几个漂亮姑娘过来试图搭讪他，然而全都被他拒绝了。其中一个跟他挺熟的姑娘不解道："舒大少爷，你最近是怎么了？我认识的小姐妹都说你这段时间改吃素了，怎么，你是要改邪归正呀？"

　　舒澄拿掉了对方搭在自己身上的手，说："嗯，你去找别人吧。"

　　那位姑娘脸上露出不解的表情，对他笑了笑："行，我就看你能坚持多久。"

　　姑娘离开之后没多久，舒澄也离开了酒吧。

　　他的车就停在酒吧门口，他坐进车里，动作十分熟练地从储物隔层里拿出了那条泛旧的男士围巾。

　　他凑近了围巾闻了闻上面的香气，然后缓缓把它握紧，他看着手里的围巾，眼神渐渐变得坚定起来。

　　不能再等待了，他已然等了那么久，上天好不容易给了他机会，现在是该行动的时候了。

　　第二天早晨，诗嫚是在疲惫中醒来的。昨晚在楼下和林锦旭吵了架之后，她没忍住回家又哭了许久，后来不知不觉就躺在床上睡着了。

　　然而睡眠似乎并没有改善她的心情，诗嫚一睁开眼，脑海中仍旧回荡着昨晚锦旭对她说的那些伤人话语。她闭了闭眼，努力把那些话语从脑海里赶出去，她不能这样，今早还要去公司应聘，她得打起精神才行。

　　于是诗嫚强撑着身体从床上坐了起来，然而就在她坐起身的那一刻，小腹处却隐隐传来了一阵疼痛。诗嫚不由得"嘶"了一声，用手捂住了肚子。算了算时间，她的生理期早就该到了，然而这个月她却一直没有来例假，肚子却比以往更加疼痛。

诗婳不由得猜想，肯定是因为最近和林锦旭分手的事影响了自己的情绪，所以才导致生理期推迟。

可是面试的事情又不能耽误，诗婳只好强忍着身体不适起了床，快速洗漱了之后赶往了面试的那家公司。

面试进行得还算顺利，只是这家公司似乎还是很介意她有两年的空白期，说要考虑一下再给她答复。诗婳只能礼貌地跟对方道别之后离开了公司，她心里隐约觉得这次面试大概是没希望了。可她并不气馁，下午在市人才市场还有一场大型招聘会，她便带着简历赶往了那里。

尽管是周二，但人才市场里的求职者仍旧非常多，几乎将偌大的招聘会现场挤得水泄不通。

诗婳抱着简历，有些艰难地在人群中朝前走，斜侧边有个身材高大的男子回转身体的时候没注意，猛地撞上了她，她根本没防备，眼看着就要被撞倒在地。

最后一刻，一双有力的手臂却忽然从背后揽住了她的身体，阻止了她倒下去的动作。

诗婳在惊吓之余回头朝身后看去，刚想感谢一下这个帮助她的人，谁料她一转头就看见了一张熟悉的面孔："舒……舒澄？"

"嗯。"舒澄应了一声，将她缓缓扶了起来，关切地问，"你没事吧？"

诗婳摇了摇头，而那位撞到她的男子也连忙跟她道歉："对不起啊姑娘，我太着急了没看路。"

诗婳摇了摇头说没关系，然后转身看向舒澄，说："谢谢你啊，我没事。"

"没事就好。"舒澄淡淡地说道。

诗婳望着他，心中不由得生出了一个不乐观的猜想，昨晚林锦旭才来找自己闹过，舒澄该不会又是他找来的吧？她小心翼翼地问："你……怎么在这里啊？"

"我爸新开的一家公司正在招人，非要我过来帮他看看。"舒澄有些无奈地说道，"你没事就行，我有点忙，就不聊了。"

诗婳连忙点头道："好的，那你赶紧去吧。"

等他匆匆离开后诗婳不禁有些自嘲地笑了笑，觉得她也想得太多了，舒澄是要忙自己的工作才会出现在这里，又怎么可能是专门来找她的呢？

她松了口气，连忙拿着简历继续朝前走去。

为了多给自己增加就业机会，诗婳几乎将场内所有招聘财务相关的公司都投了个遍，等她终于投完简历的时候，时间也到了傍晚。

求职者们渐渐散去，原本拥挤的招聘会现场也变得清冷起来，诗婳朝着会场外走去，但没走出多远，就看到了站在不远处的舒澄。

在诗婳的印象里，舒澄一直是那种脾气很好的人，她从来没见过他生气的样子。此刻，舒澄却脸色铁青地站在他们公司的招聘处，训斥着一个站在他面前的男职员，看上去非常火大，而公司里剩下的几个员工都一脸怯怯地站在旁边，大气都不敢出。

诗婳想了想，还是抬步朝那边走了过去。不管怎么说之前舒澄都说了很多开导她的话，她既然瞧见了这一幕，总得过去问问究竟是怎么回事。

"舒澄。"诗婳小心翼翼地喊了他一声，"我看你脸色不太好，所以过来问问，出什么事了吗？"

"诗婳。"舒澄看到她之后脸色稍微好了一点，他挥手让那个男职员暂时走开，然后对诗婳叹了口气，低声说，"那小子就是个草包，我让他把今天收到的简历分类整理好，这么简单一件事，结果他什么都不会给我弄得一团糟。要不是他是我家那些个烦人的亲戚硬塞进公司来的，我早把他炒了。"

诗婳看了一眼不远处的男职员，见对方也是一脸愧疚，便安慰道："你别生气了，我看他也不是故意的，可能再历练历练就好了。还有多少简历没整理好，我帮你吧？"

舒澄想拒绝，诗婳却说："没什么的，你之前那么开导我，我也一直很感激，今天就让我帮你一点吧。"

舒澄这才答应了，于是诗婳走过去，和他公司里的其他人一起将收到的简历分类整理好，等全部忙完后，外面的天色也黑了下来。舒澄跟诗婳一起朝会场外走去，他说道："你饿了吧，不然我请你吃饭吧？"

诗婳笑道："明明上次见面时说好了下次我来请你的，不过……我最近经济比较拮据，没办法请你吃很高档的食物，你可别嫌弃呀。"

"我对食物不挑的。"舒澄微笑了一下，"你不知道，以前上大学的时候，我经常一个人去学校附近那条小吃街吃烤串，我想拉林锦旭一起去，可是他总嫌弃路边摊不干净，一次都不肯去。"

听到那个名字，诗婳的脚步不禁顿了一下。

舒澄似乎也意识到了什么，连忙对她说："抱歉，我不是故意提到他，你别生气。"

"不，我不是生气。"诗婳扭头看向他，做了个深呼吸然后问道，"舒澄，我能问你一个问题吗？"

"当然，你想问什么都可以。"

诗婳咬了咬嘴唇，开口道："在你眼里，我是个什么样的人？你会不会觉得，我这几年一直追求林锦旭，是为了他的钱？"

真相

WEIFENG
QINGQINGQI
WOHAOXIHUANNI

第六章

　　"我从来不认为你是这样的人。"舒澄几乎是想都没想就回答道，接着他微微蹙起眉头，不解地看向诗婳，"不过……为什么你会忽然有这种想法？是又发生什么事了吗？"

　　诗婳并不想舒澄继续夹在她与林锦旭的事情中，便只是说："没什么，我只是有点好奇。毕竟我和锦旭的差距太大了，以前追他的时候，身边有不少人都认为我是为了钱。"

　　"不用去在意那些无足轻重的人对你的看法。"舒澄很坚定地说，"只要你自己心里清楚自己究竟是怎样的人，还有你亲近的朋友愿意相信你，就够了。"

　　诗婳被他的话宽慰了不少，微笑道："嗯，我知道了。你真的很会安慰人，跟你聊几句感觉心情都好了很多。"

舒澄勾唇道："能帮到你就好。"

诗婳一边与他聊天，一边去到了母校附近。那里有一家挺有名气的烧烤店，以前上大学时，她们宿舍的人若是过生日，大家便会到这里来吃一顿。

"店还开着，太好了。"诗婳从舒澄的车里下来，远远地看见那家店熟悉的招牌不由得笑了出来，"我还有点担心这家店会不会已经关了呢。"

舒澄是知道这家烧烤店的，说道："这里生意一直不错，老板又幽默风趣，应该能长久地经营下去。"

诗婳问道："你也来这里吃过吗？"

舒澄点了点头："当然，你们大学附近的好吃的我都吃过。"

诗婳"扑哧"一笑："看不出来呀，原来你还有吃货属性。"

舒澄认真地看向她的眼睛，低沉道："其实我身上还有很多有趣的地方，如果你想了解的话，我可以慢慢告诉你。"

诗婳怔了怔，还没明白他话里的意思，耳边忽然传来了烧烤店老板热情的声音："两位要吃烧烤吗？我们店的五花肉可新鲜了，进来尝尝吧！"

她的注意力顿时被转移了，在老板的热情迎接下跟舒澄一起走进烧烤店，挑了个靠窗的位置坐下。老板将菜单递给两人，笑着问道："两位想吃什么，需要我给你们推荐吗？"

"不用，我们以前经常来的。"舒澄说道。

"哈哈哈，原来是老客人啊。"那个老板仔细盯着舒澄瞧了瞧，忽然惊讶道，"哎哟，原来是你啊，有钱的小少爷。我这都……两三年没见你了吧，你应该已经大学毕业了吧？"

舒澄微笑道："是，毕业好几年了。"

"哎哟哟，看你这打扮、这气派，已经成了年轻有为的老板了吧。"

老板啧啧惊叹道，接着又将视线转向了舒澄对面的诗嫿，打趣地说，"这是你新找的女朋友吗？这么漂亮的姑娘这回能不能套牢你那颗不安分的心啊？"

舒澄连忙说道："她不是我女朋友，老板你误会了。"

"那就是还在追求是吧？这回小少爷挺认真啊。"老板笑道，"哈哈，好了我不多嘴了，你们自己点菜吧，点好叫我就行。"

老板离开后，舒澄带着歉意对诗嫿说："对不起，让你被误会了。我……以前上大学的时候，偶尔会带姑娘来这里吃饭，所以老板才会这么说。"

诗嫿自然是明白的，连忙摇头道："没关系。"

舒澄的神情却还有些不安，他低头想了想，才开口说道："如果我跟你说，我打算改邪归正以后不再随便泡……随便交女朋友了，你愿意相信吗？"

诗嫿有些惊讶，她没料到舒澄忽然跟自己提起这件事，但还是点头道："当然。对感情更加负责任，我觉得这是好事情呀。"

舒澄的不安淡去了不少，他笑了笑说："我还以为你会觉得我做不到。"

诗嫿挠了挠头："我确实不太了解你。可是你有这个想法总是好的呀。"

"就凭你这句话，我会努力改掉过去的坏习惯的。"舒澄很认真地说道。

诗嫿点点头，好奇地问："不过你为什么忽然决定这样做了？莫非遇到什么真心喜欢的人了？"

舒澄盯着她看了两秒，慢慢将视线转向了窗外的夜景，淡淡地说："早就遇到了，只是之前没机会追她罢了。"

"那就好好努力吧。"诗婳鼓励道,"我觉得世界上虽然有很多人,但遇到真心喜欢的那个还是不容易,你要好好珍惜呀。"

舒澄重新看向了她,也不知道是不是窗外的霓虹灯光太闪耀,此刻他的眼眸看上去异常明亮,他说:"嗯,我会的。"

两人很快点好了菜,店里主推的五花肉果然非常诱人,放在烧热的烤盘上没多久就吱吱冒油,肉的香气混杂着腌料的香味,瞬间充斥了诗婳的嗅觉。

她正想伸筷子去夹烤好的肉,却听舒澄说:"太烫了,你不要动,我来吧。"

说着他就拿起了一旁的剪刀,将烤盘里的肉细心地剪成容易入口的小块,然后用公筷夹到了诗婳面前的盘子里。

他的动作非常熟练,诗婳的盘子里很快堆起了小山似的烤肉。她傻乎乎地盯着香喷喷的肉,一时之间忘了吃。舒澄看到她的样子,不由得停下了动作:"怎么不吃?是不是你不习惯别人给你夹菜?"

"不是……"诗婳摇了摇头,看向他真诚地说,"我就是觉得你好会照顾人啊,难怪那么多姑娘都喜欢你。"

"咳咳咳……"舒澄万万没想到他这个博好感的举动竟然会起了反效果,连忙解释,"没有,对她们我从来不是这样的。是我妈爱吃烤肉,在家里的时候我经常这么给她处理烤肉。"

"原来是这样哦。"诗婳点点头,笑道,"那也不错呀,我想等你追到了你真心喜欢的那个姑娘,你这么照顾她,她肯定会很幸福的。"

"嗯,我相信会的。"舒澄温柔地看着她说。

饭后,两人都吃得有些撑,便在街边慢慢散步消食。诗婳的视线被街边的一家甜品店吸引住,这家店装潢得非常漂亮精致,落地橱窗里摆满了各种造型独特的甜品,是旁边大学的女生平时最喜欢光顾的地方之一。

诗婳看着橱窗里那些她再熟悉不过的杧果芝士蛋糕，不由得慢慢停住了脚步。

"怎么了？"一旁的舒澄顺着她的视线看了看橱窗，问道，"是想吃那个吗？我买给你？"

"不用。"诗婳缓缓握紧了拳头，眼神淡漠地说，"以前的确很喜欢，可是我已经发过誓再也不吃了。"

舒澄隐约觉得她说的这句话里有什么深意，却又不敢随便追问，怕惹她伤心，便没有再说什么。诗婳也做了个深呼吸，扭头对他说："不早了，我就先回去了，今天跟你一起吃饭聊天我很开心。"

"我也是。"舒澄问道，"需要我送你回去吗？"

"不用，前面就有地铁站，很方便的。"诗婳朝他摆了摆手道别，接着便转身朝远处走去。

舒澄看着她远去的背影，连忙喊道："诗婳，等一下。"

"嗯？怎么了？"诗婳扭过头好奇地看着他。

舒澄快步走到她面前，再开口时的语气竟然有点紧张："我……我是想说，你愿意做我的朋友吗？之前我们确实不太熟，你也一直有点怕我，可是今天跟你相处下来，我觉得跟你真的很聊得来。"

诗婳听着听着，脸上不由得露出略显惊讶的表情。舒澄见状，一颗心不禁向下一沉，但他还是不愿意放弃，接着补充道："我知道我以前人品不好，你可能觉得我是个坏人，但我已经在改了……"

"不是，我没觉得你是坏人。"诗婳连忙开口，"我只是一时之间有点惊讶。其实我也挺想有你这样一个朋友，情商高又会安慰人，我挺佩服你的。只是……因为你跟锦旭是好朋友，我以为你不想跟我多接触。"

"怎么会。"舒澄连忙道，"他是他，我是我。更何况你和他的事情已经结束了不是吗，你不用担心这些事情。"

诗婳下定了决心，对他笑道："那好，以后我们就是朋友啦。"

舒澄因为她这句简单的话语，整个胸腔都变得温暖起来。他轻轻点头道："嗯，有什么需要帮忙的事你随时都可以找我。"

"嗯，你也一样。"诗婳笑着朝他挥手，"我走啦，再见。"

舒澄应了一声，就那么站在原地一直注视着诗婳，直到她的身影消失在地铁口，他才有些不舍地转身离开。

两天后，傍晚时分。

林锦旭从别墅中醒来，他躺在大厅的长沙发上，身上随意盖着一件大衣当被子，而沙发旁的茶几和地面上散落着各种外卖纸盒，让原本整洁奢华的别墅大厅看上去乱七八糟的。

他已经连续好几天没有去公司上班了，如果不是今天约好了和那个人见面，他应该还能维持这样的生活状态好一阵子。他觉得现在的自己，像是被困在了一个不透明的玻璃杯里，他内心深处最想要的东西就在玻璃杯外面，他却没有力气打破杯子冲出牢笼。

林锦旭叹了口气，摸了摸下巴，发现上面长满了胡楂，正想起身去卧室洗漱一下，可就在这时，别墅的门铃忽然被人按响了。

林锦旭起身走到门口，点开可视屏幕看了一眼，眼眸不由得猛地睁大了。

因为站在别墅外面的不是别人，正是肖念玉。

林锦旭低头思索了几秒，还是按下开门键让肖念玉进来了。他打开别墅大门，就看见肖念玉脚步轻快地穿过花园朝他走过来。

"锦旭。"肖念玉看到他，立刻开心地朝他挥了挥手，像只雀跃的小鸟儿一样走到他面前，然后优雅地转了一圈，问他，"怎么样，我今天打扮得漂亮吗？"

　　她今天穿了一身藕粉色的高定套裙，手里拎着最新款的限量包包，配上肖念玉那靓丽的长相和曼妙的身材，自然是很养眼的。以前上大学的时候，每次肖念玉与林锦旭见面，他都会非常热情地将她夸赞一番。

　　可是今天林锦旭根本无心夸她，只是无奈地问："你怎么来了？"

　　肖念玉的微笑在脸上僵住了，几秒后才开口："你这是什么话，不是你约我见面的吗？"

　　林锦旭说道："我是约你今晚在餐厅见，没让你上我家来啊。"

　　"不都一样嘛。"肖念玉用带了点儿撒娇的口吻说，"再说你家我以前又不是没来过，怎么，难道现在我来了，你还不让我进去吗？"

　　她都这么说了，林锦旭只好无奈地侧过身让她进了屋。

　　她很快发现了茶几周围那些乱七八糟的垃圾，不禁皱眉道："老天啊，你怎么把家里搞得这么脏？你家的保姆都不干活的吗？"

　　"我想一个人静静，这几天没让她们来上班。"林锦旭跟上去说道。

　　肖念玉有些嫌弃地将沙发拍了拍，才找了一块她认为干净的地方坐下，然后仰着下巴说："我人都来了，你也不说给我倒杯茶什么的？以前我来你家你可不会这么怠慢我的。"

　　林锦旭心想，罢了，既然肖念玉现在找来了，那就在家里把那些事情问清楚也好。于是他转身去了厨房，打开几乎空无一物的冰箱对外面说道："只剩下两瓶奶茶了，你喝奶茶行吗？"

　　却没有人回应他。

　　林锦旭有些奇怪，拿着瓶装奶茶走出厨房，发现原本坐在沙发上的肖念玉不见了，而二楼的主卧房门却被打开了，里面还隐约传来一阵窸窸窣窣的声响。

　　那是他和诗嬷的房间！林锦旭连忙快步上了楼，一走进去就看见肖念玉正站在主卧的衣帽间里，翻动着里面那些属于诗婳的衣物。

他不由得皱起眉头，冲过去拦住她，问道："谁让你进来动这些东西的？"

肖念玉却没有因为他的阻止就停手，而是拿起一个爱马仕包，扭头瞥了他一眼，说道："这个……也是你送给沈诗婳的吗？这个包刚出的时候，我跑遍了全欧洲都没买到，你对她还挺好的呀。"

林锦旭不想理会她酸溜溜说话的风格，只是伸手想把包拿回去："把东西给我，有什么事我们去楼下聊。"

然而肖念玉却抱着包朝后退了一步，抬着下巴像公主一样倨傲地说："我不。如果我说让你把这个包送给我，你肯吗？"

"你开什么玩笑。"林锦旭想也不想就回绝了，"这是诗婳的东西，我随便送给别人算是怎么回事。"

"可是你们不是已经分手了吗？"肖念玉立刻说，"这衣帽间大半部分都是她的衣服，你买的时候也没少花钱吧，既然她搬走了不要了，那送我又有什么不可以，我又没说我嫌弃。"

林锦旭却抓住了她话里的重点，皱眉道："谁告诉你我们分手了？还有她搬走的事情，你又是怎么知道的？"

肖念玉看向别处，悠悠说道："现在网络这么发达，这种事情传播得当然很快。"她顿了顿，又换上一副委屈的神色，"不过你今天到底是怎么了，我一进门你就一脸的不耐烦，对我态度这么差，以前你绝不会对我这么凶的。"

林锦旭并不回应，只是走上去从肖念玉手里拿回了那个包放到原处，然后对她说："这里是卧室很不方便，我们下楼谈。"

肖念玉盯着他看了看，发现他好像真的有点生气了，只好暂时收起了闹他的心思，跟他一起回到了一楼大厅里。

她重新坐在了沙发上，满心期待地看着林锦旭："你约我出来，是想跟我说什么？是不是你已经做好决定了？那天在机场遇到你，你说过会尽快给我一个答案的，可是后来你就再没找过我，这一转眼半个多月都过去了。你要是再不快点儿给我答案，小心我跑了。"

　　林锦旭没有回答肖念玉的问题，而是从口袋里拿出手机，将那段他母亲给诗婳塞支票的视频找出来放给肖念玉看，然后问道："念玉，我今天只想让你回答我一个问题，我希望你能说真话。这段视频，是不是和你有关？"

　　肖念玉彻底怔住了，她是怎么都没料到，林锦旭今天约她来，开口说的第一件事不是要跟她在一起，而是问她视频的问题！

　　看着视频里沈诗婳那张故作可怜无辜的脸，肖念玉心底的火气不由得噌噌向上冒，但她脸上仍旧表现出一副茫然又受伤的神情，委屈道："这是什么呀，我……我根本不知道你在说什么。"

　　"真的不知道吗？"林锦旭却明显不相信她的说辞，漠然道，"这段视频是杨顺发给我的，据我所知以前上大学的时候，杨顺是司仪队里你最要好的朋友吧。毕业后这么多年我跟她从来没联系过，结果她前些天突然给我发了这段没头没尾的视频，诬陷诗婳收了我妈的钱，不是你在背后操作又是谁？"

　　肖念玉激动地站起身，红着眼眶说："什么操作，你怎么能用这种难听的字眼形容我，还有这视频，我之前根本见都没见过！难道在你眼里，我是那种让别人替我做坏事的女人吗？"

　　如果是过去那个深深爱着肖念玉的林锦旭，恐怕会立刻激动地否认这个问题，然后温言温语地安慰她，但此刻，林锦旭没有立刻开口，而是陷入了一段回忆当中。

那是发生在那次诗姈熬夜替他写完主持稿之后的事情了。由于诗姈发了烧，后来的好几天林锦旭都买了一日三餐给她送到宿舍里，希望她能赶紧养好身体准备即将到来的期末考试。

在舍友和林锦旭的照顾下，诗姈的身体很快好了起来，林锦旭也终于放下了一颗心。周五傍晚是司仪队开例会的日子，那天林锦旭去得比较早，司仪队的大部分队员都还没到，他刚走到会议室门口，就忽然听到里面传来一个尖酸刻薄的女声："沈诗姈，你到底要我说你多少次才行？能不能收收你那不要脸的德行，不要天天巴着林师兄不放了？"

这不是杨顺的声音吗？林锦旭皱起眉头，虽然他一直知道这个杨顺性格不好，可是用这么难听的话骂诗姈，也太过分了吧？而且她说的"巴着林师兄"又是什么意思？是说自己吗？

林锦旭想冲进去阻止杨顺，却又想搞清楚事情原委，因此只能强忍着站在门口继续听。

只听诗姈很平静地回答："杨师姐，我不明白我做了什么让你觉得我不要脸。"

"得了吧，这儿又没别人，你还装什么无辜啊。"杨顺说道，"前几天难道不是你故意找借口跟林师兄一起在会议室待了一整晚？孤男寡女的，你也不知道避嫌？真是为了钱脸都不要了。第二天早晨你还去食堂买什么小笼包送给他，真以为凭那点儿小手段就能骗住别人了？我告诉你，林师兄和肖师姐，人家从小什么山珍海味没吃过，他们才是天造地设的一对儿，你能不能收起自己的不要脸，别在他们两个之间当小三了？"

"师姐，你知道的事情好像还挺多的。"诗姈的语气依旧很平静，"连我在哪里待着、去食堂买了什么都一清二楚。我都要怀疑是不是有人下命令让你二十四小时跟踪我了。我承认，那天晚上我是跟林师兄在会议室，但我只是在帮他写主持稿，绝对没有做什么不要脸的事情。至于你说的我当小三，这个说法我就更加不能认同了，林师兄和肖师姐从来就没有在一起过，我又怎么成了小三呢？是，我知道林师兄一直喜欢肖师姐，可这跟我喜欢他又有什么冲突呢？"

"你！你这个不要脸的贱——"

听到这里，林锦旭连忙推开门闯了进去，因为他感觉被惹怒的杨顺要动手打人了，果不其然，他一进去就看见杨顺扬着手做出要扇巴掌的动作，连忙上前将诗婳挡在了身后。

其实从那个时候起，林锦旭心底就隐约猜到，肖念玉恐怕在背后让杨顺当枪，帮她做了不少见不得人的事情，不然杨顺不可能无缘无故对诗婳还有队里的其他女生敌意这么大。只是那个时候，他对肖念玉的"滤镜"太重了，大脑似乎自动屏蔽了那些肖念玉不好的方面，把她想象成一个十全十美的女神。

可如今这么多年过去，他脑海里的"滤镜"似乎慢慢淡去，而真实肖念玉的模样，也一点一滴地展现在了他的面前。

"你说话呀！"见林锦旭一直不回答，肖念玉急了，她上前一步质问他，"回答我呀，林锦旭，是不是在你眼里，我就是一个坏女人？"

"以前我不觉得。"林锦旭终于开了口，"可是现在，我真的发现自己对你有很多不了解的地方。念玉，我今天只求你一句实话，请你告诉我，这视频到底是不是和你有关？"

肖念玉想也不想就回答："不是！你凭什么毫无证据就拿这种事冤枉我？我和杨顺自从大学毕业后就没联系过了，我根本不知道她现在在哪儿，又怎么可能指使她录什么视频？再说我录这个有什么意义？"

她每多说出一个字，林锦旭脸上的失望神情就更加浓重一分，最后他叹了口气，低声道："你要证据是吗？好，我给你证据。你应该是不知道，诗嫿和我妈见面的那家餐厅，我是有入股的。我问了当天餐厅的领班经理，证实你那天下午的确有在餐厅预约，名单上除了你，还有杨顺的名字。而且餐厅各个角度都有监控摄像头，你是不是要我去把监控也调出来，才肯承认视频这件事是你做的？"

"你——"肖念玉的神情显得又惊慌又伤心，"你竟然为了这种事去调查我？为了一个沈诗嫿，你居然这么伤害我？那以前你对我的那些喜欢，难道都是假的吗？"

"我只是想让你说实话。"林锦旭很痛心地看着她，"不要用我对你的感情来转移话题，更何况现在受伤害的人是沈诗嫿，不是你。念玉，我们只是两年多没见，你怎么就变成这样了，嘴里一句实话都没有，还用这种手段去诬陷别人？"

究竟是这两年在美国不顺遂的生活改变了她，还是眼前的这个女人一直都是如此，只是从前他没有看清楚？

"我为什么要诬陷沈诗嫿？"肖念玉红着眼睛说道，"是，我承认她跟你在一起的事情让我不开心，但我做这种事对自己又有什么好处呢？"

她一边说，眼泪一边顺着脸颊往下坠。这样一个美丽的千金大小姐哭成泪人，怕是陌生人看到了都会禁不住有些不忍，可林锦旭现在看着她，只觉得疲惫。

还有心寒。

直到这一刻他才明白，自己对眼前这个女人有多么不了解。

"罢了，就这样吧，我们没什么好说的了。"林锦旭低声说道，"你回去吧，我想休息了。"

肖念玉一听，顿时慌张地走过来用力抱住了他，哽咽道："什么叫没什么好说的了？锦旭，你……你不要我了吗？那天在机场我们见面，你不是还对我有感情吗？你说你要跟沈诗嫿分手的……"

"我当时说的是，我需要考虑一下要不要跟她分手。"林锦旭拿开了她缠在自己身上的手，"现在我已经考虑好了，对不起，念玉，我想我们还是没有缘分，就这么算了吧。"

　　"那我怎么办呢？"肖念玉流着泪说道，"我前夫和别的女人在一起，不要我了，家里最近投资又失败，我现在这么惨，只剩下你可以保护我了，可是连你都不在乎我了吗？"

　　"对你的遭遇我很同情，可这些并不是我造成的。"林锦旭说道，"我能理解你从国外回来求助我的心情，毕竟过去我的确很认真地喜欢过你。可那也已经是往事了，念玉，我们都是成年人了，你就算要求助也应该先求助自己的亲戚，而不是来找我，指望着通过跟我在一起这件事，来帮你解决困难。抱歉，我想我已经做不到像以前那样，只要你有求，我就不顾一切地去帮你了。"

　　肖念玉愣愣地盯着面前的男人看了许久，此刻她脸上的神情并不是在表演，而是她内心的真实反映。她从没想过，这个喜欢了自己十几年的男人会忽然变得如此绝情，跟她撇得干干净净。

　　她心底渐渐涌起一股火气，愤怒、不满、怨怼，这其中有对林锦旭的，但更多的是对那个叫沈诗嫚的女人。如果不是因为沈诗嫚的出现，现在林锦旭仍旧会像一只宠物狗一样，只要她招招手就会跑过来讨好她！

　　全都是沈诗嫚这个女人的错！

　　可是她不能在这个时候放弃，现在的她已经没有退路了，家里的公司出了大问题，她又被前夫抛弃，这些变故让她在朋友圈里简直变成了所有人的笑料，因此她一定要抓住林锦旭这根稻草翻身才行。她不相信林锦旭内心一点都没有自己了，只要自己肯努力，他迟早会回到自己身边的。

　　肖念玉这么安慰着自己，重新换上悲伤欲绝的表情，说："我知道你不是这样想的，锦旭，你只是还在生气我当年没有选择你，和别人去了美国。我知道你还是喜欢我的，等你不生气了，我再来找你，好不好？"

林锦旭无奈地摆了摆手，已经懒得跟她解释了："你走吧。"

肖念玉擦着眼泪离开后，林锦旭不禁长叹了一口气，重重地倒在了沙发上。

他揉着胀痛的太阳穴，只觉得十分可悲。在今天之前，他从未想过自己会把在生意场上对付竞争对手的那些缜密思维和锐利说辞拿出来，用来对付肖念玉，可是他刚刚的确这么做了。

林锦旭以为自己会心痛，可是此刻他只觉得失望。肖念玉在他心底一直是善良温柔的，像天使一样完美，可现在的她，似乎距离这些形容词越来越远。

林锦旭忽然很后悔，如果半个多月前，他在机场没有和偶遇的肖念玉坐下来聊天，是不是现在这一切都不会发生了？诗嫚还是乖乖地待在家里，每天准备好晚餐等他下班回来。

想到这里，他忽然想到了肖念玉刚刚去过的卧室。

林锦旭连忙起身走上二楼，发现衣帽间里那些属于诗嫚的衣服已经被肖念玉翻得一团糟。

林锦旭看着那些衣服，内心忽然就没来由地疼痛起来，诗嫚离开这里的时候没带走一件他送给她的东西，他却恶声恶气地跑过去质问她，说她拜金，当时的他到底是怎么了？

林锦旭将衣服一件件捡起来叠好，再放回衣柜里，就在收拾到一半的时候，一个书册一样的东西忽然从衣服堆里掉了出来。

林锦旭捡起那东西一看，发现这是一本有些老旧的万年历，封皮的右下角还有诗嫚用娟秀字迹写的名字。当时诗嫚离开后，他怕属于她的东西落了灰，因此便让保姆把东西都仔细收在衣帽间里，这本万年历大概是保姆收纳进来的吧。

他忽然有点好奇，因为自己以前从来没见过这本万年历，现在大多数人都用手机看日期了，诗姬留着这种纸质的万年历做什么用呢？

林锦旭一边想着，一边翻开了手里的书册，映入眼帘的第一页，上面就出现了他的名字。

时间是六年前的 9 月 1 日，诗姬用浅粉色的笔在日期下面的空白处写道："开学报到，遇到了一个很温柔帅气的学长，他说他叫林锦旭。"

这页纸旁边还贴了一张爱心形状的便利贴。林锦旭发现万年历的侧边贴了很多这样的便利贴，他的内心忽然一动，伸手翻到了下一个贴着便利贴的日期。

那是一个多月后，上面果然又有和自己有关的内容："竟然在司仪队面试的时候又遇到了他，好紧张，但是也好开心，这样就能更接近他一点了。"

接着是 10 月 25 日："我们司仪队第一次开例会啦，林师兄主持会议的时候好帅气，还夸我做笔记很认真，开心！晚上要奖励自己去吃一个杜果芝士蛋糕。"

11 月 19 日："他果然是喜欢肖师姐的，可是没关系，他们没有在一起，我想我还是有机会的，诗姬你要加油呀。"

12 月 24 日："明天想送他圣诞礼物，不知道他会不会收，看到有别的女生给他准备了好贵的奢侈品，可是我现在还买不起，唉。亲手织的手套他会嫌弃吗？"

12 月 25 日："他收下啦，而且好像只收了我的礼物呢！我好高兴呀，忍不住在宿舍蹦了一会儿，舍友都说我疯了，哈哈哈！"

第二年的 1 月 13 日："他真的很喜欢念玉师姐，喜欢到可以为了她在大雪天喝酒受冻的程度。有点难受，可我不会放弃的，因为就像他喜欢肖师姐一样，我也是真的很喜欢他。"

4月26日："不知道是不是杨顺师姐在背后说了什么，学院里忽然好多人说我是拜金女，还说我为了钱才倒追他，也不知道他如果听到了，会不会相信那些话……"

5月17日："他好像一点都不在意那些关于我的言论，还是对我像以前一样，太好了。"

6月19日："快要放暑假了，他说要和舒澄师兄一起去国外旅游，有两个月要见不到他了，怎么办，好舍不得。"

……

林锦旭看着手里的万年历，看着每一页上属于诗姌的字迹，仿佛能想象到她坐在书桌前记录下和他有关的事情时那些或爱慕或欣喜或不安的表情。

他忽然觉得一阵鼻酸。从小就被父亲教育要做一个堂堂正正男子汉的他，被要求绝对不能轻易流泪，他也的确做到了，可是这一刻，他是真的有些想哭。

他知道诗姌很喜欢自己，从她第一次跟自己表白后就知道了。只是他从没想过原来她对自己的爱意竟然这么深厚浓郁，已然像空气一样融入了她生活的点点滴滴当中……

在他不曾留意的那些瞬间里，到底错过了多少关于她的深情呢？

林锦旭不由得回忆起了诗姌第一次跟他表白时的情景……

恍悟

WEIBING
QINGQINGZI
WOHAOXIHUANNI

第七章

诗婳对林锦旭的第一次告白，就发生在那天林锦旭闯进会议室阻止杨顺打人之后。当时林锦旭将诗婳严实地护在身后，皱眉看着杨顺说："杨顺，无论你们有什么过节，我认为都可以想办法坐下来心平气和地解决，你觉得呢？"

杨顺本来就在气头上，林锦旭的突然出现，还如此维护沈诗婳，她的火气顿时更大了，猛地上前一步想把诗婳从他背后拽出来，尖叫道："是这个女人太不要脸了，林师兄你不要被她那装清纯的样子勾引了，她就是个贱——"

"请你注意你的言辞。"林锦旭立刻高声严厉地打断了她的话，眼神也变得越发冷漠，"我刚刚已经好言好语劝过你了，如果你执意要继续对她说脏话或者动手，那么我不介意把这件事反映到辅导员那里去，我想辅导员一定会公正处理这件事。"

杨顺的气焰这才消散了几分，却还是不愿意放弃。她咬着嘴唇，很不甘心地说："林师兄，你不是一直很喜欢肖师姐的吗？既然如此，你为什么要维护别的女生啊？"

林锦旭简直要被气笑了，他说："我维护她，是因为我发现你要动手打她。更何况我是司仪队的副队长，看到队内两个成员发生冲突，我当然要出来阻止！还有，我是喜欢念玉，可是这件事跟你有什么关系？杨顺，你别怪我说话难听，但有时候做人还是不要多管闲事比较好。"

"我……"杨顺不禁觉得十分委屈，看着诗嬿躲在林锦旭身后的样子，她简直恨得咬牙切齿，可是一时半会儿又不能拿诗嬿怎么样，因此她只好冷哼了一声，转身坐到会议室的另一头不说话了。

没过多久，司仪队的其他成员陆陆续续地来了，林锦旭像往常一样主持会议，可是这一次他发现自己好像有点难以集中精神。

刚刚他在门外听到诗嬿说的那些话不断地在他脑海里回荡着："我知道林师兄一直喜欢肖师姐，可这跟我喜欢他又有什么冲突呢？"

林锦旭每多回想一次，就觉得头皮越发有发麻的感觉。诗嬿的确对他挺好的，以前还送过他圣诞礼物，可是他一直以为她本身就是这样温柔热忱的性格，因为她对队里的其他成员也都不错。

今天他才知道，原来……一直以来诗嬿都在喜欢自己。那她之前对自己那么好，也全都是因为喜欢？不会吧，会不会是他刚刚不小心听错了？可如果他听错了，杨顺又为什么要对诗嬿说那些难听的话？

他越想脑子越混乱，连心跳也莫名其妙地加快了。

林锦旭无奈地跺了跺脚，努力把集中精神，才勉强顺利地结束了这次例会。他觉得自己不能再这样下去了，还是赶紧跟诗嬿把事情说清楚吧。他心里有肖念玉，如果诗嬿真的喜欢自己的话，那只会浪费她的时间啊，而他不想耽误她。

于是会议结束后，等其他人都陆续离开后，林锦旭做了个深呼吸，对诗婳说："诗婳，你等一下可以吗，我有点事想跟你说。"

诗婳很平静地点头答应了，两个人一前一后离开会议室，在教学楼旁边那条林荫小道上漫步。

"刚刚杨顺没有伤到你吧？"林锦旭首先问了他此刻最关心的问题。

诗婳摇了摇头："没有，还好师兄你来了，谢谢你保护我。"

"没什么，那是我应该做的。"林锦旭认真地说，"还有诗婳，以后你尽量不要跟杨顺单独相处了，我怕她又对你做什么，这个人的人品真的有问题。我以后也会多留意她的，不会给她骂你甚至伤害你的机会。"

诗婳侧过头，看向他的眼神温柔又感动："嗯，我知道了，谢谢你，师兄。"

林锦旭被她这柔柔的视线一盯，心跳顿时又怦怦加快，他连忙把头扭向一边，在心底对自己说：不要犹豫了林锦旭，赶紧把事情跟诗婳讲清楚，不要让她继续为了你浪费时间了。

可是无论他怎么努力，都没办法开口，最后还是诗婳主动问道："师兄，你是不是还有什么想问我的？"

"我……呃……"林锦旭焦急地抓了抓头发，他想用尽量不伤害她的办法把那些话说出来，然而此刻他的大脑却像报废了一样，一个字都想不出来！

诗婳看着他的样子，不由得轻笑了一声，问道："你大概是想问我，是不是真的喜欢你吧？"

林锦旭怔了一下，小心翼翼地点了点头："嗯。我……刚刚在会议室外面听到你和杨顺说……但如果是我听错的话，我跟你道歉！"

"不用道歉。"诗婳柔声道，"因为你没听错，我的确是喜欢你呀。"

林锦旭的脸一瞬间就涨红了，磕磕巴巴道："但……但你应该知道，我……我有喜欢的……"

"你喜欢肖念玉师姐是吗？我知道呀。"诗婳平静地说，"其实我大一刚入学没多久就知道了，可是……这不妨碍我喜欢你吧？你们现在没有在一起呀，我想，我还是有机会的不是吗？"

"不不不，你不能这样想。"林锦旭连忙摆摆手，"你这样子把感情投在我身上，是浪费时间！你……你是一个很不错的姑娘，学校里还有那么多优秀的男生，你不要为了我耗费青春，不值得的。"

"学校里优秀的男生确实不少。"诗婳深深地望着他，"可是……我的眼里只看得见师兄你啊。师兄你大概不知道，其实从我们第一次在火车站见面那天，我就悄悄开始喜欢你了。而且我不觉得喜欢你是浪费时间，你为人正直，又那么聪明，对身边的朋友也很热情，喜欢上这么完美的人，怎么会是浪费时间呢？"

林锦旭以前也不是没有被别的女生表白过，可是听着诗婳如此柔情似水的话语，还有她着迷地看向自己的神情，他只觉得自己脸都要烧起来了，"我我我……我没有你说得这么好！我也有很多缺点，反正你不要傻了，去喜欢别的人吧。"

"可是我做不到，喜欢这种感情怎么可能随意转移到另一个人身上呢。"诗婳看着他，"师兄，我知道你很喜欢念玉师姐，你们无论是外表、能力、还是家境都很相配，所以……我其实没有妄想过能跟你在一起。我只是想安静地喜欢你，在你需要的时候给你支持和鼓励就好，能不能请你让我保留这样小小的权利呢？"

看着她眼眸中那晃动的不安，林锦旭实在是没办法继续说出拒绝的话，他叹了口气，说："可我怕你以后会后悔。"

"不会的。"诗婳立刻说，"如果有一天你真的和念玉师姐在一起了，那我保证立刻远离你们，不再打扰你的生活。可是现在……我还是可以喜欢你不是吗？你会因为知道我喜欢你，就讨厌我吗？"

"当然不会了！"林锦旭立刻回应。

诗婳不禁稍稍松了口气，微笑道："那就好。"

两个人继续朝前走。由于天色已经晚了，林锦旭担心诗婳的安全，又怕那个杨顺再度跑过来找她的麻烦，因此一直将她送到了她宿舍楼下，才转身要走。

可就在他转身的那一刹，耳边却传来诗婳的声音："师兄。"

"嗯？"林锦旭扭过头去，却不敢看她的眼睛，他怕自己的心跳再度不受控制。

"我今天好开心呀。"诗婳站在宿舍楼门口的台阶上，笑着对他说，"这些告白的话，我其实早就想跟你说了，却一直找不到机会。你听了以后不讨厌我，真是太好了。"

"嗯……"林锦旭点了点头，说，"你……你快回去吧，好好复习，认真准备考试。"

"嗯！师兄你也一样，加油哦！"诗婳欢快地对他挥了挥手，然后一蹦一跳地走进了楼里。

林锦旭看着她的背影，不禁微微笑了一下，却又很快把这笑容收了回去。他摸了摸自己仍旧发烫的脸，感觉自己得赶紧用凉水洗脸冷静一下。真是奇怪了，之前那么多女生跟他表白，他都被表白得麻木了，可为什么今天面对诗婳的表白自己反应这么大？

肯定是因为他跟诗婳太熟了才会这样，对，绝对是这样。

林锦旭这么安慰着自己，脚步轻快地离开了那幢宿舍楼。

回忆到这里，林锦旭不禁靠着衣帽间的柜子滑落下去，坐在地毯上用手捂住了脸。

因为他好像突然发现了很多一直以来被自己刻意忽略掉的东西。这些年来，他总是告诉自己，是诗婳对他一腔热忱爱得热烈，他才在最后接受了她对自己的爱，让她陪伴在自己身边。

可为什么此刻回忆起这些和诗婳有关的往事，他心里会如此难受，如此后悔自己没有好好珍惜？

林锦旭痛苦地吸了一口气，用手指轻轻抚摸着万年历上那属于诗婳的字迹，忽然在这一瞬间意识到，其实"沈诗婳"这个名字，早就已经在他未曾察觉的时候便深深刻印在了他的心里。

一转眼，三天的时间又过去了，而诗婳找工作的事情仍旧毫无进展。

诗婳不禁有点气馁，这天下午三个舍友又约她出来吃饭，她也想转换一下心情，便答应了。

四个人聚在一起很快热切地聊了起来，仿佛时间并没有向前走，她们四个仍旧是当年青春烂漫的大学生一样。

不过诗婳的情绪明显没有其他人高涨，没过多久赵小果就发现了她的不对劲，问道："诗婳，你没事吧？我看你坐在那里一直打哈欠，是不是生病了啊？"

诗婳摇摇头："没有，就是不知道怎么了最近这两天特别累，可能压力有点大吧，唉！"

何楚珺关切地问道："是因为找工作的事情吧？还是没有什么好消息吗？"

诗婳无奈地点了点头："嗯……都不肯招我。"

何楚珺连忙安慰道："没办法，现在企业都喜欢招应届生。不过你不要灰心，再试一试，你能力那么强，我想肯定能找到工作的。"

赵小果也点头："对啊！我们诗婳以前在班里成绩一直是第一名呢，参加各种比赛也有获奖，那些企业不招你是他们没眼光！"

　　"谢谢你们。"诗婳笑了笑，"我就是心里有点着急，你们都这么帮我，我要是一直在家里闲着总感觉对不起你们。"

　　"既然这样，那就先来我们公司上班吧。"殷菲忽然开口，"你进来先做个行政，虽然工资不高，但好歹能把你每个月的房租水电挣出来，总好过你现在闲着没事干。"

　　诗婳犹豫道："可是……这样太麻烦你了吧？"

　　"这有什么麻烦的，我现在好歹是个主管，招个人进来还是没问题的。"殷菲说道，"你先赚点儿工资养活自己，等以后找到更好的工作，你再跳槽也没问题。"

　　另外两个舍友也劝诗婳答应，她想了想，最后点头道："那好吧，真的谢谢你了殷菲。"

　　"跟我们还客气什么。"殷菲认真道，"不过我们事务所要求很严格的，你进来了可得认真工作，千万别给我丢脸。"

　　"嗯，你放心吧！"诗婳连忙保证道。

　　工作的事情暂时有了着落，她的情绪也渐渐提升上去，终于开始和大家一起说说笑笑。

　　没过多久，诗婳的手机屏幕忽然亮了一下，她低头一看，是舒澄给她发来的消息，问道："晚饭吃过了吗？"

　　自从那天她答应和舒澄做朋友之后，这几天以来，舒澄偶尔会找她聊聊天。诗婳便拿起手机回复道："正在吃。"

　　"一个人吃吗？"舒澄又问道。

　　"不是，跟我以前的舍友一起。"诗婳回复，"你呢？你吃饭了吗？"

　　"我也在吃，不过是跟生意场上的朋友。"舒澄说，"吃得好无聊，一群老大叔喝醉了在那儿瞎吹牛，我想走，但我爸一直凶狠地瞪着我，不让我走。"

诗婳被他的话逗笑了，发了个表情包过去，说："辛苦了，辛苦了。"

或许是她盯着手机傻笑的样子太显眼了，坐在对面的赵小果不禁盯着她问："诗婳，你在跟谁聊天呢，笑得这么开心。"

诗婳放下手机，解释道："一个朋友，随便聊两句。"

何楚珺凑上来问："什么朋友呀，男性朋友吗？哇……你这么快就有新桃花啦？"

诗婳连忙摆摆手，说："不是不是。这个人你们应该听过，他叫舒澄，是……锦旭的朋友。"

她话刚说完，何楚珺就惊讶地捂住了嘴，说道："天啊，就是那个很有名的花心富二代吗？以前上大学的时候，我还经常看到他晚上开着超跑载着女孩子在学校附近兜风呢。"

"我也听过。"赵小果皱眉道，"听说这人一个月能换三个女朋友，不过好像是因为他出手特别大方，好多女生都愿意跟他在一起。诗婳，你这是要干吗，才出虎口又入狼窝吗，你别犯傻啊！"

诗婳"扑哧"笑了出来，连忙解释道："你们想到哪里去了，我跟他根本就不算熟，只是因为锦旭的事情最近才跟他联系了起来。更何况，人家也根本对我没意思好吧，你们不要担心了。"

赵小果这才点头道："你能想明白就好了，你别嫌我说话难听啊，咱们这样的平凡女孩子，找个门当户对的男生才能过得下去。等以后你稍微安定一些，我给你介绍对象吧。"

"嗯，好啊。"诗婳笑着说，"你放心吧，我懂你的意思。我和林锦旭这样的人从来就是两个世界的，以前是我看不清楚，但现在我已经不会再犯傻了。"

四个人又聊了一会儿，约好了下周同一时间再聚，便分头回家了。

　　第二天上午，诗婳打起精神，早早赶到了殷菲工作的那家事务所。这家会计师事务所的规模很大，在全国能排得上前五，所在的地点则是市中心一幢著名商业大厦里，里面有整整五层都是属于这家事务所的。

　　殷菲带着诗婳在事务所里转了一圈，诗婳不禁赞叹地说："哇，这里好气派啊。"

　　殷菲耸耸肩，说："这楼上好多家公司呢，还有比我们事务所更气派的，以后我带你慢慢逛。怎么样，刚刚交代你的工作，你都能做吧？"

　　诗婳点头道："嗯，绝对没问题，你放心！"

　　"行，那我还有事，就先去忙了，你有不会的就给我打电话。"说完这些，殷菲就匆匆离开了。

　　诗婳来到了属于她的小小办公间里，将殷菲刚刚交给她的资料放下，然后便打开电脑开始工作。虽然她已经有两年没有上班，但好在脑子还没有生锈，只花了一上午的工夫，她就完全适应了这家事务所忙碌的工作节奏。

　　中午时分，殷菲带着她去大厦顶层的自助餐厅吃饭。这间餐厅汇聚了这幢大厦里各个公司的人，因此每到用餐时间就非常热闹，大家除了在这里用餐，还能结交不少有用的朋友。

　　诗婳在殷菲的介绍下，很快就认识了事务所里几个厉害的人物，大家聚在一起吃饭聊天，她心中不禁有种淡淡的激动——这种职场女性的感觉，她已经多久没体验过了？现在她终于有了属于自己的工作，而不用每天只关注着那个不爱自己的男人。

　　诗婳在这边和同事们相谈甚欢，而餐厅门口，有个从前上大学时就总跟她过不去的人也正打着电话走进来——

没错，这个人正是杨顺，她上班的那家公司也恰恰在这幢大厦里，不过此刻，她还不知道诗婳正跟她处在同一个空间内。

"念玉，你别哭了，你哭得我也跟着难受了。"杨顺对电话那头的人说道，"沈诗婳这个女人真是太不要脸了，你放心，我肯定想办法帮你。"

电话那端的肖念玉哽咽着说："可是这都好几天了，锦旭不回我的消息，也不接我的电话，我真的不知道沈诗婳给他下了什么药，我怕他是真的不要我了。"

"沈诗婳长得跟个狐狸精似的，林师兄一时鬼迷心窍也是有可能的。"杨顺不屑地说，"你放心，这种不要脸的女人我见多了，我知道怎么对付她！咦——"

她突然提高的声调让肖念玉愣了一下："怎么了？"

"我……"杨顺停下脚步，看向不远处靠窗的那个位置，仔细观察了一番之后不由得睁大了眼睛，"我竟然看到沈诗婳了！她怎么会在我工作的大厦里？"

"真的吗？"

"真的！"杨顺眼珠一转，顿时计上心头，"哼，来得好，我还正愁找不到她人呢。念玉，你别担心了，她现在在我眼皮子底下，还怕我没办法收拾她吗？"

两天后的夜晚时分，林母让司机载着她，急匆匆地赶往了林锦旭独居的别墅。

车一停到大门口，她就迫不及待地冲下去，等打开别墅大门看到大厅内一片狼藉，她原本就不安的心顿时更加揪成了一团。

整个屋子几乎都漆黑一片，只有二楼的主卧室隐约透出一丝光线，林母连忙走了上去，终于在衣帽间里找到了儿子。

只是林锦旭此刻看上去状态很不好，他颓然坐在地毯上，脸上长满了青色胡楂，眼睛也泛着血丝，像是好几天没有睡觉，可唯独那本万年历被他紧紧地抱在怀里，像是什么珍宝一样小心地呵护着。

林母看到这一幕，不禁气得上去打了他一下，骂道："你到底在搞什么啊？好几天不去公司，员工都找不到你，我和你爸用了各种方式也联络不上你，急得都要报警了！"

林锦旭听到母亲的声音，这才缓缓地抬起了头。或许每个人在面对母亲时都会展露出脆弱的一面，他的眼眶不禁越来越红，沙哑地对林母说："妈……我才发现我好像真的是个坏男人。你说……我现在去找诗婳，告诉她其实我一直都喜欢她，她会相信我吗？"

林母听到儿子这么说，不禁怔了怔，才缓缓开口问："你为什么……忽然觉得自己喜欢诗婳了？"

林锦旭低下头，将手里那本厚厚的万年历翻开，声音低哑地说："这是诗婳留在家里没带走的东西。她把和我认识这六年来的所有事情，全都详细地记在了上面……我以前一直知道她喜欢我，但我从没想过她竟然喜欢我到这个程度，我身上发生的每一件事她几乎都清楚……"

林母蹲在儿子面前，拿过那本万年历看了看，即便她一个旁观者都能看得出这本书册上满满记录着诗婳对自己儿子的深情。她想了想，说："锦旭啊，妈妈其实以前一直舍不得说你。但……在感情上有时候你太幼稚了，明白吗？诗婳对你好，你受了感动就答应跟她在一起，现在她的这些笔记只是让你的感动加深了，如果你是因为这个想把她追回来，而不是真的喜欢她，那这样对诗婳不公平，你明白吗？"

"我没有！"林锦旭却立刻激动地反驳，"以前的确是我太幼稚，根本搞不懂什么是喜欢。可是这五天以来我想了很多，现在我已经很清醒了，妈，我是真的喜欢诗婳。"

林母咬了咬嘴唇，小心地问："那……肖念玉呢？你还对她……"

"我的确喜欢过念玉，但那是以前上大学时候的事情了。"林锦旭认真地说，"毕业后没多久她和别人去了美国，我当时的确很伤心也很生气，但后来诗婳跟我在一起之后，我就再也没有联系过她了。我一直都以为自己心底其实还记挂着她的，可是前几天她主动来找我，我才发现从前对她的那些感觉早就消失了。我不知道自己是什么时候喜欢上诗婳的，可是我很确定我喜欢她。"

林母听了并不说话，只是长长地叹了口气。

林锦旭看着母亲这般反应，却误会了她的意思，焦急地说："妈，难道你不相信我吗，我现在跟你说的都是心里话！"

"妈当然相信。"林母无奈地看着他，"你是我儿子，我还能不了解你吗？妈只是难过，你到现在才想明白这些，你要是能早点儿想清楚，和诗婳也就不必闹到这一步了……"

林锦旭茫然地问："妈，你这么说是什么意思？"

林母叹息着说："你从小性格就倔强，绝对不可能因为别人求着你跟她在一起，你就心软答应。两年前，你打电话跟我说你和一个一直追你的女孩子在一起了，我就知道我的儿子肯定是动心了，不然那么多女孩子追你，比诗婳更热情家世更好的都有，你为什么偏偏答应她呢？当时我还挺高兴的，觉得你终于可以摆脱肖念玉的事情了，却没想到你这么傻……唉，我要是早些提点你几句就好了。"

林锦旭愣怔地看着母亲，母亲的意思是说，他在很早的时候就已经爱上诗婳了，可是他自己没有察觉到吗？连母亲都能看清楚的事情，为什么他一直愚蠢地看不清楚，前段时间还一直对诗婳逃避？自己究竟是个多么糟糕的男人啊？

他低下头思索了一阵，然后忽然快速站了起来，转身就朝外走。

林母惊讶地问他："大晚上的，你这是要去哪儿？"

"我要去找她。"林锦旭坚定地说，"我要让诗婳回到我身边。"说完，他便抓起桌上的车钥匙，快速奔了出去……

时间回到这天早晨。

这是诗婳开始上班的第三天，她已经完全适应了事务所的工作节奏，尽管工作很繁忙，可是她每天都抱着积极的心态面对，把所有迎面而来的问题都当作是她的机遇。

只是唯一让她感到有些不解的，就是公司里的员工对她的态度了。

诗婳刚来的第一天，事务所的其他同事对她还是非常友好的，但第二天不知道怎么了，大家好像就有点有意无意地避着她。

诗婳以为自己是殷菲介绍进来的"关系户"，所以大家对她持有保留意见，因此她更加努力地工作，想着等时间久了同事肯定会认可她的能力的。

但这天早晨，她刚刚走进公司大厦准备坐电梯，明明电梯还有很多的空位，可她刚刚走过去，就有人按下了关门键，把她挡在了外面。

"请等一等！"诗婳以为里面的人没看见她，还专门喊了一声。可电梯里的几个员工依旧像没看见她似的，甚至还有一两个朝她翻了个白眼。

诗婳觉得有些奇怪，心想电梯中好几个人都不是自己公司的，她根本不认识，为什么这些人看上去好像很讨厌她的样子？

更重要的是，刚刚电梯门关上的那一瞬间，她似乎看到了某个有些熟悉的面孔。

"早上好啊。"诗婳正低头思索着，身后忽然传来了殷菲打招呼的声音。

她连忙回头问殷菲："殷菲，你还记不记得咱们以前上大学的时候，司仪队有个师姐一直跟我合不来？"

殷菲想了想，说："好像有点印象，是姓杨对吧？我记得这女的心理很阴暗，见不得别人好。"

"对对。"诗嫿指着电梯说，"我刚刚好像在电梯里看见她了，她也在这里上班吗？"

殷菲摇摇头，说："我也不知道。这大厦里的公司太多了，每天都能遇到很多陌生人。怎么，刚刚发生什么事了吗？"

"没有，没有。"诗嫿并不想把这两天的事情告诉殷菲，只是摆了摆手，"可能是我看错了吧。"

殷菲应了一声，没有再多问。

两人乘坐下一趟电梯来到事务所，然后就分别开始了繁忙的工作。

到了中午时分，殷菲叫诗嫿还有其他几个相熟的同事一起去吃饭，但这次有些奇怪的是，那几个同事都以有事为由拒绝了。

殷菲可是很有职场经验的，顿时察觉到了不对头，但诗嫿并不想给她添麻烦，说道："不然你跟她们去吃吧，我还有点工作要忙。"

"不用。"殷菲拉着她朝餐厅走去，"就咱们两个吃，我倒要看看是谁在搞幺蛾子。"

诗嫿只好跟殷菲一起去了餐厅，发现有不少大厦里的员工都在悄悄地打量她。诗嫿简直是一头雾水，自己才来这里第三天，怎么就这么有名气，所有人都认识她了呢？

她和殷菲挑了个安静的角落坐下，但饭刚吃了没几口，耳边就忽然传来了一阵急促的脚步声。

诗嫿刚一回头，就看见一位体态丰腴的中年贵妇朝自己冲过来，她都来不及反应，就被贵妇抬手狠狠扇了一巴掌！

诗嫚被这巴掌打得头晕目眩，好在一旁的殷菲立刻反应过来，挡在诗嫚面前愤怒道："你有病呀，为什么随便打人？"

　　那位中年贵妇气焰嚣张地指着诗嫚说："我打的就是这个不要脸勾引我老公的贱人！既然敢当小三，就要有被打的觉悟！你给老娘让开，不然我连你一起打！"

　　"你神经病呀？谁当小三了？"殷菲一边护着诗嫚，一边拿出手机给大厦保安打电话。

　　诗嫚也稍微缓过了神，站起身对那位贵妇说道："这位女士，对你的遭遇我很同情。但我根本就不认识你，绝对不会做这种没道德的事，请你找准要撒火的对象行吗？"

　　"你装什么装！"中年贵妇却根本不相信她的说辞，气愤道，"我老公的公司就在楼上，我早就知道你在这幢大厦里了，可是之前一直找不到人，昨天终于有人给了我消息说是你。瞧你这一脸的狐媚样子，你不是小三谁信啊！你以为就凭你能抢走我的老公？我告诉你别做梦了！"

　　诗嫚现在是明白为什么这两天大厦里的人都躲着她了，原来是有人在背后散布她是小三的谣言。她冷静地说："请问是谁给你的消息，那个小三名字叫什么？你不能单凭我的长相就认定我是小三吧？"

　　殷菲却拦着她说："你别跟这种人废话，我已叫了保安，他们马上上来，等保安来了咱们再说。"

　　果不其然，片刻后保安就赶了过来，四名保安想把起冲突的三人带到别的地方调解，诗嫚却说："不必，就在这里把一切说清楚，免得以后还有人误会什么。"

　　在保安的保护下，那位贵妇没能再动手打人。

　　和诗嫚、殷菲她们交换了信息之后，中年贵妇最终才不情愿地承认自己的确认错了人，但她不愿意向诗嫚道歉，而是很倔强地说："我认错了又怎么样，看这女的一脸妖媚，就算不是我老公的小三，还指不定是别人的小三呢！"

她话刚说完，旁边的殷菲就忍无可忍上去用力扇了她一巴掌。

中年贵妇顿时痛呼道："你竟然敢打我，你知道我老公是谁吗？"

"我管你老公是谁！"殷菲冷冷道，"打你怎么了，你刚刚不也不分青红皂白打了我朋友吗？我只是帮她打回来罢了。都跟你说清楚了我朋友不是什么小三，你不道歉就算了，还在这里造谣，我还嫌打你一巴掌不够呢！"说着她就又冲上去要打人。

诗婳和保安连忙把殷菲拉了回来，诗婳小声劝道："算了，你已经帮我扯平了，再打下去就是咱们不对了。"

殷菲这才放下了手，那个贵妇也被保安劝着离开了。一直在旁边安静围观的几个事务所同事这个时候也围了上来，一改之前对诗婳的态度，对她嘘寒问暖起来。

诗婳并不怪她们，毕竟其他人之前不了解真相，想要避开她也能理解。不过她总觉得这件事不简单，大厦里这么多人，为什么贵妇偏偏认为她是小三？那个散布消息的人是有意针对她的吗？

她脑子里不禁闪现出今早在电梯里看到的那个长得像杨顺的人，诗婳快速将餐厅四周扫视了一遍，果然看见杨顺正低着头，鬼鬼祟祟地快速朝外走出去。

还真的是她啊！大学毕业这么多年了，这学姐怎么还是不肯善罢甘休呢？

诗婳无奈地叹了口气，却牵扯到了受伤的嘴角，不禁疼得"嘶"了一声。一旁的殷菲看到她这样顿时来气，怒道："你还说什么扯平了，这叫扯平吗？你的脸都肿成猪头了，你就应该让我多扇那女的几下！"

诗婳安慰道："我知道你是心疼我，但万一把事情闹大，害你丢了工作怎么办？我没事的，晚上回去冷敷一下就——哎哟……"

　　她本来想吃口饭，但刚刚把勺子塞进嘴里就疼得叫了一声。殷菲无奈道："下午你别上班了，我给你批假，你给我回家好好休息！"

　　诗婳拗不过她，只好答应了。她买了些外敷药回到家中睡了一觉，等再醒来时已经是傍晚了。

　　而就在这时，舒澄忽然给她打来了电话。

逃避

WEIBENG
QINGQINGQI
WOHAOXIHUANNI

第八章

诗婳左手拿着冰袋敷脸，右手将手机贴在了耳边，说道："舒澄，打给我有什么事吗？"

电话那边的舒澄说道："没什么，就想问问你吃饭了没？"

"还没有呢。"诗婳说道。

"这样啊，那要不要跟我一起吃饭？"舒澄用很自然的口吻说。

诗婳走进卫生间，看了看镜子里自己那依旧红肿的侧脸，带着歉意说："对不起，今天恐怕不行。"

舒澄顿了顿，问道："为什么？你不是还没吃晚饭吗？是公司要加班？"

"不是不是。"诗婳不想说出真相让他担忧，便打哈哈道，"就是我自己有点事情，所以不想吃饭了，不然你找别的朋友跟你一起吃吧？"

舒澄却听出了她的言辞闪烁，语气变得略微有些严肃起来："有点事情？那究竟是什么事情让你连饭都不想吃了？诗婳，你要是真的把我当朋友，就别瞒着我。"

　　他都这么说了，诗婳只好坦白道："其实……其实也不是什么大事。就是我今天在公司餐厅被人打了一下，现在脸肿得什么都吃不了，不是我故意不吃饭的。"

　　"有人打你？为什么？"舒澄急促地问，但思索了一两秒后又改了主意，"不，这件事还是当面说吧。我现在过来找你，你还在公司吗？"

　　"不不不。"诗婳连忙说，"你不用来找我，就是脸肿了一点而已，我敷过药，应该很快就能好的。"

　　"发生了这么严重的事，你不要试图敷衍我。"舒澄却语气严肃地说，"告诉我你现在在哪儿。"

　　诗婳被他的语气给震住了，傻乎乎地回答："呃……我在家休息呢。"

　　"我知道了，我很快过来。"

　　说完这句，舒澄就挂了电话。

　　诗婳却盯着手机，脸上的表情有些不可思议。她一直都觉得舒澄是性格很温润的男人，却没想到他身上还有这么强势的一面。

　　刚刚他问自己在哪儿的时候，那气势真不是盖的，比她事务所的老板都更有气场，让人不自觉就跟着他的步调走了，想必这个男人在生意场上也很有雷霆手腕吧。

　　没过多久，舒澄就再度给她打来了电话，说："我到你公寓楼下了，你方便下来一下吗？"

　　人家都上门了，诗婳也不好拒绝，她敷着冰袋走下楼，看到舒澄站在他的超跑旁边，手里还拎着一袋药。

　　诗婳有点窘迫地走过去，低着头用冰袋遮着红肿的左脸，说道："这也太不好意思了，其实你真的不用来的。"

舒澄却说："你把手放下，我看下你的伤势。"

"不不不，太丑了你还是别看了。"诗婳连忙拒绝。

舒澄却眉头一扬，说道："这种时候有什么好害羞的，把手放下。"

诗婳顿时有种被领导训斥的错觉，连忙乖乖放下了左手，露出了她红肿的侧脸。舒澄就着昏暗的路灯仔细观察她的伤势。

诗婳的左脸肿起了，还能隐约看到上面有四根手指的痕迹。他顿时蹙起了眉头，眼底隐隐压抑着怒气，说道："有人扇你巴掌？到底是怎么回事，你把事情给我说清楚。"

诗婳已经完全被舒澄的强硬气场给震慑住了，因此也不敢隐瞒，老老实实将中午那个贵妇打她的事情告诉了他。

舒澄听完后脸色顿时更差了，冷冷道："那个打你的女人叫什么名字？还有背后给她传递虚假消息诬陷你的人又是谁？你全都告诉我。"

"别别别，我朋友已经当场帮我打回去了，现在纠纷已经解决了。"诗婳连忙说，"我知道你是想帮我，但如果把事情闹大害我朋友丢掉工作的话，那我会很内疚的。"

舒澄瞪着她说："你怎么总是这么善良？你知不知道有时候做人太善良，只会被别人利用和欺负。这件事如果你不从根源上解决，那么今天这个躲在背后害你的人以后肯定还会再动手，你这次是被打了脸，下次万一发生更严重的事呢？"

"我明白你的意思……"诗婳看着他，"只是，我现在是临时在事务所上班，说不定哪天就跳槽了，想必那个人也害不了我多久，我不想连累介绍我进来的朋友。"

舒澄无奈地叹了口气，说道："罢了，你不想说就算了。"反正我会自己想办法把事情弄清楚的。舒澄在心底说完了这后半句话。

诗婳看着面前男人板着脸的样子，不禁笑道："舒澄，我是第一次见你这么严肃的样子哎，像个大老板一样，简直太有气场了。"

　　"我这是生气好吗，你还笑得出来？"舒澄没好气地瞥了她一眼，他将手里的塑料袋递给她，"给，这是我从家里拿来的活血化瘀的药，是我妈认识的一个老中医自己配的，效果很好，你拿回去敷几次，红肿应该就能消退。"

　　诗婳感激又愧疚地看向他："其实你不用对我这么好的，还专门拿药给我……"

　　舒澄轻咳一声，说道："也……也不是专门。我给你打电话的时候正巧在家，我爸在家组织了饭局，满屋子乌烟瘴气的，我就想着出来找你吃饭，没想到你被人打了。"

　　诗婳被他逗笑了，带着歉意说："那你现在赶紧去吃点儿什么吧，饿坏身体就不好了。"

　　舒澄点了点头，说："行，那我先走了。你回去好好休息。"

　　"嗯。"诗婳点了点头，她举起冰袋想继续敷脸，可是手上没拿稳，冰袋滑落下去掉在了地上。

　　诗婳连忙想俯身去捡，舒澄却快了她一步，他捡起地上的冰袋，用西装袖口将上面的灰尘仔细擦干净，然后抬手将冰袋贴在了诗婳的脸上。

　　他这一套动作太过行云流水，以至于诗婳一时都没反应过来这其中隐隐暗含的亲密。

　　就在她瞪大眼睛看着舒澄发愣的时候，一旁却忽然传来了一个熟悉的男声，隐隐带着怒火开口道："舒澄，请问你在做什么。"

　　听到这个声音的舒澄眼眸微微睁大了一下，接着快速放下了帮诗婳敷冰袋的手。他扭头朝声音发出的方向看去，就看到自己最要好的哥们儿林锦旭此刻正站在路灯下，虎视眈眈地盯着他。

林锦旭看上去有些颓废，头发乱糟糟的，可是那双英俊的眼睛却在黑夜中显得格外明亮，仿佛他已经想清楚了什么事情，不会再犹豫了一样。

和他做朋友这么多年，舒澄实在是再了解他不过了。

看着林锦旭此刻的神情，舒澄的心顿时不妙地向下一沉，难道这家伙……突然开窍了？

此时舒澄心里的思绪百转千回，面上却很淡定，他说："诗婳受了点伤，我过来看看她。"

"看她也不用把手贴在她脸上。"林锦旭立刻冷声反驳道，"还有舒澄，我是不是几年前就跟你说过，请你离诗婳远一点，她跟你玩的那些姑娘不一样。"

"我知道，我也没有把她当成那些姑娘。"舒澄淡淡地说道，"锦旭，我大概能理解你现在的心情，可是你和诗婳已经分开了，我只是过来关心她一下，我想你应该没有阻止的资格吧。"

"我没资格？你这家伙——"林锦旭听了这话顿时火起，快步朝着舒澄冲过来。

眼看着两个人高马大的男人就要打起来，诗婳连忙挡在了他们中间，她回头对舒澄说："你先走吧，不要管我们的事了。"

舒澄打心眼里不想走，可是看着诗婳红肿的脸颊和恳求的眼神，他又不舍得让她为难，只好点了点头："我等下再联系你。"

"联系什么联系，都说了让你离她远一点！"林锦旭立刻追上去说道。

诗婳用力将他拉了回来，无奈又生气地说："林锦旭，你到底想做什么？我上次是不是跟你说了，请你不要再出现在我面前！你是不是想逼着我搬家你才满意？"

林锦旭被她一训，刚刚的气势顿时全都收了起来，他可怜地望着她说："我……我不是……诗婳，只是你有件很重要的东西落在了家里，我想还给你……还有，你的脸是怎么了？"

"这跟你没有关系。"诗婳冷冷道，"至于你以前送我的那些东西我都不需要，请你赶紧离开吧，好吗？"

林锦旭轻轻拉住了她的手腕，嗓音沙哑地恳求："不是这样的，你就看一眼再决定好不好？"

从前的林锦旭在自己面前一直像个大男人一样，诗婳从未见过他这般脆弱的模样，她可悲地发现自己还是心软了，只好叹了口气，无奈地看向远处说："好吧，到底是什么？"

林锦旭走到她面前，从怀里小心又珍惜地拿出了那本万年历。

诗婳一看到那本被自己落下的万年历就不由得闭了闭眼睛。早知如此，她当初就该折返回去将它拿回来。

她听到林锦旭用真挚又紧张的语气对自己说："诗婳，以前是我太迟钝了，直到看到你写的这些东西，我才明白自己过去有多愚蠢。如果我告诉你其实我已经喜欢你很久了，你愿不愿意再给我一次机会？"

诗婳面无表情地听完这些话，只觉得一个字都不相信，她疲倦地说："林锦旭你到底想做什么，我不是已经放你走了吗？这不就是你一直想要的吗？为什么现在你又不肯放手了？"

"我……我知道，之前我总是故意疏远你，这全都是我的错，那个时候我一直以为自己心里还喜欢着……喜欢着肖念玉。"林锦旭急促地解释，"可是其实我心里早就没有她了，你一点点、慢慢占据了我的内心，我却一直愚蠢地没有发现。诗婳，这本万年历你写了六年，你曾经那么喜欢我，现在就真的对我一点感情都没有了吗？能不能请你再给我一个机会，我——"

不等他把话说完，诗婳就忽然夺过了他手里的万年历，毫不犹豫地扔到了一旁的垃圾桶里。她冷冷地看着林锦旭，压抑着内心撕裂般的疼痛说道："你一定要我把事情都说明白，一分情面都不留吗？好，林锦旭，如果你真的喜欢我，那我问你，一个月前我过生日那天晚上，你为什么在得到我之后就落荒而逃？"

在林锦旭惨白的脸色中，诗婳不禁回忆起了一个月前她生日那天发生的事……

诗婳和林锦旭虽然已经在一起两年了，可是第一年她生日的时候，林锦旭并没有给她庆祝。倒不是说他完全不记得这个日子，只是诗婳生日那天，他正巧在国外忙着谈生意，因此只是在回国后给她买了礼物作为补偿。

所以诗婳不由得对今年的生日有些期盼，可是她又不敢理直气壮地要求林锦旭陪自己过生日。她一直都明白，林锦旭心里是有别人的，这两年来他能让自己待在他身边就已经是他最大的温柔了，所以生日那天早晨她醒来后，并没有提起这个话题。

却没想到等两人一起在餐厅吃早餐的时候，坐在她对面的林锦旭忽然状似平淡地开口道："今天是你生日吧，晚上回来……我给你庆祝好不好？"

诗婳顿时惊讶得连筷子都掉了，紧接着心底就涌起了一股甜蜜。但是，她还是小心翼翼地问："那……会不会很麻烦你？"

"这有什么麻烦的。"林锦旭立刻说，"一年才过一次的好日子，我当然要帮你庆祝了。你最喜欢吃的那个蛋糕……是什么口味来着？杧果芝士？"

诗婳忍不住甜蜜地笑了，用力点头道："嗯！对！"

"那好，晚上我头蛋糕回来。"

诗婳欣喜又激动地说："那我就准备很多好吃的菜，全都做你喜欢的好不好？"

　　林锦旭皱眉道："让家里阿姨做吧，你前天不是才把手烫伤了吗？"

　　"一点小伤而已，没事的。"诗婳连忙说，"你就让我来准备吧。"

　　林锦旭一直有点受不住她撒娇的口吻，只好点头答应了。他很快吃完了早餐，站起身走到门口，像往常一样等着诗婳将西装外套拿过来给他穿上，但这一回，诗婳像只小鸟一样径直扑到了他的怀里。

　　香香软软的身体忽然钻进了自己的怀里，林锦旭不禁睁大了眼睛，一瞬间心跳加速了好几倍。他想把怀里的人推开，却听到诗婳靠在他胸口说："锦旭，谢谢你陪我过生日，我还以为你都不记得了呢，我好高兴呀。"

　　林锦旭去推开诗婳的动作顿时停下了，诗婳的话让他略微有些愧疚和心酸。这两年来他对诗婳如何刻意逃避，他自己心里是清楚的。他本以为她多多少少都会对自己有些怨怼，却没想到自己只不过陪她过个生日而已，就能让她如此开心。

　　林锦旭轻轻拍了拍她的后背，说道："我当然记得了。"

　　诗婳抬起头，像花儿一样对他灿烂地笑着说："你真好，能喜欢上你我真是太幸福了。"

　　林锦旭被她痴迷又真挚的话语弄得脸红，只好轻轻推开她，轻咳一声说："好了，我得去公司了。"

　　"嗯。"诗婳连忙将外套递给他，又认真帮他打好领带，然后站在门口欢快地挥着小手目送他离开。

　　林锦旭离开之后，诗婳立刻就赶往了家附近的超市，买了一大堆林锦旭喜欢吃的食材，然后开始准备晚餐。

　　倒不是她准备的动作慢，而是林锦旭从小口味就刁钻，喜欢吃的全都是要花时间做出来的功夫菜。就比如他最爱吃的佛跳墙，要真正做得入味都要十多个小时，诗嫚还怕自己炖煮的时间不够，锦旭觉得不好吃。

因此她这一忙就到了傍晚，连午饭都没顾得上吃。在一旁帮她的保姆看到她这么辛苦的样子，都不禁劝道："沈小姐，您还是歇一歇，起码先吃点儿东西垫垫肚子吧。"

诗嫚只是笑着说："没事的，我不饿。锦旭很快就回来了，到时候我们一起吃饭。"

可是直到天完全黑下来，林锦旭都没有回来。往常这个时间他应该早就回来了，诗嫚期盼的心情中渐渐带上了几分忐忑不安，她想给他打个电话，又怕自己影响到他的工作，因此只好独自在家中等待着。

她这么一等，就是三个多小时过去了。晚上十一点多的时候林锦旭还是没有回家，而她精心准备的那些菜肴，早都过了最佳的食用时间。

诗嫚孤单地坐在大厅的沙发上，低头看着自己绞在一起的手指，在心底安慰自己说：锦旭肯定是有什么事情耽搁了，没办法，他的公司现在正在上升期，事情肯定很多，忙不过来也是很有可能的，自己身为他的女友，一定要多体谅才行。

不……不过就是一个生日而已，以后他们还会在一起那么久，肯定会有机会再庆祝的。

诗嫚这么安慰着自己，她揉了揉泛红的眼睛，站起身正想把餐桌上的菜收进冰箱里，但就在这时，别墅大门忽然被人打开了。

林锦旭匆匆忙忙地从外面冲了进来，手里还提着一个蛋糕盒子，一看到诗嫚就说："过十二点了吗？过了吗？"

诗嫚怔怔地盯着他看了几秒，才摇头道："还没有呢。"

"没过吗？太好了！"林锦旭拉着诗嫚，气喘吁吁地跑进餐厅，这才转头对她解释道，"对不起啊，今天下班的时候我正准备走呢，结果一个客户忽然联系到我，说合同上有个很严重的漏洞，我们明天就要签合同了，所以我必须赶在今天把事情处理好。等我忙完之后赶去你喜欢的那家蛋糕店，他们早关门了，我花了好大的劲儿才把老板叫回来，让她给我做了这个蛋糕，我还以为要赶不及——呃？"

他话还没说完，面前的姑娘就忽然扑过来用力抱紧了他。

这是诗婳今天第二次抱自己了，林锦旭不由得紧张得身体都僵硬起来。这两年来他们两个虽然一直睡在一间卧室里，可是他从来都没有对她做出什么逾越的事，如今她靠自己这么近，身为男人的林锦旭不禁觉得心底有股热气涌了出来。

"谢谢你……"他听见靠在自己胸口的诗婳，用带着哭腔的嗓音说道，仿佛她是一只无助的小动物，只有依靠他才能存活下去。

林锦旭只觉得心软又愧疚，声音轻柔地说："是我不好，我跟你保证，以后你过生日我绝对不会再迟到了。"

"没关系的！"诗婳连忙抬头看向他，"我知道你工作很重要，我不介意的。你有这份心意我就很满足了。"

她闪烁着泪光的眼眸漂亮得不可思议，林锦旭不禁看得有些入迷，只觉得身上发热的感觉越来越明显了。他连忙放开了她，说："好了，咱们先切蛋糕吹蜡烛吧，不然要过十二点了。"

"嗯，好！"诗婳欢快地点了点头。

两人一起将蛋糕在餐桌上摆好，点上了蜡烛，林锦旭坐在诗婳身边，对她说："许个愿再吹蜡烛吧。"

诗婳乖乖地点点头，双手交叠在胸前，闭着眼睛十分诚挚地许了愿，然后轻轻吹灭了面前的蜡烛。

林锦旭有些好奇地说："怎么许了那么久？是很重要的愿望吗？"

他只是随口一问，却没想到诗婳温柔地看着他说："嗯，我刚刚许愿，希望我们能永远在一起。"

林锦旭愣了两秒，才无奈地开口道："你直接说出来干什么啊？你难道不知道生日愿望说出来就不灵了吗？"

诗婳却只是对他笑了一下，低下头很小声地说："因为……我知道我们不会一直在一起的啊。只要现在还能在你身边我就觉得很幸福了。"

林锦旭的眼睛微微睁大了，他就这么一动不动地凝视着面前的姑娘，最后把诗婳都看得有些慌乱了，她忐忑地问："对不起，是不是我说错话了？"

但就在她话音落下的那一刻，眼前的男人忽然凑了过来，用力吻住了她的嘴唇。

诗婳骤然瞪大双眼，她没想到自己偷偷在心底期盼了很久的初吻，忽然就在这一刻实现了。她的脑子顿时变得一片混乱，都感觉不到自己的四肢在哪里，也不知道这该如何回应。

她只记得锦旭的吻越来越热切，越来越缠绵，最后他抱着她走进卧室，从她的嘴唇一直细密地吻到脖颈。诗婳还以为他会像两年前那次一样犹豫，可是这一回他没有。

在缠绵这件事上，两个人都很青涩，诗婳却只觉得无比幸福。林锦旭的呼吸，他明亮又炙热的眼神，还有他抱着自己沉沉睡去时身体的温暖，全都深深地印刻在了诗婳的脑海里。

那个晚上她睡得很好，她做了一个关于回忆的梦，梦里的内容，正是两年前她第二次对林锦旭表白的那天。

那个时候，林锦旭刚刚从大学毕业半年多，他从父亲那里拿了投资，自己开设了一家公司，事业算是刚刚起步。而肖念玉也在家族开的公司里上班，只有诗婳留在大学里继续未完成的学业。

尽管如此，林锦旭却没有和诗婳断了联系。他们一直保持着朋友的关系，偶尔周末空闲了，林锦旭还会叫上诗婳，和以前司仪队里另外几个关系好的朋友出来吃饭。

诗婳记得那是一个周六，林锦旭原本和大家约好了要一起吃饭，可快到约定时间的时候，他却忽然在群里通知今天的聚会取消了。诗婳看他发在群里的话打错了好几个字，觉得这不像平时的他，便私聊他问是不是发生了什么事。

可林锦旭只是很不耐烦地回复她："不关你的事，别问了。"

林锦旭对别人一直很有礼貌，一般情况下绝对不会用这种语气跟人说话。以诗婳对他的了解，他会出现这种情况只有一种可能，那就是喝醉了。

难道又是因为肖念玉的事情吗？这几年间，诗婳没少见林锦旭为了肖念玉借酒消愁的样子。她实在是放心不下他，最后想了想，还是朝着学校的那座凉亭奔去。

而林锦旭果然就在那里，以前每次他心情郁闷的时候，就会独自来这里喝酒。现在即使他已经毕业了，这个习惯依旧没有改掉。

只是诗婳完全没想到，这一次他的状况会这么糟糕。

诗婳在凉亭里找到林锦旭的时候，他已然喝得酩酊大醉。

林锦旭颓靡地坐在凉亭的地板上，身边散落着十几个已经喝空了的啤酒罐，而他手里还拿着一罐刚刚打开的，正一脸绝望地往嘴里灌。

以前他虽然也有心情不好喝酒的时候，但这还是诗婳第一次见到他喝了这么多。她连忙跑过去，从他手里夺过啤酒罐，焦急地说："师兄，你在干什么，这样下去你会把自己喝死的！"

林锦旭却只是表情漠然地看着她，说："把酒还给我。"

诗婳当然是不会还的了，她试图跟他讲道理："师兄，无论发生什么事，你都可以找人商量或者帮你排解，你这样一个人闷头喝酒，只会伤害自己的身体！"

林锦旭此刻完全听不进她的话，他不耐烦地提高了声调，带着酒气怒道："我爱怎么喝就怎么喝，关你什么事！沈诗姮，你为什么每次都要来多管闲事！"

他那句"多管闲事"让诗姮的心隐隐抽痛了一下，可她还是咬着嘴唇劝道："我……我知道我没资格管你，可我是怕你出事……你想想看，如果你真的喝出什么问题，那你爸爸妈妈会有多伤心啊……还有我……我也会难过的……"

说到最后，她的语气里不禁带了几分哭腔。林锦旭看着她的样子，神情渐渐松动了几分，他哑着嗓子说："我自己有分寸，诗姮，你回去吧。对不起，我今天心情不好，你待在这里只会受我的气。"

"我不介意受你的气！"诗姮立刻说道，"师兄，我只想看到你每天都开开心心的。你可不可以告诉我，今天发生了什么事，或许我可以帮你……"

没等她说完，林锦旭就摇了摇头，把头转向一边说道："你帮不了我，我都说了你快走吧，不要管我了。"

诗姮静静地盯着他看了几秒，忽然举起手里的啤酒罐开始喝。

林锦旭看到她的动作顿时吃了一惊，连忙拦住她说："你干什么啊？你又不会喝酒，不要胡来了！"

"你都可以胡来，为什么我不行？"诗姮有点激动，眼圈红红地看着他，"反正如果今天你不告诉我到底发生了什么事，那我就在这里陪你一起喝！"

"你——"林锦旭无奈地看着她，想训她几句，可是看着她快哭出来的样子又训不出口，他知道她是担心自己才这么做。

他缓缓低下头，安静了好一会儿才长叹一声，开口道："其实……告诉你也没什么，不过是老调重弹罢了。"

　　诗婳小心地问道："是……因为念玉师姐吗？"

　　"嗯。"林锦旭应了一声，抬起头自嘲地看向天空，用一种很缥缈的语气说，"她去美国了。"

　　诗婳惊讶地瞪大眼睛，不解道："念玉师姐为什么会突然去美国？她不是都已经在家里的公司上班了吗？"

　　"是，可她早就悄悄申请了美国一所大学的研究生，只是这件事她瞒着周围所有的人，直到事情确定了她才说出来。"林锦旭捏了捏鼻梁说道。

　　诗婳不忍心看到林锦旭难过的样子，只能忍着自己的心痛安慰道："那师兄你也不用伤心啊，念玉师姐就是去美国上学而已，你可以跟她一起去的。"

　　林锦旭听了不禁苦笑了一声，摇头道："这次就算我追过去也没用，因为她已经结婚了。"

　　诗婳被这个爆炸性的消息给震得头皮发麻，语言都组织不通顺了："结婚？怎么会……念玉师姐不是前段时间才和男友分手吗？"

　　"是啊……"林锦旭自嘲地说，"前阵子她告诉我她分手了，我还特别高兴，想着现在我也开了公司有了事业，算是个成熟男人了，这回她总该考虑我了吧。谁知道她转头就跟她在商业晚宴上认识的一个华裔在一起了，那个华裔的家族在美国还挺有地位，所以她二话不说就申请了去美国留学。昨天下午，他们刚刚在美国办完婚礼。"

　　诗婳以为自己听到这个消息，会很开心的，因为她感情生活中唯一的竞争对手终于离开了。可是此刻看着林锦旭失魂落魄的样子，她却只觉得心疼。

就在她不知该如何是好的时候，林锦旭忽然困惑又痛苦地说道："我真的不知道为什么她就是不喜欢我。无论我做得多么好，她似乎永远都看不上我！跟她的那些前男友比起来，我到底差在哪里？如果她真的不喜欢我，那就不要跟我来往，可每次她一分手又总是让我安慰她……诗婳，我真的爱得很痛苦……"

你爱得很痛苦，我也一样啊，锦旭。

诗婳看着他，难过地在心底想着。

此刻的林锦旭看上去好脆弱，仿佛一阵风吹过来都能将他击垮，而她不想看到他这个模样。

她想保护他。林锦旭既然无法从肖念玉那里得到关爱，那么就让她沈诗婳来给他这份关爱吧，如果能感受到被人爱着，林锦旭起码会开心一点吧？

诗婳这么想着，终于慢慢下定了决心。她轻轻握住了林锦旭的手，轻声说道："师兄，我喜欢你，很喜欢很喜欢，比你对肖念玉的喜欢还要多很多。"

林锦旭在她的表白当中缓缓抬起了头，而诗婳温柔的言语还在继续，她接着说："我们在一起好不好？我不愿意看到你这么脆弱痛苦的样子，所以……你能给我一个机会让我照顾你吗？就算你一辈子都不喜欢我，心里都记挂着别人也没关系，只要能陪着你，我就满足了。"

这番话说完后，诗婳其实对自己一点信心都没有，她不觉得林锦旭会这么轻易就答应自己的表白，可是她清楚这是她乘虚而入最好的机会，就算有些卑鄙，她也必须这么做。

而让她感到意外的是，林锦旭并没有回绝她，而是紧紧盯着她的眼睛问道："诗婳，你会永远像现在这么喜欢我吗？如果你能做到，那我们就在一起。"

诗姤简直要被这突如其来的惊喜砸晕了，等她回过神后立刻用力点头道："当然了！师兄，我们认识这么久了，难道你还不知道我有多喜欢你吗？"

　　林锦旭静静地思考了一两秒，忽然紧紧回握住了她的手，带着酒气和那么一丝丝的报复感说道："好，我答应你，我们在一起。"

　　诗姤又惊又喜，激动得都快要哭出来了。她说："师兄，那我们不喝酒了好不好，天色也不早了，我送你回家吧。"

　　林锦旭双眼发直地也从地上站了起来，揉着发胀的额头说道："好，我不喝了。"但他才朝前摇晃着走了一步，整个人就差点跌倒在地。

　　诗姤连忙上前扶住他的身体。林锦旭实在是喝得太多了，刚刚坐在地上的时候还没觉得什么，如今这一站起来，他只觉得头昏脑涨醉意上涌，最后不知怎么就靠在诗姤身上昏睡了过去。

　　这下可难为了诗姤，她叫不醒林锦旭，又不会开车，根本没办法把他送回家里。诗姤想了半天，最后决定先把他送到附近的酒店休息一晚。

　　她扶着昏沉的林锦旭，费了好大的劲儿才把他带到酒店房间里，小心地放在了大床上。诗姤担心他就这么睡着不舒服，从卫生间里拿了热毛巾想给林锦旭擦一擦脸，可就在她把毛巾贴在他脸上的那一刻，他忽然睁开了眼睛，将她一把抱进了怀里。

　　接着他翻了个身，将诗姤压在床上，开始热切地吻她。诗姤起初虽然有点惊慌，可是喜欢的男生此刻正抱着她吻着她，她的心情很快被幸福所占据了。于是她闭上了眼睛，缓缓搂住了林锦旭的脖子，可没过多久，她却忽然听到林锦旭在耳边迷迷糊糊地喊道："念玉……念玉你能不能不要走……"

　　诗姤怔了怔，压抑住心底的难过，推着他肩膀说道："师兄，你醒一醒，我是诗姤。"

听到这个声音的林锦旭立刻停下了动作，他有些茫然地盯着面前的姑娘分辨了一会儿，诗婳以为他会放开自己，谁料他忽然伸手轻柔地摸了摸她的脸，然后很好看地笑了一下，说道："诗婳，对，你不是她，你是诗婳。"

诗婳被这个温柔的笑容迷住了，等她回过神时，才发现林锦旭已经抱着自己睡着了。他的怀抱很紧很紧，她根本推不开，最后只能跟他一起在酒店睡了过去。

第二天醒来时，诗婳其实是很担忧的，因为她害怕林锦旭会后悔昨晚答应跟自己在一起的事，又或者他酒醒后根本不记得昨天的事了，那怎么办呢？

而就在这时，抱着她的林锦旭也缓缓从睡梦中醒来了。他盯着怀里的姑娘看了片刻，发现诗婳只穿着内衣被自己搂着，骤然就清醒过来，有些狼狈地从床上翻下去，惊愕道："你……我们……我昨天跟你……"

诗婳连忙解释："没有的，师兄，昨晚我们什么都没发生。"

"那你的衣服为什么……"

诗婳微微红了脸："你……你本来是想……但是后来你忍住了，然后睡着了。所以别担心，我不会让你负责什么的。"

"你别开玩笑了！"谁料林锦旭却立刻严肃道，"我都……我都已经把你看光了，要是我丢下你不管，那我成什么男人了！昨天我不是都答应你了吗，从现在起……你就是我的女朋友，以后，我会对你负责的。"

诗婳的梦境就在这一刻结束了。

她缓缓睁开眼，发现自己睡在别墅主卧的大床上，清晨温暖的阳光正透过窗帘的缝隙，调皮地照射在她的脸上。她回忆起昨天晚上和心爱的男人在这间屋子里的缱绻缠绵，嘴角不禁幸福地向上勾了起来。

两年前那一次在酒店里，喝醉的林锦旭最后控制住了自己，并没有跟她发生什么，可是昨晚他在没有喝醉的情况下跟她……这是不是意味着，他终于开始有点喜欢自己了呢？

不然他昨晚怎么会火急火燎地冲回家，就为了给她庆祝生日，还专门买了她最爱吃的生日蛋糕？

诗婳越想越觉得甜蜜，连身上的疲惫都感觉不到了。她在床上翻了个身，想去抱住那个她深爱的男人，然而当她转过身时，才发现大床的另一侧是空的。

诗婳愣了一下，用手触碰了一下空荡荡的床垫，发现上面一丝温度都没有，神情不由得慢慢僵住了。锦旭怎么不见了？

她连忙坐起身，正想出去找人，但就在这时，卧室的房门忽然被打开了。穿着一身笔挺西装的林锦旭走了进来，当他发现诗婳醒着的时候不禁怔了一下，很快偏过头避开了和她视线相对的机会，低声道："对不起，吵醒你了。"

见他在家，诗婳不禁松了口气，摇头道："没有，是我自己醒的。你……怎么穿得这么正式，今天是周末呀，你要去公司吗？"

"啊，我……我要出差。"林锦旭走进衣帽间，语气有些僵硬地跟她解释，"就昨天那个客户，坚持要跟我当面谈，所以我得去一趟 B 市。"

诗婳愣了愣，问："那你要去几天呀？什么时候回来？"

"还不知道，得看合同谈得怎么样。"林锦旭说着，从衣帽间拿了一条领带出来。

诗婳见状，想要下床去帮他系领带，但她的脚还没沾到地面，就听到林锦旭急促地阻止她道："你继续休息吧，不用……不用管我。"

诗婳还是想帮他："可是你自己一直系不好领带呀，让我——"

但她的话还没说完，就被林锦旭有些不耐烦地打断了："我都说了不用你帮我！"

诗婳愣在原地，林锦旭快速瞥了她一眼，又似乎有些懊悔地补充了一句："我自己可以的。你好好休息，我会……尽快回来的。"

诗婳轻轻点了点头，小心翼翼地问："那等你到了 B 市，给我发个消息好不好？"

"嗯。"林锦旭应了一声，接着便转身快速走出了卧室。

诗婳听着他走下楼梯时仓促的脚步声，还有发动车子后迅速离开的疾驰声，不禁慢慢抓紧了身侧的床单。

他……他是不是后悔了？后悔昨天晚上一时冲动和自己……所以今天才会这么着急想要逃离这里？刚刚和他说话的时候，他甚至不敢看自己的眼睛。他会不会不要自己了？

诗婳越想越慌乱，都快要把床单抓破了。

但她很快摇了摇头，努力安慰自己：不，不会的，锦旭不是这样的人。当初他们什么都没发生，他都愿意对自己负责，还把自己接回家里来住。现在他肯定是睡醒之后有点慌乱，所以才会这样子。

只要给他一点时间，他肯定会冷静下来的，等过几天他出差回来之后，他们两个肯定就能像以前一样幸福地生活，不，他们肯定会比以前更加幸福的！对，就是这样。

诗婳就这么不断地说服着自己，然而她的身体却显然没有跟上思维的节奏。她像被抽去了灵魂一样，麻木地起了床，开始机械地做家务。

其实这些家务平常都是由保姆阿姨来做，不需要她动手的。可是诗婳的内心实在是太空虚了，她需要做点儿什么才能克制住心底的不安。于是她就这么忙忙碌碌了好几个小时，等回过神的时候，时间已经到了下午。

S 市距离 B 市并不远，坐飞机的话应该早就到了，可是林锦旭一直没有跟她联系，而以前他每一次出差，只要飞机落地肯定会立刻联系她，让她不要担心的。

　　诗婳独自一人坐在空荡荡的餐厅里，拿着手机想要给他打个电话，问他在 B 市那边是否安好，又怕自己会影响到他的工作。

　　罢了，还是先不要打扰他了，说不定锦旭现在正忙着请客户吃饭，所以才没顾得上跟自己联系。诗婳这么安慰着自己，她从冰箱里拿出昨天锦旭给自己买的蛋糕，很珍惜地切了一小块，放在嘴里慢慢品尝。

　　蛋糕店老板的手艺高超，做出的蛋糕都是精品中的精品，诗婳以前上大学的时候没什么钱，好几个月才敢买一小块尝一尝，那时候她总觉得杧果芝士蛋糕是世界上最好吃的东西。

　　可是今天，吃着从同一家店买来的蛋糕，诗婳却根本尝不出它是什么味道。

　　她就这么麻木地独自在餐厅里坐了一整晚，直到深夜时分才回到卧室里，却一直没办法入睡。诗婳不断刷新着手机页面，希望能收到锦旭的一条消息，可是手机一直没有动静。

　　她用了各种借口来安慰自己，最后终于在疲倦中缓缓昏睡过去。等她再醒来时，已经到了第二天中午，而窗外下起了小雨，天空阴沉沉的，和昨天早晨阳光明媚的感觉完全不一样。

　　屋子里有些冷，诗婳蜷缩在黑漆漆的房间里，不抱希望地又刷新了一下手机页面，却仍旧没收到锦旭的任何消息。朋友圈却显示有人更新了内容，她点进去随意看了一眼，接着动作就顿住了。

　　因为林锦旭在半小时前分享了一条业内新闻的链接，这说明起码他是有时间用手机的。既然如此，为什么一直不联络她呢？

　　哪怕……哪怕只给她发一条简单的消息，告诉她一切安好都行啊。

　　诗婳很想继续欺骗自己，告诉自己锦旭并没有逃避她，可是现实就这么直白地摆在她面前，让她终于想不出继续安慰自己的方法。

那个阴沉沉的下雨天，诗婳流着眼泪坐在卧室里，抱着她最为珍惜的那本万年历，将上面有关林锦旭的点点滴滴全都看了一遍，忽然觉得十分疲惫。

曾经她真的以为自己能不介意林锦旭心里爱着别人的，可是如今他们连最亲密的事情都做过了，他却仍旧这么逃避她，难道不是后悔了吗？这样下去，就算她愿意缠着他不放，早晚有一天，他也会受不了她主动提出分手的吧？

他心底的那个人，从来就只是肖念玉。即使她沈诗婳把所有能给他的一切都给了，他林锦旭也根本不在乎，不是吗？

再过六天，就是她爱上林锦旭整整六年的日子了。就再给锦旭几天的时间吧，也许他只是需要更多时间去冷静。

诗婳决定再等一等，等到她爱上林锦旭第六年的最后一天，如果那天他仍旧没有给自己任何回应，那么她就放手。

不是她不爱了，只是她这样爱着，真的太累了。还是放他去追他喜欢的那个人吧。

诗婳就在这样消沉的想法当中又浑浑噩噩度过了两天，第三天早晨，她却突然收到了林锦旭发来的消息，跟她说："我今天回来，飞机九点起飞。"

诗婳原本已经快要熄灭的希望之火顿时重新燃烧起来，她激动地抱着手机，眼眶都红了——他还是想明白了是不是？还是愿意继续跟自己在一起的是不是？太好了，锦旭没有不要自己！

焦急的情绪让诗婳根本无法在家里等下去，她决定去机场接他。她想给他一个大大的拥抱，告诉他自己愿意这么继续爱着他，她相信总有一天会等到他给自己的回应。

诗婳给自己化了一个精致的妆，遮住了她几天不睡产生的浓重黑眼圈，然后开着车一路哼着歌到达了机场。而林锦旭的那班飞机，也很快就要落地了。

诗妘藏在接机口附近的一个角落，想要给林锦旭一个惊喜。

没过多久，她就看见林锦旭拉着行李箱从接机口走了出来，她正想迎上去，可就在这时，一个身影却快了她一步，走上去给了林锦旭一个拥抱。

诗妘怔住了，林锦旭也怔住了，因为突然出现的这个人正是肖念玉。

隔得有些远，诗妘并不能听清他们两个说了些什么，但林锦旭的表情明显有些惊喜，两人站在原地聊了几句，接着便一起朝着旁边的咖啡厅走去。

诗妘愣愣地追上去几步，看到两人坐在了咖啡厅里，林锦旭给两人点了咖啡，肖念玉还要了一块蛋糕。

而那块蛋糕，正是诗妘最喜欢吃的杧果芝士蛋糕。

蛋糕切块周围贴了一层塑形用的塑料膜，诗妘看见肖念玉跟林锦旭指了指上面的塑料膜，似乎是想让他帮忙把它撕掉，而后者在稍微犹豫了一下之后，还是低头小心翼翼地替她撕掉了塑料膜。

诗妘看着自己心爱的男人低着头，认真地帮他心爱的女人处理蛋糕的样子，眼泪忽然就涌了出来——他对自己从来没有这么温柔过。

那一瞬间，她忽然就想明白了一切，无论自己多么努力，她都没办法让自己在林锦旭心底占据一点点位置。既然如此，那她这些年的坚持到底是为了什么呢？

她转身跟跟跄跄地跑进机场的卫生间，蹲在隔间的角落里无声地哭了很久，而不久后林锦旭又给她发了一条消息，说："我到S市了，但是家里有点事，我可能今晚不回来。"

是家里有事，还是因为碰到了肖念玉，所以今晚才不回来了呢？哭到最后，诗嫚连眼泪都流不出来了。

她不知道自己是怎么回到家的，但她心底很清楚，那就是她必须要放手了。

后来又过了两天，林锦旭终于在那天晚上回到了家，而诗嫚也早就收拾好了情绪，终于从那幢别墅里离开了……

回忆至此，诗嫚心中的酸涩情绪不禁再一次涌了上来，她伤心又愤怒地直视着面前的男人，问道："怎么不说话了？回答我啊林锦旭，如果你真的喜欢我，为什么在得到我之后却立刻逃走？"

不放

第九章

林锦旭不是不想说话，而是诗婳问的那个问题太过于尖锐，他无论怎么回答，都只会说出让她伤心的答案，而他真的不想再继续伤害她了。

可他的沉默被诗婳当成了一种默认，她苦笑着点了点头，说："果然是没话说了吧？既然如此，你就不要假惺惺跑来跟我说你喜欢我。林锦旭，我知道过去两年你是为了负责任才一直跟我在一起，但我不想继续这样下去了。我想去找寻一个真正爱我的人，所以你可不可以不要再来打扰我？"

"我做不到。"林锦旭终于沙哑地开了口，很艰难地解释，"诗婳，我承认你生日过后第二天我做出了最错误的决定；我也承认，那天早上我醒来之后心里真的很迷茫。因为那个时候，我以为我还是喜欢着肖念玉的，我当时很恨自己，我觉得我爱着别人却没克制住跟你发生了那种事，简直就是禽兽，我感觉很对不起你。

"但我要出差的事也不是骗你的，那个客户真的那天早上给我打了电话。我就想着，或许我可以趁那段时间冷静一下，思考一下以后该怎么办。我当时脑子真的很乱，也太自私了，根本没想过你被我独自留在家里会是什么感受。这些都是我的错，我不狡辩，我只求你能原谅我，因为我真的已经全都想明白了，现在你是我心里的唯一，以后的人生我只想跟你过下去。"

诗婳只是冷笑："真的只想跟我过下去？那么那天在机场，你为什么还要跟肖念玉拥抱？"

听到她这么问，林锦旭的脸色顿时变得惨白一片。

"没想到吧，你回来那天我也在机场。"诗婳红着眼睛看着他，"你知道吗，那天你终于肯回来了，所以我真的很高兴，跑去机场想给你个惊喜。结果我看到了什么呢？

"其实那天如果你只是和肖念玉见个面，我或许可以说服自己不介意。可你知道摧毁我最后一点信心的是什么吗？就是你在咖啡厅里帮她剥掉蛋糕塑料膜的样子……林锦旭，以前你跟我一起出门逛街，每次路过蛋糕店我想跟你进去坐着一起吃，你却总是嫌那里小女生太多，环境不适合你，把卡扔给我让我自己去买。可是那天在机场，你那么认真那么仔细替她处理蛋糕，一点也不介意周遭人看你的眼光，一点也不觉得那种环境不适合你了，我就是在那一刻知道我一辈子都比不上她！"

说到这里，她终于忍不住哭了出来。

林锦旭想上前安慰，却被诗婳一把推开，她哽咽着说："我现在还可以跟你说，爱上你这件事我不后悔。但如果你还是继续来纠缠我，还说什么你喜欢我的鬼话，我就真的要讨厌你了！"

"可我真的——"

"我不想听了！"诗婳痛苦地喊道，"你就放过我吧林锦旭，你能不能不要这么大言不惭，不要这么厚脸皮？你根本不是喜欢我，只是舍不得我像个傻子一样无怨无悔对你付出罢了！"

林锦旭张了张口，想要解释，却又怕自己说出的话会让诗婳哭得更伤心。

而诗婳也转过身，擦着眼泪快速跑回了公寓楼里。

林锦旭愣怔怔地站在昏暗的路灯下，一瞬间只觉得绝望无比。他内心深处深埋的那颗种子终于破土而出，让他明白了爱情的真谛，可是这颗种子还没来得及发芽，就已经奄奄一息了。

他缓缓转过身，走到旁边的垃圾桶将诗婳刚刚扔进去的万年历捡了起来。但万年历已经被里面的垃圾弄脏了封皮，林锦旭用袖口去擦，却只是将封面擦得更加乱七八糟，最后连诗婳自己写的名字都看不清了。

林锦旭摸着右下角那三个模糊的小字，不禁慢慢蹲下身，双手抱住头痛苦地闭上了眼。

许久过后，一个高大的身影忽然穿过街道缓缓走到了他身边，正是去而复返的舒澄。

舒澄双手插在口袋里，低着头有些怜悯地看着自己最要好的哥们儿，说道："劝过你多少次了，让你放弃你偏不听。林锦旭，醒醒吧，你和诗婳已经结束了。"

谁料他的话刚说完，地上的林锦旭就猛地抬起了头，用有些锐利的眼神看向了他。

舒澄看到林锦旭如此反应，不禁微微眯起了眼睛，而林锦旭也很快从地上站了起来。和舒澄想象当中不同，林锦旭虽然受到了打击，然而眼底却满满都是不肯放弃的斗志。

"舒澄，我今天在这里把话说清楚，我永远不会放弃诗婳。"林锦旭紧紧盯着他一字一顿地说，"所以无论你今天来找诗婳是出于什么目的，都请你把自己的想法收起来，她是我的，你听明白没有？"

舒澄和他冷漠对视了片刻，最后不带感情地笑了一声，转过头去没有回应。

林锦旭也没有再问舒澄什么，他将那本万年历塞进怀里很快离开了。舒澄站在公寓楼下，抬头望着楼上一间间亮着灯的房间，不由得皱了皱眉——经由林锦旭这么一闹，只怕现在诗婳又躲在家里哭得伤心吧？

舒澄的猜测没有错，诗婳回到家后就忍不住靠在床上捂着脸哭了起来。她真的不明白为什么林锦旭就是不肯放过她，一定要她把心底最深的伤疤都揭开，为什么他以为只要他说一句"喜欢"，她就能忘记过去他带给她的所有痛楚。

究竟是林锦旭太幼稚，还是从前的她被蒙蔽在爱情里，所以看不清现实？可是无论如何，现在她都已经清醒了，她不想再为了这个男人伤神，她只想开始新的生活。

诗婳做了个深呼吸暂时止住了哭意，她的脸因为泪水的刺激而再度红肿起来。诗婳想用药膏擦一擦伤口，可就在这时，她的小腹却突然猛地疼痛起来。

这阵疼痛感太过尖锐，诗婳不由得倒在了床上，疼得整个人都蜷缩起来。没一会儿，她额头上就渗出了冷汗，让她连动弹一下的力气都没有，最后就这么昏昏沉沉地在床上睡着了。

三天后，诗婳脸上的红肿终于消退下去，而她也重新投入到工作当中。只是让她感到有些烦闷的是，她的身体似乎越来越差了，最近这段时间总是莫名其妙就没精神，还总是想睡觉。

中午大家一起在餐厅吃饭的时候，殷菲看诗婳一脸困倦的样子，不禁担心道："你怎么吃个饭都这么困，脸都要掉到碗里了。"

诗婳不解道："我也不知道怎么了，最近真的特别容易犯困。"

旁边一个同事说："秋天到了，是不是因为换季啊？"

诗婳觉得有可能，但殷菲还是不放心，说："我看你还是抽空去医院做个检查吧。"

诗婳答应了她。就在这时，事务所的前台姑娘端着餐盘走了过来，将一包治疗红肿的药放在了诗婳面前，说道："诗婳，今天那个帅哥又来给你送药了，我说你去吃饭了，他就拜托我把药转交给你。"

诗婳一看到那包药和上面林锦旭亲笔写的小字条就一阵头大，又不好跟前台姑娘解释，只能平淡地说了句谢谢。

前台姑娘却忍不住好奇地问："那个……你能不能容我八卦一下，这个天天来给你送药的帅哥，是不是你男朋友啊？我看他好土豪啊，光手上那块表就要二百多万……"

诗婳无奈地揉了揉眉心，说："他不是我男朋友。"

"不是男朋友，那就是正在追你吧？"前台姑娘一脸憧憬地说，"哇，简直太浪漫了，我真羡慕你。长得又帅，还多金又体贴，看你受伤了就天天给你送药，要是有这样一个男生来追我，那我一定幸福死了。"

诗婳觉得如果不把事情解释清楚，只怕以后还会有其他的风言风语，因此只好说道："他是我前男友，我们现在已经没有任何关系了。"

前台姑娘听了不禁愣了一下，接着连忙道歉说："对不起哦，我还以为……"

"没什么，是我之前没跟大家说清楚。"诗婳说道，"他天天来公司也打扰到你了，我会想办法跟他说清楚，让他不要再来了。"

吃完饭后，诗婳回到办公间，想了半天还是拿起手机给林锦旭发了个消息："林锦旭，请你从明天起不要来我上班的地方了可以吗？你不仅打扰到我，还影响到我同事的工作了。"

林锦旭几乎是秒回道："对不起，我是担心你脸上的伤。那你现在好些了吗？其实我只是想来看看你，可你每次都避着我……"

"我不避着你还能怎么样？还有我的伤也跟你没有半点儿关系，请你不要再打扰我了好吗？你非要逼我把你拉黑才满意吗？"诗婳带了点儿火气地回复道。

林锦旭果然说道："好好，那我明天不来了，诗婳你不要生气。"

诗婳没回复，过了两分钟他又可怜巴巴地发了一条问："诗婳你拉黑我了吗？"

诗婳懒得理他，直接关掉屏幕把手机"砰"的一声扔进了抽屉里。坐在她隔壁的同事听到动静不禁吓了一跳，说道："哇，诗婳，你这两天火气好大哦，之前你都那么软妹那么温柔的。"

诗婳叹了口气，说道："对不起，我也不知道自己这是怎么了。"

"没事没事，换季嘛，空气干燥人难免有些浮躁。"

诗婳又跟同事聊了两句，接着便投入到工作当中。下午时分，上司给诗婳几份合同，让她送到合作的公司去，她便提着包包出了公司。

可就在她坐电梯下到一楼大厅的时候，却差点和迎面走来的男人撞在了一起。诗婳刚要道歉，抬头看到来人之后不禁惊讶道："舒澄？"

天气刚要入秋，舒澄今天穿了一身浅咖色的长风衣，脖子上还搭了一条薄薄的黑色围巾，身材颀长地站在那里，就像商场海报里的男模特一样。他对诗婳微笑了一下，说道："这么巧。"

"是啊，好巧，你怎么会来这里？"诗婳问道。

舒澄解释道："这儿有个老板跟我们公司有合作，我上去找他谈点儿事情。"

诗婳点点头，说："那你快去忙吧，我不打扰了。"

"等一下。"舒澄却喊住了她，仔细将她的脸打量了一番才说，"脸好像好得差不多了，上次给你的药都用了吗？"

　　"嗯，就是用了你给的药才恢复这么快的。"诗婳笑道，"谢谢你呀，那个药真的好有效。"

　　"没什么，一点小事而已。"舒澄看着她浅浅的微笑有些发怔，片刻后才回过神，问，"咳，你这是要去哪儿？"

　　诗婳解释她要出去送文件，舒澄点头道："嗯，那你路上注意安全。对了，晚上你有空吗，下班了我们一起吃个饭？"

　　"啊，可是我怕我下班了都赶不及回来。"诗婳说，"我要去的地方有点远，现在时间也不早了……"

　　"没事，我跟那个老板也有很多事情要谈。"舒澄平淡道，"你要是回来了，给我发个消息就好。"

　　"嗯，那行。"诗婳答应了，朝他挥了挥手道别，接着便提着包包离开了大厦。

　　而舒澄也坐电梯上到了大厦的 27 层，这一层开着一家不大不小的传媒公司。公司前台看到他，礼貌地问："您好先生，您有什么事吗？"

　　舒澄说道："我找你们李老板。"

　　前台姑娘听了立刻说道："不好意思，我们老板现在不在公司，或许我可以帮您先预约一下。"

　　舒澄笑了笑，也不说什么，从口袋里拿出手机发了个消息，没过两分钟，一个大腹便便的中年男人便从公司里迎了出来，正是刚刚前台说不在的李老板。

　　"舒老板，好久不见啊。"李老板一脸笑容地跟舒澄握了握手，热情地问，"怎么突然来找我了？以前我这小破公司你可是一直瞧不上眼啊。"

　　舒澄并不回答，而是问道："你不是在吗，怎么让你前台说你不在？"

李老板一听，顿时无奈道："嗨，还不是我那个凶悍老婆害的！这阵子她天天到我公司盯梢，想揪出我养在外头的那个来，我只好说我不在，省得一堆麻烦事。"

舒澄说道："正好，我今天来找你就是为了这件事。"

李老板有些不明所以，但还是把舒澄请到了自己的办公室里。两人坐下之后，李老板恭敬地给他点了一根烟，然后感叹道："我说舒老板，你最近是怎么了？以前大家叫你带上妞儿出来聚会，你可绝对不会推辞，可是这阵子你是怎么都约不出来了。几个朋友都跟我说你打算改邪归正，不跟着我们这群人继续混了，真的假的啊？"

舒澄抽了一口烟，轻笑道："消息传得这么快？"

李老板肯定地点头道："那当然了，你舒老板名气多大啊，你一说以后要洁身自好不再泡妞了，那些小姑娘就差没哭得撕心裂肺了。"

"她们又不是哭我，只是哭没办法从我身上弄到钱罢了。"舒澄在烟雾缭绕中说道。

"哎，出来玩嘛，不都这样的。"李老板说道，"不过我是真好奇啊，到底发生什么了？莫非是你家里给你定亲了，不让你出来乱玩了？"

"没有。"舒澄淡淡地说道，"有喜欢的人了。"

他这话一说，李老板顿时惊讶地感叹了一声，说道："真的啊？哪家的姑娘这么神通广大，竟然能把你降住，你快跟我说说？"

"这不是我要说的重点。"舒澄看向对方，"我今天来找你，是想让你帮我处理一个人。"

"什么人？舒老板你尽管吩咐。"

舒澄用修长手指弹了一下烟灰，说道："在传媒圈李老板你也算有不少人脉，你公司营销部门有个叫杨顺的，我非常看不顺眼，希望你能帮我个忙，让她以后在这圈子没法立足。"

他的话刚说完，李老板的神情就变得古怪起来。

　　舒澄微微一挑眉，说道："怎么，李老板帮不上忙吗？"

　　"不不，怎么可能呢。"李老板连忙摆摆手，舒家家大业大，他可是得罪不起的，他解释道，"主要是……你不是第一个来跟我说这话的人，这个杨顺我昨天已经辞退了。而且……而且让我这么做的人你还认识……"

　　舒澄的神情顿了顿，才开口道："林锦旭？"

　　"对对，林老板应该是你好哥们儿吧。"李老板说道，"平常他不太跟咱们这群人来往，我跟他不算熟。但是昨天他突然来找我说了杨顺的事，我自然要帮忙的。他当时说这么做是为了保护他女朋友，其他的就什么都没说了。我就有点好奇，这杨顺到底干什么了，把你们两个都得罪了？"

　　舒澄说道："你老婆前两天在这儿的餐厅闹事，把一个无辜的姑娘给打了，是因为杨顺故意给你老婆传了假消息，说那姑娘是你养在外面的小三。"

　　"哦，明白了，所以那姑娘就是林老板的女朋友吧？我听说他们在一起也挺久的了，这林老板对女朋友可真疼啊。唉，我也不知道我的家事怎么会牵扯到无辜的人，回头我可得给林老板打个电话好好道歉。"李老板很快想清楚了前因后果，但很快另一个疑问又从他大脑里产生了，他看向舒澄，有些狐疑地说，"那舒老板，你今天来找杨顺，也是为了……这个姑娘吗？"

　　舒澄没回答，只是熄灭了烟起身道："既然事情已经解决了，那我就先走了。"

　　"哎，好好。"李老板想要送送客人，却被舒澄拒绝了，等后者离开后，他瘫在椅子上感叹，"啧啧，这什么事儿啊，两个好兄弟抢一个女人，最后能有好结果就怪了……"

诗婳的预料果然没有错，等她跑到合作的公司送完资料之后，时间已经到了傍晚六点多，大多数工薪族都已经到了下班时间。她想起之前跟舒澄的约定，连忙给他发消息说："对不起呀，我刚刚送完资料出来，你应该已经办完事离开了吧？"

舒澄却很快回复了她："还没，我在一楼大厅看杂志。"

诗婳顿时觉得有点愧疚，心想对方该不会是专门在等自己吧？

她连忙说道："我坐地铁赶回来还要半个多小时，不然你自己先去吃东西吧，下次我们再一起吃饭。"

"不要紧，我现在还不饿，我等你过来。"

他都这么说了，诗婳也不好再推辞。她连忙走进地铁站，希望自己能够快一点赶回公司。在路上她忍不住想，最近舒澄对自己好像有点……太照顾了？自从她跟林锦旭分手之后，舒澄就好像突然从她生活里冒了出来，每天会给她发消息不说，还隔三岔五就约她出来吃饭。

要是换作别的男生，诗婳恐怕都要觉得对方是在追求自己了，可是舒澄应该不会吧？

诗婳回忆了一下之前舒澄谈的那些女朋友，全都是火辣外向型的，跟自己完全不像，所以自己是不是想太多了？或许舒澄只是觉得自己这段时间比较难熬，因此在可怜自己？

诗婳带着这样的疑问回到了公司，果然在大厅里找到了正在看杂志的舒澄。她连忙朝他小跑过去，轻喘着气说："对不起对不起，你等我很久了吗？"

舒澄看到她这样子不禁微微蹙眉，说："没有，你跑什么，我不是发信息给你让你别着急了吗？"

诗婳挠挠头："啊……我路上没看手机。"

"以后不要这么着急了。"舒澄说道，"等你一会儿又有什么，这点儿时间我还是有的。"

诗婳说："我是怕你等我等得太饿了。"

"不会，这杂志还挺有意思的，我看着都没觉得饿。"舒澄说道，"不过既然说到这个，我看这附近有条小吃街，不然今晚我们就去那里吃，你看好吗？"

诗婳一听连忙点头，说："好呀，我同事跟我提过好几次了，说那里的烤肉串特别好吃，我一直想找机会去来着。"

舒澄勾唇笑道："那就走吧。"

于是，两人一起朝着大厦外面走去。外面的太阳已经落了下去，秋天的冷风穿过玻璃门，迎面朝着两人吹来，诗婳不禁冷得打了个寒噤。

舒澄很快发现了她的反应，问道："冷吗？"

诗婳不好意思地说："是有一点点，早上出门外面还有点热，我还觉得我衣服穿多了。"

"现在这个季节就是这样，温差大，你等我一下。"舒澄说着，忽然走到自己停在路边的跑车旁，从里面拿出了一条男式围巾，然后转过身，非常自然地将围巾圈在了诗婳的脖子上。

这个动作顿时让诗婳联想到了几天前那个晚上，舒澄也是这么自然地将冰袋贴在了她红肿的脸上，刹那间，她心底的那个疑问再度冒了出来。诗婳怔怔地盯着面前的男人看了两秒，终究还是忍不住问了出来："舒澄，那个……为什么你最近突然对我这么好啊？"

舒澄神色一顿，接着收回了手，有些莫名地看着诗婳，说："你为什么忽然这么问？"

"我……我就是觉得，以前咱们两个不太熟，可是你最近突然开始关心我，还经常请我吃饭什么的，简直……简直就像在追女孩子一样，要不是你说你现在有真正喜欢的人，我都快要误会你的意思了……"

诗姮带着些许的试探说出了这些话，然后小心翼翼地望着他，而舒澄的表情从头到尾几乎没有变过，只是在听完之后不带恶意地轻笑了一下，说："所以你以为我最近是在追你？"

他这么一说，诗姮顿时就松了口气，说道："果然没有吧！是我误会了对吧！唉，我就知道是我想多了，对不起啊我是不是太自恋了……"

"没有。"舒澄微笑着说，"我就是正好最近公司事情不多，所以比较闲，而你又是时隔两年之后独自出来闯社会，我有点担心你吃亏，所以才想着照顾照顾你，没想到……让你误会了。"

果然，舒澄是因为可怜自己，最近才对自己这么好的！诗姮心中的不安完全打消了，她说："对不起啊，你明明是一片好意，我却自恋地误会了，我发誓以后不会胡思乱想了！"

"没什么。"舒澄说，"我自己也有问题，我平时在家里习惯了照顾我母亲，现在又来照顾你，可能会不自觉对你做出比较亲密的动作，让你感到不舒服了吗？"

"没……没有的。"诗姮连忙摇头，但很快又担心起来，"可你之前不是跟我说，你有真心喜欢的人了吗？你对我这么好，万一让她知道了不好吧？"

舒澄摇了摇头，低头掩盖住眼底那一丝失落，轻声道："没有什么影响，她很傻，现在都不知道我喜欢她。"

"那你这个追求者也太失败了吧，你要主动一点才行呀。"诗姮立刻说道，"像我以前追锦旭的时候，我就很——"

话说了一半生生止住，诗姮怔了怔，没想到自己还是会无意识地提到那个她已经离开的男人。

她很快摇了摇头，努力把"林锦旭"三个字从大脑里赶出去，对舒澄笑道："不说这些了，走吧，我们快点儿去小吃街吃饭！"

　　"嗯。"舒澄应了一声，抬起脚步跟上了诗婳。她像只小兔子一样在前方蹦蹦跳跳地走着，舒澄看着她脖子上围着的那条属于自己的男式围巾，不禁慢慢握紧了拳头。

　　罢了，还是再等一等吧，等她从这段分手的伤痛中完全走出来，他再告诉她自己对她的感情。他还有很长的时间，可以慢慢让她接受自己。

　　小吃街距离大厦并不算远，两人步行不到十分钟就到了。这条小吃街整体装修成了仿古街的样貌，每家店门口都挂着橙红色的灯笼，此刻天渐渐黑了下来，一盏盏灯笼亮起，将小吃街点缀得十分明亮温暖，拥挤的人潮在小吃街里来来回回走动着，大家手上都拿着各式各样的小吃，在寒冷的秋风中散发着蒸腾的热气，看上去热闹极了。

　　"哇……这里好有意境啊。"诗婳欣赏着四周的景象，开心地说，"就好像古装电视剧里的场景一样，真漂亮。"

　　"嗯。"舒澄轻轻应了一声，捏住她的袖子将她拉到了自己身边，"但还是小心一点，人太多了，别跟我走散了。"

　　"嗯，知道啦。"诗婳指着不远处一家烤肉店，"我们去吃那个吧，那边有好多人，里面的东西肯定特别好吃。"

　　舒澄便跟在她身后，小心地护着她一路穿过人群走了过去，两人在店里买了很多烤肉串。诗婳指着店门口的红灯笼说："你能帮我在这儿拍个照吗？"

　　"当然。"舒澄答应了。诗婳将自己的手机递给他，然后举起手里的烤肉串，对着镜头笑得十分灿烂。

　　舒澄将手机对准了面前的姑娘，可是看着画面里诗婳站在暖色灯笼旁边笑靥如花的样子，他却不禁怔住了。

"怎么了？"诗婳见他一直没有动作，不由得问，"我的手机不好用吗？"

"不是。"舒澄朝她微笑道，"只是突然想起了一句古诗。你笑一下，我要拍照了。"

"嗯！"诗婳再次朝镜头露出笑容。

舒澄郑重地按下了拍照键，将这美好的画面保存了下来。他将手机递还给诗婳，听到她好奇地问："你刚刚想起什么古诗呀？"

"只是一闪而过，现在想不起来了。"舒澄说道。

诗婳便也没有再追问，开心地啃着烤肉串继续朝前走去。舒澄看着她的背影，在心底默默念起了他刚刚想到的那句诗——

众里寻她千百度，那人却在灯火阑珊处。

其实对于沈诗婳，他并没有焦急地寻找很多次。由于父母不幸福的婚姻，过去他一直抱着得过且过的态度，用不羁浪子的外壳应对着这个残酷的世界，因为他根本不相信这世界上有什么真爱。

可沈诗婳出现的那一刻，他就知道，这就是他这辈子唯一想要的姑娘。以前诗婳在林锦旭身边，他不想也不能去破坏她的幸福，可现在不一样了，上天终于给了他拥有她的机会，他绝对不会错过。

同一时刻，林锦旭正坐在公司的办公室里，焦头烂额地处理着堆积如山的工作——由于前几天他状态颓靡没来上班，公司已经积攒了一大堆需要他处理的事务。

尽管林锦旭现在的心情依旧低落，可他已经不想继续这么颓废下去了。他想要抓回诗婳的心，想让她以后过得幸福，所以现在他就必须做出一个成熟男人应有的样子，将那些属于他的责任都承担起来。

林锦旭带着这样的心情努力工作着，过了半个多小时之后，终于把事情处理得差不多了。他长舒一口气，靠在椅子上拿起手机，习惯性地点开诗婳的对话框，想要发点消息给她，却一直写了又删，删了又写，就是不敢真的把消息发过去。

因为他害怕诗婳会一气之下把自己拉黑了。

自从上一次他们的聊天结束在拉黑这个话题后，林锦旭就再也不敢给她发消息，也不敢再跑去她公司想要见她一面。他只能每天看着手机，希望能从上面得到关于诗婳哪怕一星半点儿的消息。

可是自从诗婳离开后，她的朋友圈就再也没有更新过。她最后一次发的朋友圈，还是一张生日蛋糕的照片，诗婳用很雀跃的语气写道："锦旭给我买的蛋糕，这一定是我人生中最幸福的一次生日啦。"

是啊，那天晚上的诗婳多开心啊，可是谁能想到第二天，他林锦旭就抛下她一走了之，不管不顾呢？

想到这里，林锦旭不禁满脸都是悔意。如果那天早晨他在清醒过来之后没有慌乱，是不是一切就不会变成现在这样了？

他不禁陷入了那天早晨的回忆当中去……

那天早上，其实林锦旭很早就醒了。天还未亮的时候他睁开了眼睛，屋子里昏暗一片，而昨晚和他温柔缠绵的姑娘，此刻正像小猫咪一样安静地蜷缩在他的怀里睡着。

在意识到自己昨晚在冲动之下做了什么之后，沉重的自责顿时如潮水一般涌上了林锦旭的心头。他简直恨不得把自己揍一顿！

林锦旭啊林锦旭，你怎么可以因为被诗婳打动，就和她……和她……你明明心里喜欢着别的人啊！你这么对诗婳，简直就是个不负责任只知道贪图欢乐的人渣！

林锦旭想冲下床，用力把自己的头在墙上撞几下惩罚自己，可是此刻诗婳的一只手轻轻地搭在他的胸口，让他根本不敢动弹，他害怕把她吵醒了。

　　她身上散发出一股很清甜的洗发露香气，林锦旭忍不住慢慢垂下头，去看怀里的姑娘。诗婳睡得很安稳，两扇浓密的眼睫毛随着她呼吸的频率轻轻地颤动着，粉红色的嘴唇也微微向上勾起，仿佛此刻正在做着什么美梦一样。

　　林锦旭看着她的眉眼，看着她小巧的鼻尖，还有她柔软的嘴唇，脑海中不禁回忆起了昨晚和她的缠绵悱恻——

　　不不不！你疯了吗！你在干什么！都已经这么不负责任了，你竟然还敢回想昨晚的那些事情！林锦旭，你不准再想了！

　　林锦旭只觉得身体越来越热，如果继续这么抱着诗婳，他觉得恐怕会控制不住自己，他只好小心翼翼地将诗婳的手拿开，然后起身想要下床。可就在他要离开的一刹那，床上的诗婳却敏感地察觉到了什么，她在睡梦中轻轻呢喃了起来："唔……锦旭……"

　　林锦旭连忙回过身，俯身到她面前，轻轻应了一声："嗯，我在呢。你……醒了吗？"

　　诗婳并没有醒，她只是在睡梦中带着笑意说道："锦旭……我很爱你……"

　　听到这句话，林锦旭的眼睛顿时就泛红起来。他想这个姑娘怎么就这么傻呢？他到底有什么好的，明明就是个自私自利的人渣，她却爱了自己这么多年。

　　"我爱你锦旭……"诗婳再一次在梦中说道。

　　这一回林锦旭没有再沉默，他轻轻应了一声，用手抚摸了一下她的脸颊，带了点哽咽说道："我知道，我全都知道。"

诗婳似乎听到了他的回应，满意地翻了个身继续沉睡下去。而林锦旭也站起了身，他走进卫生间用冷水冲了个澡，在冰冷的水流当中慢慢有了决定。

既然事情已经发生了，他就一定要担当起男人的责任。诗婳的家里人早就不管她了，除了自己，她真的没有其他可以依靠的人。

他要娶她。

婚礼、婚纱、钻戒、新婚旅行……这些东西他全都要给她。

只是突然一下子要承担这么多事情，林锦旭一时之间有些蒙，他承认，在这之前他是没想过结婚这件事的。

他需要一点时间冷静一下，好好思考该怎么办，如果能在思考的时候稍微远离诗婳一点就更好了，因为他发现自从昨晚的事情之后，他现在一想到诗婳就忍不住有冲动，简直就像禽兽一样。

而就在这时，昨天跟他联系的客户却忽然打来了电话，说有解决不了的难题，希望林锦旭能亲自去跟他们谈谈。这恰恰就是林锦旭此刻最需要的，他出差暂时远离诗婳，等他把事情都想清楚，把对诗婳的那些冲动压抑下去，就能回来好好面对她。

于是他就这么自私地抛下诗婳走了，根本没想过那几天自己不在家诗婳会是什么心情。他只顾着自己，甚至连给她发条消息的勇气都没有。几天后，他终于计划好一切，打算回去面对诗婳，却没想到自己才从机场出来，就遇到了两年未见的肖念玉。

被从旁边冲出来的姑娘热情地来了一个迎面拥抱之后，林锦旭愣了半秒才认出抱他的人是谁，惊讶地说道："念玉？"

肖念玉听到他叫自己的名字，不由得甜蜜地笑了出来，说："我还以为你已经把我忘了呢。"

时隔两年多，再次见到自己喜欢的人，那一刻林锦旭的心底确实是有点惊喜的。但很快，诗婳安静地靠在自己胸口沉睡的样子就浮上了林锦旭的心头，让他快速冷静下来。他问道："你回国了？什么时候回来的？"

"就是今天呀。"肖念玉笑道，"没想到这么巧，会在机场碰见你。"

"是啊……挺巧的。"林锦旭点了点头，客套地问了一句，"一直没跟你联系过，你在美国这些年过得还好吧？"

却没想到肖念玉一听，顿时露出伤感的神情，低声说："不，我过得不好。"

林锦旭原本只是想跟肖念玉随便聊几句，然后就赶紧回家去找诗婳，却没想到肖念玉露出一种历尽沧桑的可怜模样来，这让他走也不是，不走也不是，顿时站在原地不知如何是好。

而肖念玉又楚楚可怜地看着他，说："你能陪我说会儿话吗？我现在心里真的很难受，以前上大学的时候，只有你最能理解我了。"

对方毕竟是自己喜欢多年的人，林锦旭不忍拒绝，便点头道："我们去旁边的咖啡厅说吧。"

肖念玉自然是欣喜地答应了。两人在咖啡厅落座后，林锦旭点了咖啡，肖念玉还要了一份杧果芝士蛋糕。很快，服务生就把咖啡和蛋糕端了上来，肖念玉指着蛋糕上的塑料膜，让林锦旭帮她把膜撕掉，以前上大学的时候，她就习惯了这么支使他帮自己做事，因此他便没想什么低头照做了。

可是撕完之后，看着那块蛋糕，林锦旭却不由得想起诗婳。这是她最喜欢吃的口味啊，以前两人出门逛街时，每次看到这种蛋糕她都忍不住想吃。

可是那个时候他总觉得他一个大男人陪着她去全是小女生的蛋糕店里吃甜品，太尴尬了，所以每次都是把卡给她让她自己去买，现在回想一下，只怕那个时候诗婳应该也有点伤心吧。

唉……他好像在不自觉当中就做出了很多伤害诗婳的行为，可为什么她还是那么傻，那么爱自己呢？

发现林锦旭盯着那块蛋糕出神，肖念玉连忙摇晃了一下他的袖子，说道："锦旭，你怎么了？"

"啊……没什么。"林锦旭回过神，问她，"你刚刚说你在国外过得不好，是发生什么事了吗？如果有什么需要帮忙的地方，你可以跟我说。"

肖念玉苦笑了一下，眼眸千回百转地看着他，过了好几秒才哽咽着开口道："我……我离婚了。"

林锦旭不禁怔住了。

然后他听到肖念玉带着几分怨愤继续说道："他原先跟我结婚，其实根本不是爱我，就是看中我家族的资源能帮上他！可是这半年以来，我爸投资失利好几次，现在家境不如从前了，他就一点都不在乎我了，天天不回家，就算回家了也是骂我没出息帮不上他……我爸的公司眼看要倒闭了，他就跟我提出了离婚，我怎么挽留都没用……呜呜呜……"

看到她哭得如此伤心，林锦旭原以为自己也会跟着一起心如刀绞，可是很奇怪，此刻他内心的情绪，却是复杂大于心疼。两年多没见，面前的肖念玉仍旧像从前一样打扮得优雅端庄，依旧是他印象中喜欢的模样，却似乎不能再像从前那样牵动自己的心弦了。

是因为太久没见，岁月冲淡了感情吗？

林锦旭一时之间想不明白，但还是将桌上的纸巾递给她，有些不忍地说："别哭了……"

却没想到，肖念玉顺势握住了他的手，泪眼蒙眬地说道："锦旭，我真的错了。当初我肯定是脑子坏了，才会被他迷住了心窍跟他一起去美国。直到现在我才发现，原来一直以来真爱着我的人只有你，锦旭……

是我不好，我不该辜负你对我的真心……"

肖念玉刚刚出国那阵子，林锦旭心里一直望着她会回心转意，可如今她真的回来了，也真的后悔了，林锦旭却发现他心底好像根本没什么波动。他缓缓抽回了自己的手，平淡地说："别这么说，你也没有什么错，是我当时一厢情愿喜欢你，没有人规定你一定要接受我的感情。"

"那你现在肯定还是喜欢着我的，对不对？"肖念玉再度抓住了林锦旭的手，殷殷期盼地望着他，"锦旭，我知道，你肯定还是喜欢着我的！你……你还愿意跟我在一起吗？我保证会对你好，一点一点努力爱上你，我们在一起好不好？"

林锦旭骤然睁大了眼睛，他没料到这次谈话会发展到这个地步，他原本只是想安慰一下肖念玉。可她刚刚说什么？她想跟自己在一起？

他没有听错吧？自己期盼了多少年的事情，竟然成真了？

无数复杂的情绪在这一刻涌入他的心头，沧桑、感慨、一丝丝欣然，还有很多的辛酸与无奈……

"你不说话，就是答应了对不对？"肖念玉激动地问道。

林锦旭连忙摇头，解释道："念玉，你应该不知道，你走后没多久，我就跟沈诗婳在一起了。"

谁料肖念玉却说："我知道，同学圈子里有人告诉我了。就是司仪队那个喜欢你的小女生嘛。可是，锦旭，我是了解你的，你一直那么喜欢我，又怎么可能喜欢上别人呢？你肯定是因为她总是缠着你，才勉强跟她在一起的，是不是？"

林锦旭不想跟她解释太多关于诗婳的事，只是说："念玉，我知道你现在心情很难过，你想找个能依靠的人，我理解你。但你不能因此就胡乱抉择……"

"我没有胡乱抉择，锦旭，我真的想跟你在一起！"肖念玉着急地说，

"我发誓，以后一定只想着你一个人，努力对你好！以前是我亏欠你太多了，以后我一定加倍回报你给我的爱，好不好？还是你嫌弃我离过婚，是被抛弃的女人……"

"不是这个原因。"林锦旭只觉得一阵头大，"是我现在跟诗婳在一起啊……"

"那也可以分手啊！"肖念玉带着哭腔说，"你根本就不爱她，跟她在一起不是害了她吗？锦旭，我们才是最相配的人，以前咱们的亲戚不都说我们是金童玉女吗？你真舍得不要我了吗？"

肖念玉后面说的那些话林锦旭都没听进去，因为最前面的那句重重地砸中了他的心。是啊，他一直都喜欢着念玉，却跟诗婳在一起，这样让她一辈子生活在得不到爱的环境里，她真的会幸福吗？

可是那个晚上，他们偏偏又已经……他不能不管她啊！

林锦旭顿时又有一种想去撞墙的冲动，他揉了揉眉心，站起身说："对不起，我……我现在心情很复杂，你让我一个人好好想想行吗？"

肖念玉从中看到了希望，立刻点头道："嗯！那我等你的答复！锦旭，我相信我们在一起会很幸福的！"

林锦旭没有回应她，狼狈地拖着行李箱离开了机场。他原本想立刻回家，现在也不能回去了，动摇的心让他根本无法面对诗婳。

于是他去了公司，在那里住了两个晚上。在那期间，肖念玉不断给他发消息，可是他根本没有看的心思。他躺在办公室后面的休憩室里，关着灯，在黑漆漆的房间里望着天花板，把这些年他与肖念玉、与沈诗婳所有的一切都认真回忆了一遍。

直到第三天晚上，他终于做出了决定。

他要沈诗婳，只要她。

就算现在他还忘不了念玉，就算现在他还没能喜欢上诗婳，可是这些年诗嫚对自己的喜欢与付出，他是真真切切看在眼里的，他不能辜负这样一个把心都剖开给自己看的姑娘。

他要对她负责任，学着爱上她，让她成为自己的妻子，然后给她幸福的一生。以前他不相信，可是现在他忽然觉得爱上诗嫚好像也不是很难的事。

于是他终于有胆量回家，却还是假借了一个应酬喝酒的借口，不想让诗嫚知晓自己见过念玉的事情。却没想到刚刚回到家，诗嫚就跟他说了分手……

想到这里，林锦旭难受地抽了口气。是他太愚蠢太贪心了吧，所以才会把事情搞成这样。上天其实早就给了他幸福，他却一直不知道珍惜。

而就在这时，办公室的大门却忽然被人推开了，林锦旭抬起头，发现闯进来的人是肖念玉，后面还跟着公司的保安。保安一脸愧疚地对林锦旭说："老板，对不起，我已经跟肖小姐说了您正在忙，可是她执意要闯进来，我也不敢硬拦着……"

"没事，你出去吧，辛苦了。"

保安关上门离开后，林锦旭漠然地开口问肖念玉："你找我有事吗？"

决裂

WEIBENG
QINGQINGQI
WOHAOXIHUANNI

第十章

肖念玉一看见他，立刻就红了眼睛，楚楚可怜地说道："锦旭，现在你见到我，竟然用这么生疏的语气跟我说话？你是真的一点都不在乎我了吗？"

林锦旭放下手里的钢笔，抬眸看向她，用一种公事公办的口吻说："念玉，几天前我不是已经发消息跟你说得很清楚了吗？我不会跟你在一起，绝对不会，我也说了希望你不要再来找我，我不明白那条消息里你哪个字没看明白？"

"我全都不明白！"肖念玉激动地上前一步，红着眼睛说，"我不明白你为什么忽然变化这么大！明明以前上大学的时候你那么喜欢我，什么事都顺着我，在机场那天你也答应我会考虑的，可这才几天的工夫，为什么你就把我当成陌生人一样？我去你家找你，你不肯开门，来你公司，你又让保安拦着我，锦旭，你为什么忽然对我这么冷漠？我只想知道原因！究竟是我哪里做错了？"

林锦旭闭上眼长长叹了口气，说道："原因？你自己不是应该很清楚吗？我没有明着跟你说是想最后给你留点儿面子，你又何苦亲自上门来问？"

"我……我不清楚啊。"肖念玉无辜又可怜地说，"什么叫给我留面子？锦旭，你到底在说什么？"

"罢了，既然这样我们就把事情摊开来说。"林锦旭抬起眼眸，有些锐利地看向面前的女人，问道，"诗婳前几天在上班的大厦里被误会成第三者，被一个老板的老婆给打了，这件事难道不是你在背后做的？"

肖念玉睁大眼睛，用力摇头道："什么？我根本不知道你在说什么……什么诗婳被打了，我完全不知道这件事！"

林锦旭露出几分失望的神情，摇了摇头，说："还要装作不知道吗？你最要好的朋友杨顺，就在那个老板开的公司里上班，是她利用和老板娘认识的这层关系，故意透露假消息污蔑诗婳是第三者，害诗婳受伤不说，还害诗婳名誉受损。试问如果这件事不是有人指使，杨顺为什么无缘无故忽然要针对诗婳？"

"我怎么知道，我记得她们以前在司仪队里关系就不好啊。"肖念玉辩解道，"说不定是有什么旧仇杨顺才这么做的。可你凭什么认为这件事是我指使的？"

"因为这是杨顺亲口承认的。如果你还想要进一步的证据，我可以让她把你们的聊天记录给我。"林锦旭冷冷地盯着她，"你大概还没有得到消息吧？杨顺今天已经离开本市了，我不会允许她继续留在这里伤害我爱的女人。并且，在离开之前她已经告诉了我这些年你是如何用各种好处收买她，让她给你做的各种事情。听到了这些以后，你还打算装作什么都不知道吗？"

肖念玉的眼睛微微睁大了一瞬，但她很快恢复了镇定，委屈地说："你……你怎么就知道她说的就是真的，杨顺如果真的人品这么差，那她也有可能诬陷我啊……锦旭，难道在你眼里，我是那种会暗地里陷害别人的人吗？"

"以前我是绝对不会信的。"林锦旭冷声道，"可是听她跟我说了那么多之后，我现在只有一个感觉，那就是很失望。念玉，到底是这两年在国外你生活过得不顺遂，所以才让你长了那么多坏心眼，还是你从来就是这样一个人，只是我以前没看清你？"

"我——"

"罢了，我也不想听你解释。"林锦旭站起身，走过去打开了办公室的门，"我已经跟你讲得很清楚了，我不会跟你在一起，也请你以后不要再来找我。这次你能闯进公司，是因为保安知道你是肖家大小姐不敢拦你，但如果还有下一次，你就没这么好运气了。现在请你走吧，我还有工作要忙。"

"锦旭，不要对我这么绝情……"肖念玉哽咽着上前一步，试图去拉他的袖子。

林锦旭却非常坚定地避开了，漠然说道："请你出去，你再不离开，我就让保安过来处理。"

肖念玉没办法，只好转身朝外走，可仍旧不死心地说："你是误会我了，锦旭，我……我会向你证明自己是清白的，我知道你心底肯定还是喜欢我的，只是你在生我的气，嫌我当初去了美国没有选你……"

"那都是过去的事了，我已经走出来了，我现在爱的人不是你。"林锦旭不带感情地说，"念玉，如果你缠着我不放手，只是因为你家里经济出问题想找我帮忙，那很抱歉，我没有帮你的义务，你现在走到这一步全都是你自己的选择，而我对你早就仁至义尽了。"

"我……我不是这样想的！"肖念玉连忙解释道，"我是真的想跟你在一起……"

"随便你怎么说吧。"林锦旭紧盯着她的眼睛说道，"但念玉，还有最重要的一点我希望你记清楚，以后，请你绝对不要再想什么法子伤害沈诗婳，绝对不要。不然你别怪我不顾我们两家认识多年的情面，对你不客气。"

肖念玉被他眼眸中透露出的寒冷给吓了一跳。认识林锦旭这么多年，这是她第一次看到他用如此冷淡锋利的眼神看着自己。她的心不禁刺痛了一下，转身有些踉跄地离开了林锦旭的公司。

可内心里的不甘越来越浓，肖念玉坐进自己的车里之后，忍不住恨恨地砸了下方向盘。

以前锦旭绝对不会对她这么冷淡的！一直以来，他的眼里都只有她肖念玉，绝对不会有别的女人！如今他却仿佛把自己当成了一个陌生人，不，连陌生人都不如，林锦旭现在简直像是把自己当成了敌人那样看待！

这全都是那个沈诗婳的错！一定是她故意在林锦旭面前耍手段让他讨厌自己的！如果不是她，现在林锦旭肯定还是任由自己如何驱使都不会有怨言！这个该死的女人，早知如此，当初在大学里的时候，自己就应该想办法让她从锦旭身边滚开！

肖念玉不由得再次用力砸了下方向盘，她一定要让沈诗婳见识见识自己的手段，让她知道抢走别人的东西会有什么后果！自己绝对不会放过她！

肖念玉走后，林锦旭坐回椅子上长长地叹了口气。他如何也不会想到，他和肖念玉的关系会发展到如今这个地步。可是没有办法，他不想让诗婳再受到哪怕一点点伤害，所以他必须这么做。

　　只是不知道，诗婳到底什么时候才愿意理自己呢？林锦旭想着，又拿起手机想给她发消息。他发现朋友圈有人更新，便点进去看了一眼，然而这一看就愣住了，因为就在几分钟之前，诗婳发了一张照片！

　　照片里，她站在一条古风的小吃街上，举着烤肉串对着镜头灿烂地笑，旁边的红灯笼把她的脸映衬得十分可爱。　　.

　　看着那张熟悉的脸庞，林锦旭不禁露出了几分笑容，但没过多久他的笑就僵在了脸上——

　　为什么诗婳脖子上那条围巾，是男式的？而且看着好像还有点眼熟？

　　林锦旭又仔细盯着诗婳脖子上那条围巾看了几秒，脸色变得越发难看了，他果然没认错，这条巴宝莉围巾分明就是舒澄的！

　　他之所以能这么笃定，是因为他认出了围巾边缘处那个被烟头不小心烫出来的小洞。他记得那是去年冬天的时候，舒澄跟父亲吵了架，心情郁闷就喊了他出来，两人坐在酒吧街上喝酒。当时舒澄脖子上围着这条围巾，一边抽烟一边跟他说对父亲多年来的种种不满，结果一个没注意，就把手里的烟头掉在了围巾上。

　　虽然舒澄急忙抖落了烟头，但还是在围巾上烧出了一个小洞。当时他看着舒澄一脸心疼地拿着那条围巾，还笑话舒澄说："不就一条围巾嘛，再买条新的不就好了，你怎么这么宝贝它，我都见你戴了好几年了。"

　　舒澄没有回答，只是小心翼翼地将围巾摘了下来，叠好以后塞进了大衣口袋里。

　　从那之后林锦旭再没见舒澄戴过，但他猜到舒澄应该是把围巾珍藏了起来，以免再不小心把它弄坏。

　　可他如何能料到，这条舒澄十分宝贝的围巾，如今竟然出现在了诗婳的脖子上!

这么说,他们是一起去小吃街吃东西的吗?他们的关系怎么就变得这么好了?诗婳以前明明有些惧怕舒澄的啊。还有,这张照片难道是舒澄给诗婳拍的?照片里的她为什么笑得那么灿烂,她以前从来没对自己笑得这么好看过!

刹那间,无数的酸涩念头涌入了林锦旭的大脑,让他恨不得立刻冲进这张照片里,把他的诗婳抢回来。

林锦旭越想心里越不是滋味,再也顾不得其他,终于忍不住拨通了诗婳的电话。他本以为她绝对不会接的,却没想到彩铃声响了一会儿之后,电话竟然接通了。

"喂……哪位?"电话那边传来了诗婳的声音,但听起来似乎有点虚弱。

林锦旭听她这么问不禁愣了一下,觉得心里有点发酸,低声说:"诗婳,是我。你……你把我的号码删掉了吗?"不然为什么会不知道是他打来的?

此时此刻,电话那边的诗婳正蹲在家里卫生间的马桶旁拍着胸口。半小时前她跟舒澄在小吃街吃完饭回家后,就开始觉得胃里很不舒服,最后症状越来越严重,她冲进卫生间吐了很久,才勉强把这不舒服的感觉压下去。

因此当手机铃声响起时,她根本没注意是谁打来的就接了。如今一听到是林锦旭的声音,她顿时有些烦躁,带着火气说道:"我是不是跟你说过,让你别打扰我了?"

"我……我不是故意的。"林锦旭连忙解释,"我就看到你发的朋友圈了……诗婳你……你今天晚上是跟谁一起出去吃饭的?"

"我跟谁出去吃饭和你有关系吗?你管得是不是也太宽了?"诗

婳毫不留情地说，"林锦旭，好好过你自己的生活吧，不要再来烦我——呃……"

话说到一半，一阵呕吐感又涌了上来，诗婳不禁放下了手机，抱着马桶再次吐了起来。而手机那边的林锦旭听到这阵嘈杂声，担心地喊道："诗婳？你怎么了？你没事吧？你怎么不说话，发生什么事了？"

过了十几秒，诗婳才稍微缓了过来，她重新拿起手机对那头说："我的事用不着你管，你不要再打来了。"

说完她就挂断了电话，然后把林锦旭的号码挪进了黑名单。

诗婳有些虚弱地站起身走到洗手台前，先是用水漱了漱口，然后抬起头看向镜子里的自己。

她最近到底是怎么了？脾气变暴躁了不说，今晚不过是多吃了一点烤肉，就难受得吐个不停？难道是因为最近开始上班，压力变大才导致身体变差了吗？

无论如何，她都决定这两天抽个时间去医院做个检查。以后她要好好地奋斗事业，就必须要有健康的身体才行。

至于林锦旭……

诗婳拿起手机看了一眼，发现他又不死心地给自己发了微信过来："诗婳，我刚刚听你在电话里好像不太舒服，你要不要紧？我只是想知道你没事就好。"

诗婳想了想，回了一句："你以后不要来打扰我，我就没事。你的手机号我已经拉黑了，你别逼我把你这个号也拉黑。"

对话框上方显示林锦旭正在输入的状态，但过了很久，他都没有再发消息过来。诗婳也松了口气，自己已经把话说得这么绝了，想必他这回应该明白了吧？

她回到房间里躺下，打算早点儿休息，养足精神明天好好上班。但没过多久，舒澄忽然给她发了消息："今晚开心吗，我看你好像很喜欢小吃街的美食。"

诗婳不想让他担心自己反胃呕吐的事情，便回答道："嗯，确实挺喜欢的，味道都很不错，难怪人那么多。"

舒澄说："你喜欢的话，明天我再陪你一起去。"

诗婳说："明天不行哎，不好意思啊，我约好了和大学舍友一起吃晚饭，我们每周都要这么聚一回的。"

"哦，那就以后再说吧，没事。"舒澄回复道，"你现在有这么多真心朋友陪着你，我也放心了。"

诗婳回复道："谢谢呀。不过你也要努力啊，既然有喜欢的人就赶紧去追呀，再这么拖着当心人家跑了。"

舒澄回复了一个微笑的表情包，说道："已经在努力追了。"

诗婳又鼓励了他几句，便放下手机休息了。

灯光闪烁，音乐躁动的"不夜澄"酒吧内，舒澄正独自一个人坐在吧台前。周围的人要么在舞池里尽情地扭动身体，要么就在卡座内喝酒欢笑，唯独他安静地盯着自己的手机屏幕，脸上带着一丝浅浅的微笑。

手机屏幕上所显示的，正是他今晚帮诗婳拍的那张照片。当时他是用诗婳的手机拍的，拍完之后也不好问她要照片，却没想到等她回家后竟然主动把照片发在了朋友圈里，他连忙保存了下来，然后把它设置成了自己的手机屏保。

他盯着照片上诗婳灿烂的笑脸，忍不住伸出手轻轻地触碰了一下。这样明丽的笑容，这样美好的姑娘，他究竟要如何努力才能拥有呢？

但就在他沉溺在诗婳的笑容当中时，身后忽然有人重重拍了下他的肩膀，然后开口道："舒澄，你是不是应该给我个解释？"

听到林锦旭的声音，舒澄并不感到如何惊讶，因为他早就料到此刻这一幕迟早会到来。他将手机收进口袋，转过头平静地看向对方，问道："解释什么？"

林锦旭万万没想到，面对自己的质问，他的好哥们儿竟然会摆出一副如此淡定的神态来，他心中的愤怒不禁更加深了一层，问道："你说该跟我解释什么？今天晚上，跟诗婳一起出门吃饭的是不是你？舒澄，你现在就把话给我说明白，这些天你一直缠在诗婳身边，到底是想做什么？"

舒澄安静地听完了他这一连串问句，最后淡淡地说道："好，既然你问了，那我就明白地回答你，我的想法其实很简单，那就是我喜欢沈诗婳，我想跟她在一起。"

听到舒澄这么说，林锦旭不禁愤怒地瞪大眼睛："你开什么玩笑！"

"我没有跟你开玩笑。"舒澄摊了摊手，"咱们也认识这么久了，你觉得我现在这个态度像是在跟你开玩笑吗？"

"你……你疯了吗？"林锦旭愤怒道，"我都跟你说了多少遍，诗婳跟你泡的那些女孩子不一样，让你离她远一点，你为什么偏偏就是不听？这天底下合你胃口的姑娘多了去了，你为什么一定要伤害她？"

"谁说我要伤害她？"舒澄反问道，"是，我承认，从前我是个花心渣男，可这不代表我就不能改吧。还有，林锦旭，一直以来我都很清楚，诗婳跟那些为了钱缠着我的女孩子不一样，我从来没有看轻过她，更不会伤害她。"

"可诗婳是我的！"林锦旭忍不住冲上前，一把攥住了舒澄的衣领，咬牙道："你明明知道她是我的女朋友，却还要这么做，舒澄，我以前怎么不知道你是这种卑鄙的人！"

"卑鄙？"比起激动的林锦旭，舒澄显得十分冷静，他慢慢地说，"我认为你用这个词形容我不合适吧。林锦旭，你搞清楚，你和诗姮已经分手了，在此之前我从来没有介入或者破坏你们的感情。现在她是单身，我不明白我为什么就不能追她了。如果你觉得因为我们是好朋友，所以我就不能追你以前的女友，那抱歉，我想我跟你的观念不太一样。"

林锦旭充满怒火地瞪着他："可你明明知道她对我有多重要！你这样做，是真的一点都不在乎我们这么多年的友情了，是吗？"

"沈诗姮如果真的对你很重要，那过去的这么多年，你早就应该把她捧在手心里了。"舒澄说，"可现实里你做了什么呢？你只是不断地忽视她，不断地用肖念玉伤害她，不断地让她失望，除了物质上，你给她其他东西了吗？事到如今她不想再被你伤害所以离开了，你却又想要挽回，但这已经不是你想要挽回就能成功的事了。

"锦旭，能跟你做这么多年朋友我很荣幸，但如果是为了诗姮，面对你我绝不会退让。对不起，她是我这辈子第一次喜欢上的人。我怕错过她，就再也找不到第二个。"

林锦旭从舒澄的话语中听出了他的认真，看得出来他有这个想法也不是一天两天了，而刚刚这些话，只怕他也早就在心底酝酿了很久。

但林锦旭还是有些不敢置信，他慢慢放开了舒澄的衣领，有些困惑地问："可你……你不是一直跟我说，你根本不相信真爱，不想结婚吗？你是什么时候喜欢上诗姮的？"

舒澄坦诚地说："我见到她的第一面，就是我撞坏了车你带着她来接我的那次。从我看到她的第一眼我就很清楚，我想要这个姑娘。但当时我看得出她喜欢你，后来你们在一起了，我就没想过要打扰。可现在是她主动离开你的，我觉得我应该抓住这个机会。"

林锦旭愣在原地，这些天变故一个接一个向他袭来，让他的大脑有些无法正常运转了。

而舒澄则拍了拍他的肩膀，沉着道："如果你执意不肯放弃诗婳，我也不介意咱们成为竞争对手。但我还是要劝你一句，还是算了吧，诗婳是那种外表柔弱内心刚强的人，一旦她决定离开，就不会再回头。"

说完这些他便打算离开，林锦旭却忽然抬手拦住了他的去路。

舒澄抬起头，就看见林锦旭用倔强又坚定的眼神直视着自己，说道："我不会放弃的，绝对不会。舒澄，我也劝你一句，你根本没有你想象的那么了解诗婳，我相信她现在仍旧爱着我，我一定会把她追回来。"

舒澄耸耸肩，说道："那就是做竞争对手的意思了？好吧，我应战。"

林锦旭没有回应他，转身快步离开了酒吧。

舒澄看着林锦旭的背影，轻轻叹了一口气。如果可以，他也不想事情发展到这个地步，可现在上天显然没有给他选择的余地。

外人都不知道，可只有舒澄自己明白，从小生活在不幸福家庭中的他，是多么希望自己能拥有一段真挚的感情和幸福的婚姻。现如今，他只有坚定地朝着自己选的路走下去。

第二天，诗婳来公司上班之后，本来是想跟殷菲打个招呼，说一下她要去医院检查身体的事情，却没想到她还没来得及说，忽然接到了一个从外地打来的陌生电话。

诗婳接通了电话，就听到那边传来一个很爽朗的女声，问道："你好，请问你是沈诗婳吗？"

"对，我是。"

诗婳迟疑了一下才回答，本以为又是什么推销电话，却没想到下一秒，那边的人便说道："是这样的，我是邱氏企业分公司这边的负责人，我叫顾沁，时间可能隔得有点久了，但你之前在一场招聘会上给我们公司投过简历，不知道你还记得吗？"

一听到"邱氏"这个名头，诗娴不禁睁大了眼睛。要知道这家公司近几年在国内的发展势头十分迅猛，她虽然很久没上班，却经常在网上看到关于它的消息。据说这家公司的老板叫邱朗，今年还不到三十岁，可是身家已经在富豪排行榜上排得上名次了。这几年他的公司发展越来越好，很大一部分都是因为邱朗在经商方面有独到的眼光和果决的手段。不仅如此，据说他在感情方面也很专一，和他妻子的感情非常好，媒体上常常会报道二人一起出席活动的甜蜜新闻。

　　诗娴当时在招聘会上看到这家公司在招人，便投了简历，但她其实根本没抱什么期望，因为她知道这种大型企业对员工的要求肯定很高。

　　没想到现如今对方却主动打来了电话，诗娴连忙说："是的，我当时投了简历！您好，请问您打电话给我是为了……"

　　"哦，是这样的，我看了你的简历，觉得你挺适合我们公司的，所以想在电话里跟你简单面试一下，你现在方便吗？"

　　诗娴连忙说道："方便的，您有什么问题就请问吧。"

　　电话里的姑娘笑了笑，用很轻松的口吻问了诗娴一些专业性的问题，诗娴能从她的话语中感觉到这个叫顾沁的姑娘是个很开朗大方的人，因此心情也不禁跟着放松下来。最后，顾沁说道："差不多就这些吧，不过还有一个问题我有点好奇，请问你毕业之后两年都没有上班，是为什么呢？"

　　诗娴不想隐瞒，便咬了咬嘴唇说道："我毕业后跟我男朋友在一起，他家里经济条件很好，就让我不要去上班，我当时答应了。但我……现在跟他分手了。"

　　她原以为顾沁听完了这些，对自己的印象肯定会大打折扣，却没想到顾沁有些不安地说："这样啊，抱歉，我是不是提到你的伤心事了？"

　　"不不，不会。"诗娴连忙道，"您要面试我，我理应把事实告诉您的，我现在已经走出来了，请您不要担心。"

"那就好。你也不要太难过，勇敢地向前看，生活会越来越好的！"顾沁安慰道，"我感觉你挺不错的，我们分公司目前刚刚成立，正好缺个财务，你要是愿意的话就来我们这里试一试吧？"

诗婳愣了半秒，才开口道："您是说，贵公司愿意聘用我吗？"

"嗯，对！你的简历我都看过了，刚刚的问题也回答得很专业，我觉得你能胜任我们公司的工作。"顾沁说道。

诗婳只觉得头皮发麻，她万万没想到自己竟然真的靠自己努力找到了工作，而且还是这样知名的一家企业！一瞬间，无数的喜悦和激动涌上了她的心头。

但顾沁很快接着说："不过有个问题我不知道你能不能接受，就是我们新的分公司设立在 B 市，所以你要来上班的话就得从 S 市搬去 B 市。当然，分公司和总公司的待遇绝不会有差别，我们也在 B 市给员工准备了宿舍，以后如果有机会，你可以调回总公司上班的。"

诗婳并不是 S 市本地人，因此让她去外地工作，她本身是没什么问题的，更何况这次的工作机会还这么好。但她一想到 S 市还有几个重要的朋友，就不禁犹豫了一下，说道："您能让我考虑一下吗，我会尽快给您答复的。"

"当然，你慢慢考虑，等你想好了给我打电话就好。"顾沁立刻说道。

诗婳连忙道了谢。

这天晚上，她们宿舍四个姐妹正好要一起吃饭，诗婳便将自己找到新工作的事情告诉了大家。

三个舍友听完以后，也是各有不同的感慨。

赵小果说："这是好机会，我觉得你应该去！这家公司很厉害的，多少应届生想去都去不了呢！"

何楚珺叹气道："这个机会是挺好的，可诗嫚要是去了 B 市，以后咱们每周就没法见面了啊……唉，很舍不得啊……"

"S 市距离 B 市也不远，坐飞机就是半个小时的事儿，咱们想聚会也不难。"殷菲说道，"我也赞成你去。邱氏是大公司，你去的话肯定能学到不少有用的经验。还有就是，我觉得你现在换个环境也挺好的，在 S 市待着，有时候你难免要触景生情吧。"

不得不说，殷菲是个能把事情看得很透的人。虽然诗嫚从未提过，可是每当她走在这座城市里，路过熟悉的街道，就忍不住回想起和林锦旭的点点滴滴，让她心里十分憋闷。

她低头思考了一会儿，最后下定了决心："那我就去闯一闯吧。只是麻烦你了殷菲，你才给我在事务所安排了工作，我没做几天就要辞职了。"

"这有什么，我当时是帮你一把，让你暂时能有点事做。"殷菲说道，"现在你找到更好的机会了，当然不能错过。"

诗嫚用力点了点头："你们放心，我一定会努力的！"

由于这件喜事，这顿晚餐氛围十分愉快，四个人聊到了深夜才不舍地散场。

第二天早晨诗嫚便连忙给顾沁打了电话，告知了对方自己的决定。顾沁很高兴地说："欢迎欢迎！那你什么时候能过来这边上班？"

诗嫚说道："我去现在的公司办一卜离职手续，最快的话后天应该可以。"

"没问题，那公司这边帮你订机票。"顾沁热情地说，"还有宿舍也会帮你准备好，你就安心过来吧。"

诗嫚很是受宠若惊："不不，机票我自己来就可以了，这也太让公司破费了。"

"这有什么，你一个姑娘家独身来 B 市闯荡，我既然招你过来肯定得照顾你啊。"顾沁认真道，"你就当是出差给你报销差旅费吧！"

诗婳感激地说："谢谢您，我都不知道该说什么好了。"

"哈哈，你别跟我这么客气。"顾沁说道，"我就大你三岁而已，以后你就叫我顾沁吧，等你到了 B 市，咱们再好好聊一聊啊。"

诗婳答应了。

当天她就去事务所办理了离职手续，几个舍友也约好了后天去机场给她送别。诗婳将行李整理好，忽然想起自己遗忘了一个人，连忙给舒澄打了个电话。

电话很快接通了，舒澄的语气听上去很惊喜："诗婳？怎么主动给我打电话，有什么需要我帮忙的事情吗？"

诗婳便将自己要去 B 市工作的事情告诉了对方。舒澄听后沉默了几秒，再开口时语气似乎突然变得有点低沉："这么……突然？"

"嗯，因为这个机会很难得，我真的不想错过。"诗婳解释道，"抱歉哦，谢谢你这段时间这么照顾我，以后我去了 B 市也会好好努力的。"

"没什么。"舒澄问，"那你什么时候走？"

诗婳告诉了他航班时间，说："到时候我大学舍友会去机场送我的，你就别担心啦。你也要加油去追你喜欢的那个女生啊，我等你的好消息。"

舒澄轻轻笑了，道："我会的。"

于是第三天早晨，诗婳拖着收拾好的行李箱离开了公寓，谁料她才刚刚走到楼下，就看见舒澄靠在车子旁，双手插在大衣口袋里微笑着看着她。

"你……你怎么在这儿？"诗婳瞪大眼睛看着他。

舒澄勾唇道："我来送你去机场啊。"

诗婳刚想说不用，舒澄就接着说道："别跟我客气，你要是自己去，不是坐地铁就是搭公交车，你还拿着行李，这一路上肯定很辛苦。反正我今天也没什么事，就让我送你吧。"说着，他就走上前来，不由分说从诗婳手里拿过了她的行李箱，塞进了车子的后备厢里。

诗婳没办法，只好上了车。

她渐渐发现，舒澄虽然性子看上去有点散漫，但内里其实是个很强势的男人。或许这跟他的家庭环境有关吧，想必在这样的富裕家庭中长大，从小就会经历很多普通人遇不到的事情，渐渐历练出了他这种喜欢掌控全局的气质。

诗婳转念一想，却又觉得不对，林锦旭的家境跟舒澄差不多，可是性格就不是这样，尽管现在林锦旭也管理着一家公司算是个成功的老板了，可他身上依旧带着大学时的开朗气质，而自己一直以来着迷的，不就是这样阳光的，能给人带来温暖的他吗？

等等，打住！自己怎么又开始想林锦旭了！明明都已经跟他分手了！诗婳无奈地拍了下脑袋，习惯这种东西有时候还真是有点可怕。她更加坚定了离开这里的想法，只有到了陌生的环境，她才能够更快忘记他吧？

可偏偏就在这时，她的手机又收到了林锦旭发来的消息。

诗婳原本不愿意搭理他，可是林锦旭一连给她发来了七八条消息，还全都是图片。她被刷屏刷得烦了，只好点开软件看看这家伙又在搞什么名头。

林锦旭给她发来的照片里，拍的全是一些用来做甜品的材料，什么淡奶油、芝士奶酪、糖粉，还有很多散乱摆放在料理台上的厨具。

接着他又发了条消息问她："诗婳，你猜我现在在做什么？"后面还跟了一个撒娇的可爱表情包。

诗婳看着他的表情包就来气，很想回一句"老娘管你在做什么"，但是她忍住了，她觉得还是不理他比较好。

　　可是她不回应，林锦旭却再接再厉，又给她发了十几张照片过来。

　　诗婳简直要被他烦死了，只好回复道："你别刷屏了行不行？"

　　发现她回应，林锦旭立刻很激动地回复："原来你在看啊，太好了。诗婳，我现在在上课呢，你猜我在上什么课？"

　　诗婳不回复，过了几秒他又快速补充道："我报了一个西式甜点制作班，你不是一直很喜欢吃甜品吗，以后我学会了做给你吃好不好？"

　　看到这条消息，诗婳愣了愣，她是怎么都想不到，这个以前连靠近甜品店都嫌尴尬的大男人，怎么忽然愿意亲自去学习做甜品了？

　　一丝说不清的复杂感觉涌上了她的心头，但她很快又想到了那天在机场看到林锦旭帮肖念玉处理蛋糕的样子，这种感觉顿时消散下去。

　　她冷漠地回复道："今天是工作日，林大老板不好好去公司上班，跑去学厨艺是怎么回事？"

　　林锦旭连忙说："我没有耽误工作的，制作班一周上两节课，我会把工作和上课安排好的，诗婳，你不用担心。"

　　谁担心了！看不出她是在讽刺他不务正业吗？诗婳气得鼓起了脸，快速地在手机上打字："你误会了，我没那个闲心担心你。你爱做什么就做什么，跟我没有关系。"

　　发完这条消息之后，过了几分钟林锦旭才回复了她一张照片，照片里他用奶油在蛋糕坯上画了一个笑脸，然后说："我在蛋糕上画了一个你，刚刚老师夸我有天分呢！你看好不好看？"

　　好看你妹！看着那张很丑的笑脸，诗婳简直想伸进屏幕把蛋糕摔到林锦旭脸上去。她关掉手机屏幕不打算理他了，可旁边在开车的舒澄看到她这一系列动作，却忽然轻笑着问她："冒昧问一句，是谁在给你发消息，林锦旭吗？”

诗婳顿了顿，才点头道："嗯……你怎么猜到的？"

因为你面对跟他有关的事情时，总是很活泼。舒澄在心底说道，然后他笑了笑，说："我就是随便猜一猜，没想到猜中了。对了，你去 B 市的事情打算让他知道吗？"

诗婳摇头道："我不会告诉他的。可是……"

"怎么了？"

诗婳有些内疚地看向舒澄，说："其实我知道既然分手了，我就应该决绝一点断开跟他的所有联系，我也已经把他的号码拉黑了，可是现在……我好像还是会偶尔忍不住想起他，聊天软件里我也没有把他删掉……舒澄，你说我是不是特别没用啊？"

舒澄摇了摇头，平静地分析道："千万别这么想。你们在一起那么久，你又曾经那么喜欢他，想要立刻全都放下是不太现实。等你去了 B 市，我想慢慢地也就能淡忘他了。"

受了他的鼓励，诗婳不安的心不禁坚定了几分。她用力点点头，说："我一定会努力为自己的新生活奋斗的！"

二十分钟后，舒澄将诗婳送到了机场。而她的三个大学舍友也全都到达了那里，正在大厅等待着。看到诗婳是被舒澄送来的，三个姑娘不禁都有点惊讶。

而舒澄则平静地走到众人面前，礼貌地自我介绍道："你们好，我是舒澄，我今天来送送诗婳。你们可能不认识我，以前……"

他话还没说完，何楚珺就快速说道："认识认识，我们怎么可能不认识你呢！以前你在整个 S 市的大学圈子里都很有名的！"

舒澄微笑道："哦？是吗？我怎么有名的？"

"你以前很花——"

何楚珺话说了一半，就被旁边的赵小果快速捂住了嘴，她有些不好意思地看着舒澄，解释道："楚珺就是这样，说话经常不过脑子，那个……舒先生，您别介意啊。"

舒澄笑了笑，毫不介意地说："没关系的。诗婳要走了，你们应该有很多话想说，我给你们留点儿空间。"说完，他就独自走到了一旁。

诗婳走上前去，拉住了三个舍友的手，十分不舍地看着她们，殷菲说："等你到了那边，记得在群里跟我们说一声。"

"嗯，一定会的。"诗婳连忙答应了。

赵小果惋惜道："以后我们每周聚餐就见不到你了，好舍不得啊。"

诗婳说："我会尽量抽空回来的，反正离得也不远呀。再说了，说不定以后我还有机会调回这里上班呢，你们不要这么难过嘛。"

她又安慰了大家几句，赵小果终于忍不住问道："可是诗婳……为什么舒澄会来送你啊？我看他最近经常跟你联系，你有没有想过他可能对你……"

"哈哈，不会的，他都跟我说过了，他现在有喜欢的人。"诗婳笑道，"人家只是好心送我一下，你们不要想多了。"

见她这么说，三个舍友便也没有再多说什么。大家又叮嘱了诗婳几句，眼看着时间不早了，便不舍地把诗婳送到了安检口。舒澄也跟了上来，在她要离开时问道："以后你介不介意我去那边看看你？"

"当然不介意了，欢迎你们来啊。"诗婳立刻说。

舒澄微笑着说："好，快进去吧，时间不早了。"

诗婳一边不舍地跟大家打着招呼，一边走进了安检口。她离去之后，舒澄也转身跟三个舍友道别："我公司还有事，就先走了。这是我的名片，以后如果诗婳有什么事，你们可以随时联络我。"

赵小果点头道："哦哦，我们知道了。"

三个姑娘看着他离去时颀长的背影，何楚珺忍不住感慨："你们说，诗婳是真的一点没察觉舒澄对她有意思吗？她也太迟钝了吧……"

　　殷菲无奈道："她迟钝你又不是第一天知道。以前大学里那么多男生明里暗里追她，结果她全都感觉不到。"

　　赵小果也说："谁让她把一颗心全都牵挂在林锦旭那家伙身上了呢，其他男生在她眼里简直就是透明的。不过在现在他们分开了，诗婳以后肯定会遇到更好的男生的。"

　　听了赵小果的话，殷菲却不由得微微皱起了眉头，因为她觉得事情恐怕没有大家想得这么顺利。现在诗婳是愿意放下过去了，但林锦旭显然不肯放手。她拿出自己的手机看了一眼，果不其然发现林锦旭在半小时前又给自己发了消息。也不知道这家伙是从哪儿搞来了她的联系方式，自从跟诗婳分手后，他就开始给她发消息，不是打听诗婳的情况，就是问问她关于诗婳的喜好。即使被她打电话过去骂了几顿，这家伙也依旧不放弃，还大言不惭地说："你是诗婳最好的朋友，我要把她追回来，当然要通过你们这些朋友了，我会让你们大家看到我的真心的！"

　　殷菲懒得理他，却也没有拉黑他，因为她知道这么做肯定是无用功。只要林锦旭想，他有无数种方式能联系到诗婳和她身边的朋友，自己倒不如就这么暂时盯着林锦旭，看看这家伙到底想做什么。

　　只是殷菲没想到，这走了一个林锦旭，现在又来了一个舒澄。比起性格坦率的林锦旭，舒澄此人看上去更加难以捉摸，而且还那么花心，瞧上去就不是靠谱的主儿。唉，只怕诗婳以后在 B 市的日子，依旧无法平静地过下去……

怀孕

第十一章

半小时后，诗嫚乘坐的飞机顺利抵达了 B 市机场，她从接机口走出来，忽然发现有个姑娘手里举着写有"沈诗嫚"三个字的纸牌，正站在外面满脸期待地等待着。

她愣了下，拖着行李箱朝对方走去。

那是一个长得很灵动的姑娘，看上去跟诗嫚差不多大。诗嫚走到对方面前挥了挥手，迟疑地问："您好，我是沈诗嫚，请问您是……"

"你好呀诗嫚！"对方立刻对她露出灿烂的笑容，"我就是电话里面试你的顾沁，今早我没什么事，就过来接你啦！哇，你本人比简历上的照片还要漂亮哎！"

诗嫚一听，顿时吃了一惊。之前顾沁在电话里跟她提过，她是 B 市分公司的副总，如今公司副总竟然亲自过来接她……她顿时有些不好意思："这也太麻烦您了，会耽误您很多工作吧……"

"这有什么麻烦的。"顾沁热情地替她拉过手里的行李箱，笑着说，"你一个姑娘家，我大老远把你从S市叫来这里工作，当然要多照顾你一点。你不用跟我客气，我对公司的员工都很照顾的，你慢慢就知道啦。"

诗婳感觉到对方话语里的真挚，不禁微笑道："那谢谢您了顾总。"

"哈哈哈，千万别这么叫我，我其实大你三岁而已。"顾沁笑着说，"都说了让你叫我顾沁嘛，公司里的人都是这么喊我的。走吧，我开车送你去宿舍。"

"哎，好。"诗婳连忙答应了。

两人走到机场外面，顾沁今天开了一辆路虎过来，等上车之后，诗婳很崇拜地问："那个……顾沁，我有个问题想请教你，你是怎么这么年轻就把事业做得这么成功的啊？"

顾沁听了，顿时很不好意思地挠挠头，说："呃……其实这大半都是我老公的功劳，这分公司是他要开的，只是最近他比较忙，所以让我替他过来打理一段时间。"

诗婳顿了顿，才搞清楚她话里的意思，老公？难道说……

"莫……莫非你就是邱氏企业老板邱朗的……妻子吗？"诗婳惊讶地问。

"嗯，对的。"顾沁点点头，"啊……我以为你已经知道了，所以就没有特意告诉你。"

之前诗婳看新闻时，主要关注的都是邱氏企业在经营方面的报道，对于邱朗和他的家庭情况并没有过多留意，所以她并不知道原来顾沁就是邱朗的妻子。

知道了这件事后，诗婳看向顾沁的眼神更加崇拜了，同时，她心底又夹杂了几分复杂的酸涩情绪。她低下头，轻声说道："真羡慕你啊。"

"嗯？为什么这么说？"顾沁摆了摆手，"你别看我是他老婆，平时在工作上那家伙可是一点都不留情面的，他脾气也很臭，我现在看到他都烦。"

诗婳摇摇头，解释道："可是……起码你丈夫允许你出来上班啊，甚至还让你来做公司的副总，肯定是很信任你的能力才会这么做吧。"

之前在电话里，顾沁也了解到诗婳这两年都没有上班，是因为男朋友不允许。她想了想，才开口道："诗婳，所以你和男朋友分手，是因为你觉得他不尊重你，不允许你出来上班吗？"

诗婳叹了口气，说道："不只是如此。更重要的一点是，虽然我们在一起很久了，可是他从头到尾都没喜欢过我。"

顾沁睁大了眼睛："啊？这是怎么回事啊？"见诗婳神情复杂的样子，她又连忙补充道，"那个，你要是觉得不方便说就不用说了，没关系的。"

"不是……只是我们之间的事情，真的说来话长了。"诗婳有些感慨地说。

顾沁拍了拍方向盘，说："那这样吧，等下我帮你把行李放到宿舍后，请你吃午饭，我们边吃边聊，你看好吗？"

诗婳笑着说："还是我来请你吧，你今天这么照顾我已经很周到了，再请我吃饭，我就真的要羞愧难当了。"

顾沁哈哈大笑着答应了她的提议。

半小时后，两人到达了诗婳的新宿舍。

宿舍位于距离公司不远的一个小区里，诗婳的宿舍是一间三室一厅的房子，除了她之外，还有另外两个女同事跟她一起住。

诗婳将行李在宿舍里放好之后，便跟顾沁一起去了附近的一家餐厅。两人点了菜之后，顾沁先是给她详细介绍了一下公司的具体情况，然后小心翼翼地问："对了，刚刚在车上你跟我谈到关于你感情的问题，你方便跟我讲讲吗？"

诗婳点点头，说道："其实……我们的事也不复杂，我和他是在大学里认识的。从我见到他的第一面我就喜欢上了他，就一直倒追他。我追了很久之后，他终于同意跟我在一起了，但其实他心底一直有喜欢的人，只是因为那个姑娘不愿意跟他在一起，他才勉强选择了我。

"我本来以为，只要我对他足够好，总有一天他会喜欢上我的。但很显然我没那么幸运，等了六年还是等不到他回头看看我，所以我放弃了。现在我只想靠自己开始新生活。"

说完这些话，诗婳发现坐在对面的顾沁神情有些奇怪，她连忙道："对不起，是不是我讲得太多了？我不该把这种负面情绪带给其他人的……"

"不不，不是的。"顾沁神情复杂地看着她，"只是听了你的事情，我觉得我们两个好像还挺像的。你知道吗，我老公也是我倒追了好久追来的。"

诗婳惊讶道："真的吗？"

"嗯。我也是在大学里喜欢上他的，可是他一直对我摆出一副债主脸，看都不愿意看我，还总是嘲讽我。"顾沁提起过去就来气，"后来我觉得他既然这么讨厌我，那老娘大不了不追他了呗，可是他又反过头来追我了……时间久了，我就忍不住心软了。诗婳，我在想，或许你可以再给你前男友一次机会呢？"

诗婳立刻摇摇头："不可能的，我太了解他了。他喜欢那个女生那么多年，都没有对我动心，只能说明我们本身没有缘分吧。"

顾沁叹了口气："也对，每个人情况不一样，我不能拿我的事情给你当例子。既然事情过去了，你就向前看吧，我公司这边有很多不错的单身男生，以后我找机会介绍给你啊。"

诗婳笑道："嗯，好啊。"

　　话刚说完，服务员就端着两人点的菜上来了。顾沁点了几道炒菜，其中有一盘现烤烧鸡。烧鸡一端上来，浓郁的烧烤香气就扑鼻而来，诗婳原本是很喜欢吃这种烧烤食物的，可是此刻她闻到这股味道，忽然觉得有点反胃。

　　"呃……"眼看着马上就要吐出来，诗婳连忙捂着嘴站起身，对顾沁道歉，"对不起，我去下卫生间……"

　　几分钟后，她才暂时平缓了呕吐感从卫生间里回来。而那道烧鸡也暂时被顾沁撤下去了，她担心地看着诗婳，开口道："那个，诗婳，我问你一个问题，可能有点越界，你要是不想回答就当我没问过，行吗？"

　　"嗯，当然，你想问什么？"

　　顾沁犹豫了很久才说："你……你记不记得自己的'大姨妈'有多久没来了？"

　　诗婳顿时一愣，这才反应过来，仔细算一下，她好像有两个月没来"大姨妈"了。

　　刹那间，一个一直被她忽略掉的可能性猛地涌上了心头，她缓缓睁大了眼睛，顾沁一看她这个表情，就知道自己大概是猜对了。

　　顾沁抓了抓头发，说道："我最近也在考虑备孕的事，所以对这方面的知识关注了一些。我看你刚刚一闻到油烟的味道就想吐，那个……你有没有想过，或许你是怀孕了啊？"

　　当天下午，B市中心医院。

　　诗婳独自坐在人来人往的医院走廊里，手里拿着刚刚从妇产科拿到的检测报告，有些茫然地盯着地面。几分钟之前医生对她说的话还不断在耳边回响着……

"沈小姐，从报告上来看，你已经怀孕 11 周了。但我刚刚帮你做检测的时候，发现胎儿的发育状况不是非常好，如果你想要保住胎儿，我建议你在接下来的时间里不要做太剧烈的运动，情绪上也不要有太大起伏。如果条件允许，你最好是能在家里休养。"

当时诗婳听了，不解地问："是因为我才刚刚怀孕，所以才需要注意这些吗？"

"不是所有人都需要像你这么注意。"医生指着报告跟她说，"只是你的胚胎情况真的不太好，我需要跟你说明一下，依你现在的身体情况来看，可能会出现胚胎停育的情况。"

诗婳睁大了眼睛："停育的意思是……流产吗？"

医生点了点头，又宽慰她说："其实这种情况在妊娠过程中还是不少见的，这也算是一种自然选择吧。如果怀上的孩子存在问题，女性有概率会在怀孕初期自然流产。当然，你也不要有太大的压力，尽量放松心态，好好休养，说不定也能安全保住胎儿。"

可诗婳的心情并没有因此而好转起来。现在她才刚刚打算开始新生活，正是要努力奋斗的时候，肚子里却忽然有了一个小生命，需要她去好好呵护，她究竟能不能保护好这个小生命呢？

就在诗婳愁眉不展的时候，顾沁从外面回来了。她手里提着一大袋刚刚从附近买来的营养品，快速跑到诗婳面前，关切地问："怎么样，检查结果出来了吗？"

诗婳点了点头，说道："嗯，我真的怀孕了。对不起啊顾沁，我之前是真的不知道这件事，我不是故意在入职你们公司后才告诉你的。"

"我明白，我相信你。"顾沁抓着她的手安慰道，"你不用瞎想这些，现在对你来说，更重要的是要照顾好身体，还有就是……你怀孕的这件事，你打不打算让你前男友知道啊？"

听顾沁这么问，诗婳不禁愣了愣。从知道自己怀孕到现在，她真的根本没想起林锦旭来。现在他们已经分手了，她又巴巴地跑去告诉林锦旭这件事做什么呢？他根本就不期待这个孩子的存在吧。如果情况更坏一点，林锦旭说不定还会像上次说自己拜金一样，觉得这根本不是他的孩子，她又何必自讨苦吃？

　　于是她摇了摇头，对顾沁说："我不会告诉他的，不需要他，我也能好好把孩子养大。"

　　"这么说，你打算把孩子生下来？"顾沁感叹道，"我很佩服你这个决定，只是你要知道，现在独自抚养一个孩子很不容易的……"

　　"我明白，但我会努力的。"诗婳说道，"其实以前我一直是一个人奋斗的，我靠自己考上大学，靠自己赚生活费，我觉得我也能靠自己让孩子健康长大。"

　　顾沁点了点头，鼓励道："好，既然你决定了，我支持你！至于工作这边，我也会尽量不给你太大工作量的。"

　　"不不不，千万不要这样。"诗婳连忙摆摆手，"你就跟对待其他人一样对待我好了，如果因为你照顾我，让其他人觉得你这个老板偏心，那就对你不好了。"

　　顾沁有些感动地说："你这个人啊，也太为别人着想了。那好吧，但如果你有什么不舒服的时候，一定要及时告诉我啊。"

　　诗婳点头道："嗯，我会的，你放心吧。"

　　两人又聊了几句，诗婳便和顾沁一起离开了医院，去往新公司报到了。

　　诗婳接过顾沁给她的公司账目资料，坐在了属于自己的办公桌前，在开始工作前伸手摸了摸自己的小腹。诗婳知道医生叮嘱过自己，最好是能在家休养。可如今她很明显没有这个条件，她需要努力奋斗赚钱，才能为肚子里的小生命铺好未来的路。

所以宝宝啊，就请你稍稍为了妈妈坚强一些吧，我们两个一起努力，以后一定会生活得很幸福的。诗婳带着一丝浅浅的微笑在心底对肚子里的小生命说道。

她不禁觉得人真是奇妙的生物，在知道这个消息之前，她从没有认真想过自己成为一个母亲会是什么样子；可现在，她好像无师自通了一般，忽然就有了一种当母亲的责任感。

从小到大，她一直成长在一种缺少关爱的环境里，为了得到别人的爱，她不惜几乎奉献了一切给林锦旭，只希望他能稍微回报自己一点就好，可结果仍旧让她失望。可现在不同了，肚子里的生命是完完全全属于她的，她要成为一个合格的母亲，让孩子在幸福的环境里长大。过去的她过得很辛苦，但她绝对不会让自己的孩子也承受这份艰辛。

诗婳顿时觉得浑身都充满了干劲儿，她做了个深呼吸，认真把注意力投入到了工作当中。

一周后的傍晚，诗婳的三个舍友又像往常一样在她们常去的地方聚餐。

只是这一回，因为诗婳不在，餐桌上的氛围很明显没有之前那么欢快。虽然诗婳去了 B 市之后也每天在群里跟她们联系，跟她们分享她的生活，三个姑娘还是忍不住有点思念诗婳。

何楚珺和赵小果聊了几句，扭头看向对面的殷菲。

赵小果问："殷菲啊，你今天怎么一直不说话？我知道你平时话少，可是今天你好像也太沉默了一点。"

殷菲低头看着桌上属于自己的手机，思索了几秒，才看向两位好友开口道："因为我心情很烦躁。最近有件事一直压在我心里，想跟你们说，可是我又觉得说出来也是给你们徒增烦恼罢了。"

赵小果瞪了她一眼，道："你这是什么话，朋友间本来就要互相帮助啊！到底是什么事，你说出来，我看看能不能帮上你。"

何楚珺也附和地用力点头。

殷菲又看了看两人，这才叹了口气说道："好吧，那我就说了。诗婳跟林锦旭分手之后没多久，林锦旭那个家伙不知道从哪儿搞来了我的联系方式，天天想让我帮他去向诗婳求情。我本来想着可能过阵子他这股劲儿过去了，就不会再烦我。可是这几天他知道诗婳去了外地之后，竟然变本加厉了，昨天还跑到我公司来堵我，非要让我告诉他诗婳去了哪里。当时要不是有同事拦着，我早就把他揍进医院了。"

按照殷菲对两位好友的了解，听她说完这些后，赵小果和何楚珺肯定会义愤填膺地跟她一起骂林锦旭的，却没想到这一回，两个姑娘全都面色尴尬地沉默着。

殷菲察觉到不对劲儿，皱眉问道："你们……怎么了？为什么不说话？"

赵小果举了举手，无奈道："林锦旭其实也找我了，也就是诗婳走了之后开始的，他天天给我发消息卖惨，说他现在特别后悔，就想问出诗婳在哪儿。我还以为他只骚扰我一个人呢，就没跟你们说。"

殷菲把视线转向了何楚珺："那你也……"

何楚珺叹气道："他前天也跑到我公司来找我了，正好我男友接我下班来着，诗婳的事情我男友也知道一点，就当场跟我一起把他骂走了。"

听了两人的话，殷菲想了想，才问道："那你们觉得，林锦旭是真的后悔了吗？更进一步说，你们觉得林锦旭真像他发的消息里说的那样，是喜欢诗婳的，只是他之前自己没发现吗？"

"后悔肯定是后悔的，谁让诗婳对他那么好，就算他有钱，能找一个这么真心爱他的姑娘也很难啊。"赵小果说道,"但我觉得他说什么以前是太迟钝,才没发现自己喜欢诗婳,就有点假了。"

"我也觉得……他不是一直喜欢那个姓肖的千金小姐吗,怎么可能一转头就爱上诗婳啊。"何楚珺说道,"我看他啊,就是发现千金他追不到了,就想赶紧把诗婳抓牢,不然身边什么都不剩了。"

何楚珺话刚说完,旁边就忽然响起了一个男人的声音:"我不是这么想的。"

"哇!"

三个姑娘都被这声音吓了一跳,纷纷扭头去看,发现不知何时林锦旭竟然出现在了这家餐厅里。他身上的高定西装看上去皱巴巴的,眼眶发红,头发也有些凌乱,看上去不知道多久没有休息了。

"你怎么在这里?"赵小果捂着胸口惊愕道,"不对……你怎么知道我们在这里吃饭?"

殷菲冷冷地看着林锦旭,说道:"他连我们的联系方式都能找到,知道我们经常来这儿吃饭又有什么难的。林锦旭,我已经明确告诉你很多遍了,你和诗婳已经分手了,关于她的事我一个字都不会跟你透露,你是智商不足没听懂吗?"

"我听懂了。"林锦旭认真地看着三个人,嗓音沙哑地说,"可我不想放弃,因为你们是我追回她的唯一机会。她的家里人早就不跟她联系了,你们是她这些年来最亲近的人,只有你们知道她现在在哪儿。我知道这几天我影响到了你们的生活,可除了问你们,我真的没有别的办法了。"

何楚珺无奈道:"怎么没办法了,你别纠缠她不就好了?你个富二代,想嫁你的女人多了去,何必一定要盯着诗婳呢。"

"因为我喜欢她。"林锦旭认真地说,"我知道你们现在还不信,觉得我对肖念玉存有旧情。可我心里真的很清楚，无论是现在还是以后，我都只想要诗婳。我只求你们能给我一次机会，告诉我她去了哪里好不好？"

殷菲冷笑一声，说："你不是有钱能查吗？我们几个的联系方式你能查得到，她去了哪儿你自己去查不就好了，何必假惺惺来问我们。"

"我查了，但我不知道为什么，好像有什么人在阻碍我，不希望我知道诗婳的去向一样。"林锦旭着急地说，"所以我才来问你们，诗婳到底去哪儿了？为什么连个去向都查不到，万一她发生什么不好的事情该怎么办？我只想知道她现在过得好不好，我保证以后绝对不会再做什么伤害她的事，所以……能不能请你们给我一次机会？"

三个姑娘当中，最有主意的一直是殷菲，因此赵小果和何楚珺也不敢随便回答，只是看着她，希望她能做出决定。而殷菲也很快给出了答复，她表情漠然地拿着手机，说道："抱歉，不能。请你走吧，以后不要再来打扰我们了。"

林锦旭的脸上露出几分失望，但很快，他的神情又转变为坚定，朝餐桌前走了两步，三个姑娘看到他的动作不禁吓了一跳，以为他问不到诗婳的去向要动手打人了。谁料下一秒，这个一米八多的大男人就忽然双膝弯曲，毫不犹豫地跪在了她们面前！

"哎呀，你干什么啊！"看到这阵仗，赵小果吓了一跳，连忙说道，"你快起来，别这样！餐厅里这么多人看着呢！"

"是啊是啊，你一个大男人跪在我们面前是干什么啊，不知道的人还以为我们把你怎么了呢。"何楚珺也急促而小声地劝道，"难道你想被人拍成视频发到网上去吗？快起来啦！"

"我不起来。"林锦旭却坚定地看着她们三个，"除非你们愿意告诉我诗婳现在在哪儿，否则我就一直跪在这儿。被人拍成视频也没关系，我正好希望这样呢，说不定诗嫚还能在网上看到我，我觉得挺好的。"

"你觉得好，我们不觉得好行不行！"赵小果无奈地吐槽，"谁要跟你一起在网络上传播啊！林锦旭，你都多大的人了，怎么还能做出这么幼稚的事情？难怪诗嫚要离开你呢，你这样子一点都不成熟，你知不知道！"

"我当然可以用成熟的办法对待你们。"林锦旭冷静地说，"比如找到你们公司的负责人让你们丢掉工作，或者给你们的家人制造一些麻烦，用这些手段逼迫你们告诉我诗嫚的去向。请你们相信我，这种事对于我来说都是小菜一碟，我可以很轻易就改变你们现在安稳的生活。你们觉得这样是不是就不幼稚了？"

三个姑娘一听顿时急了："你这人——"

"但我不想这么做，也不会这么做。"林锦旭打断了她们，继续说，"因为你们是诗嫚最重视的朋友，而我也不想变成一个为了达到目的不择手段的浑蛋。所以我今天才会来到这里，用这样的方式询问你们关于她的去向，我只是想让你们看出我的决心和对诗嫚的真心。你们现在不能立刻告诉我也没关系，从明天开始，我每天都会来找你们，直到你们愿意告诉我她在哪里为止。"

"你……"何楚珺无奈地指着他，"你这人怎么这么死脑筋啊！"

听到她这么说，林锦旭自嘲地笑了笑，说道："死脑筋？对，用这个词来形容我简直太合适了。我以前就是太死脑筋了，觉得喜欢上一个人之后心意就不会再改变，所以这两年里我才会一直固执地认为我是爱着肖念玉的。所以我忽视了诗嫚对我的付出，忽视了她的孤独和难过，也忽视了其实我早就在不知不觉当中爱上了她。我知道，过去是我做得不对，可未来还有这么长，我只想要一个改正的机会，我可以保证以后绝不会在感情的问题上犯浑，现在我对自己的心意已经很清楚了。我喜欢沈诗姮，只喜欢她。"

林锦旭说这番话的时候很平静，也没有什么做作的动作和表情，可不知道为什么，赵小果和何楚珺却从他的语气当中听出了一个男人真正动心时的真挚。在社会上历练了这些年，大家都经历了不少事情，早就能从人际交往当中分辨出谁是真心谁是做戏，所以林锦旭此刻的真诚，她们并不是完全感受不到。

只是这毕竟是诗姮的事情，她们真的能替诗姮做这个决定吗？两个姑娘不禁把目光投向了最有主见的殷菲，正想问殷菲该怎么办，就看见殷菲拿起手机对林锦旭晃了晃，说："都讲完了是吗？"

林锦旭有些不解，但还是点了点头："嗯，我想说的就是这些。"

"好，我都给你录下来了。"紧接着，殷菲忽然说道，"林锦旭，你现在的急切心情我能理解，但诗姮这回离开这里，也多半是由于她想要避开你。所以这是她的事情，我不能就这么直接告诉你她在哪儿，但我会把你刚刚的录音发给她，等她听完这些之后如果愿意告诉你，那我们就告诉你。"

林锦旭连忙点头道："好，那你现在就发吧！"

殷菲没说什么，将录音发给了诗姮，然后对林锦旭说："我发过了，你起来吧，别跪着了，不然一会儿真有人把你发到网上了。"

"不行，我要等到诗姮给你回复。"林锦旭倔强地说。

殷菲握紧了拳头："你再不起来，信不信我抄起凳子把你揍到再也站不起来？我的忍耐是有限度的，你跪在这儿不觉得丢脸，我们三个觉得丢脸！"

其他两个姑娘也瞪着他。

眼看餐厅里围观自己的人越来越多，林锦旭只好缓缓站起了身，说："那我就在这儿等着诗姮的消息。"

"你以为诗嫲还像以前一样对你随叫随到吗，她肯定要思考一下。"殷菲白了他一眼，"赶紧从我们面前消失，我们还要吃饭，你弄得我们都没胃口了。"

三个姑娘都这么说了，林锦旭也不便继续待在这儿，只好准备离开，可就在他转身的刹那，殷菲的手机忽然响起了信息提示音。

大家的注意力顿时都集中到殷菲的手机上，林锦旭更是紧张地握紧了拳头，只见殷菲有些疑惑地滑开了屏幕，在看到那条消息后缓缓地叹了口气，对面的赵小果急促地问："怎么样，是诗嫲回复你吗？"

"嗯。"殷菲沉默了几秒，才抬头看向林锦旭说，"她同意告诉你了。既然这是她的决定，那么我告诉你吧，诗嫲现在在 B 市。"

"然后呢？B 市具体什么地方？她是去那里投靠朋友，还是去工作？"林锦旭激动地问。

"这些我不能说，她只让我告诉你她在 B 市。"殷菲向他展示了一下手机屏幕，证明自己没有撒谎，然后道，"可是林锦旭，我觉得诗嫲之所以愿意说出来，是因为她太善良了，她不想继续看着我们被你骚扰。你要是真的有良心，还是放弃吧。"

"对不起，我知道我做得不对，可这回我真的无法放弃。"林锦旭诚恳地说，"以后我一定会好好跟你们道歉，我保证。现在我得去找她了，谢谢你们愿意帮我。"

说完这些，他就转身急匆匆地离开了餐厅，坐进跑车里飞速离开了。

等他走后，何楚珺不禁担忧地说："你们说，我们会不会耽误了诗嫲啊？她好不容易离开这里找到新工作，如果真是因为不想我们被打扰才向林锦旭妥协，那我会很良心不安的……"

"不，我觉得不是这样。"赵小果无奈道，"虽然咱们都很不愿意承认，但我还是觉得……诗嫚心底仍旧对林锦旭有那么几分留恋。"

"她现在到底怎么想的，我也不知道了。我只希望这回，她不要再为自己的决定感到后悔。毕竟上一次，她就因为一个决定浪费了整整六年的光阴。"殷菲看向窗外，十分感慨地说道。

而另一边，诗嫚正在 B 市的宿舍卫生间里对着马桶吐个不停。

听到她的动静，宿舍的两个新同事担忧地在外面敲着门，问道："诗嫚，你要不要紧啊？"

诗嫚拍了拍胸口，扭头说道："我没事，你们不用管我，我过一会儿就好了。"

两个同事又叮嘱了她几句，才各自回到房间里。而诗嫚的不适感也稍微褪去了一些。她擦了擦额头上因为呕吐而渗出的冷汗，有些虚脱地靠在浴缸旁。过了几分钟，她猛地想起什么，连忙抓起了被她刚刚在匆忙中扔到地上的手机。

点开屏幕，她和殷菲在十多分钟前的聊天记录霍然出现在眼前。

诗嫚看着自己亲自回复的那条消息"告诉他我在 B 市吧"，理智猛然回笼，让她不禁有种想掐死自己的冲动。

老天，她刚刚在吐得头晕目眩的时候，都做了些什么啊！为什么会因为听到林锦旭那家伙的录音，就忽然心软了，告诉他自己的去向呢！明明这回自己来到 B 市就是想远离他啊！

诗嫚后悔地拍着自己的脑袋，如今消息想撤也撤回不了，依照林锦旭的急性子，他肯定已经看到了这条消息，她做什么恐怕都没用。

罢了罢了，B 市这么大，林锦旭就算再怎么神通广大，也不可能很快就找到自己吧？诗嫚觉得他现在仍旧不肯放弃，就是心里的那股劲儿还没过去，说不定等他过两天平静下来，又会觉得她沈诗嫚根本比不上肖念玉呢，她又何必这么担心？

只是林锦旭的做法诗婳姑且可以理解，可为什么自己明明说着要放下了，却还是会忍不住对他心软？自己明明已经不再爱他了啊！

诗婳越想越觉得混乱，索性收起了这些思绪，回到宿舍打算休息一下。但她躺在床上之后没多久，手机就忽然响了起来，是舒澄打来的。

看到这个名字，诗婳不禁愣了愣，思考了一阵才接通电话，听到舒澄用一种很愉悦的口吻问道："你在忙工作吗？这么久才接电话？"

"呃……不是，我已经躺在床上休息了。"诗婳说道。

舒澄有些惊讶："这么早？现在才晚上八点多……我还想着约你出来吃夜宵呢。"

"吃夜宵？"诗婳一怔，"我们都不在一座城市，怎么吃……等等，难道你来 B 市了？"

舒澄笑了一声，说道："是啊，正巧家里的公司在这边有个合作项目，我就过来了，也是想看看你过得如何。怎么，听你的口气好像不太欢迎我？"

"不不……我不是这个意思。"诗婳连忙解释，"我没想到你会突然过来，所以……"

"我知道，别紧张，我跟你开个玩笑而已。"舒澄笑着安慰道，"既然你休息了，那肯定就是不想出门了吧？这样吧，我买点儿夜宵送到你住的地方去，方便把你的住址告诉我吗？"

诗婳低下头轻轻抚摸着自己的小腹，不禁陷入沉思中，没有像从前那样立刻就答应舒澄的邀请。

或许是她沉默得太久，电话那边的舒澄渐渐开始有些不安："你……怎么不说话？是你不想吃夜宵，还是我来得太突然吓到你了？"

"不，不是这些原因。"诗婳叹了口气，终于下定了决心，对舒澄说，"对不起啊，我今天有点累想先睡了。舒澄，我很谢谢你对我这么照顾，但是你之前说过你有喜欢的人，我觉得我们这么频繁地来往终归不好。所以……等你忙完在 B 市的事情就回去吧，我在这里一切都好，你不用担心什么。没什么重要的事情，我觉得……我们以后也不用再见面了。"

改变

WEIPENG
QINGQINGQI
WOHAOXIHUANNI

第十二章

　　说完这些话，诗娴就挂断了电话。

　　舒澄一个人站在 B 市偌大的机场大厅内，拿着手机愣在原地，周围时不时会有旅客从他身边经过，他却似乎听不到任何声音，只是愣怔地看向前方，似乎暂时失去了思考能力。

　　发生了什么？为什么诗娴忽然变得这么冷漠？明明在机场告别时，她还笑着答应以后一定可以在 B 市再见面，他本来还觉得远离了林锦旭，他们两个说不定可以变得更亲密一点，可现实完全向着相反的方向发展了！

　　到底是为什么？舒澄拿着手机，低头开始给诗娴发消息，因为太过慌乱甚至还打错了几个字，他也来不及改了："诗娴，是发生什么事情了吗？还是我哪里做错了，所以你生气了？你不用顾忌什么，都告诉我吧。"

　　几分钟后诗姵回复了，然而她的话却让舒澄的心更加向下沉了些："没有，不是你的问题，是我自己的决定。我就是觉得咱们来往太多不好，会影响你。是我太自私了，你这段时间这么照顾我，我还这么对你，真的很抱歉。"

　　舒澄连忙回复道："你不要说抱歉，我照顾你不是为了你感谢我。到底出了什么问题，你可以告诉我吗，你这样子我真的很担心。"

　　诗姵回复道："对不起，这是我自己的事情，我很平安你不用担心。就这样吧，不说了我要睡了。"

　　舒澄又发了几条消息过去，诗姵却再没有回复了，他不禁又着急又后悔。早知今日，当时诗姵问他喜欢的人是谁，他就该大大方方告诉她真相，而不是采用什么迂回战略，导致她开始疏远他！她现在会这样，肯定是想要避嫌！

　　如果可以，舒澄真想回到过去把当时的自己暴揍一顿，可如今事情已经这样了，他没办法改变过去，只能为了未来想办法了。

　　没关系的，他还有机会，现在会这样只是因为他之前误导了诗姵。看来他必须尽快找到诗姵，跟她表明自己的心意。

　　想到这里，舒澄不禁下定了决心，他拖着行李箱，快步朝着机场外走去。

　　另一边，躺在宿舍床上的诗姵在通话结束后也不禁叹了口气。她知道自己这么决绝地拒绝舒澄有些不厚道，甚至有点过河拆桥的意味。可是没办法，再过几个月，她就要有自己的孩子了。

　　而舒澄有自己的心上人，却还是这么照顾一位单身母亲，这怎么看都不合适吧。她现在怀着宝宝，都不知道面对舒澄的时候该摆出什么样的表情。所以与其以后情况变得越来越尴尬，她还不如尽早斩断这段关系比较好。

　　舒澄是个很通透的人，想必他应该能很快想明白的。诗婳心想，等以后他和喜欢的人在一起了，她一定真心去祝福他。

　　想到第二天一早还要去医院做定期产检，诗婳不敢再耽误时间，便关上台灯入睡了。

　　第二天一大早，诗婳便赶往了市中心医院。尽管如此，妇产科里却早早来了很多等待检查的人。

　　诗婳找了个空座位坐下，看到周遭的人基本上都是成双成对的夫妻，夫妻俩你侬我侬地依靠在一起，笑着讨论着很快要到来的孩子，看着就让人感到幸福。

　　当然，诗婳也难免觉得有一点点酸涩。因为似乎只有她是独自前来的，而她肚子里宝宝的爸爸，以后可能永远都不会出现在他们的生活里。

　　诗婳不禁叹了口气，轮到她检查的时间还没到，她索性起身打算去附近的育婴室看看。才刚刚走到育婴室附近，诗婳就隐约听见了小婴儿的哭声。她凑到巨大的玻璃窗前，看到一个个被放置在婴儿床上的小宝宝，只觉得心都快要融化了。

　　自己的宝宝以后应该也会像他们这么可爱吧？不，肯定比他们更加可爱！

　　诗婳不禁有点自恋地想着。

　　就在这时，一对夫妻也走到了旁边看小婴儿，诗婳听见那位妻子有些不安地对丈夫说："我好担心等孩子出生之后，我做得不够好，让他觉得我不是个好妈妈……"

　　丈夫立刻揽住她的肩膀，温柔地安慰："老婆别怕，不是还有我吗？咱们两个一起努力，一定会给孩子一个幸福的家,让他开心快乐长大的。"

听到他们这么说，诗婳原本已经压抑下去的酸涩心情再度涌了上来。是啊，这段时间她总是告诉自己，就算只靠她独自一人，也绝对可以把孩子好好养大，可是肚子里的宝宝以后会同意她的看法吗？等宝宝长大之后，会不会因为没有父亲的关爱，而觉得内心缺了一块？

自己做出这样的决定，对宝宝来说会不会有点……自私了？

可她是真的很珍惜这个来到自己生命里的孩子，她不舍得放手啊。

诗婳不禁陷入纠结的境地中，但如果为了给孩子一个完整的家，让她回去找林锦旭，她又是绝对做不到的。她和林锦旭根本就不相爱，宝宝生活在这种环境里如何能够幸福呢？

坚强一点吧，诗婳，相信你能做好的。现在世界上不是也有很多优秀的单身妈妈吗？既然她们能让孩子幸福长大，你也可以做到的！

诗婳这么鼓励了自己一会儿，终于重新拾起了自信心。她转身回到大厅里等待检查。

半个小时后，做完产检的诗婳从医院里出来，脸上的神情有些凝重。尽管这段时间她努力在保养身体，但当检查完毕之后，肚子里胎儿的各项数据却依旧没有好转的迹象。

但她并不想放弃，宝宝如今还坚强地待在她身体里，宝宝都没放弃，她怎么可以先失去信心？诗婳给自己鼓着劲儿，坐地铁回到了公司。

可怎知，诗婳才刚刚走进公司大厦，耳边就忽然传来了一个熟悉的声音："诗婳！"

诗婳微微睁大眼睛，扭头朝旁边看去，惊愕道："舒……舒澄？你怎么来了？"

自己昨天晚上不是都跟他说清楚了吗？她以为凭舒澄的个性，肯定不会再找来的，没想到他竟然这么执着？

"对不起，我知道你昨晚说了不想再跟我见面。"舒澄低声解释道，语气甚至有点卑微，"可你昨晚的状态真的怪怪的，不像你平时的样子，我实在放心不下，我知道你在这里上班，就过来看看你。你……你的脸色有点苍白，是不是生病了？"

诗婳张了张嘴，尴尬得不知道该如何跟他解释："我……"

见她犹豫不语，舒澄顿时更加坚定了自己的猜测："真的是生病了吗？你哪里不舒服？我现在带你去医院看看好不好？"

"不用，我刚从医院回来。"诗婳只好说道。

舒澄紧张道："那……你是怎么了？你告诉我，不管是什么疑难杂症，我都能找到最好的医生给你治的，你不用担心。"

看着眼前的这个男人为自己着急的样子，诗婳都有点被感动了。舒澄为了一个朋友都会如此真诚，想必会对他喜欢的那个姑娘更好吧。罢了，自己又何必瞒着舒澄？人家大老远亲自来见自己，自己不应该因为觉得尴尬，就拒绝跟他见面吧，起码要告诉他真相。

"我没有生病，不过……我身上最近确实发生了一件事。"诗婳带着舒澄走到大厅一个无人的安静角落，这才对他微笑了一下，坦诚道，"舒澄，我……我怀孕了。"

面前的男人在听到这句话之后，神情顿时僵在了脸上。

诗婳能理解他此刻的惊愕，她不好意思地解释："是我和锦旭的孩子，但是他不知道这件事，我也不打算让他知道。我想要自己一个人把孩子养大，所以才想要避开你。毕竟我马上是要当母亲的人了，还总是跟你见面，我觉得怪怪的。我更加不想因此耽误了你和那个姑娘的缘分……所以，以后咱们还是尽量少见面吧，但你放心，我还是把你当朋友的，你要是有需要帮忙的地方都可以找我。"

舒澄没有说话，而是转头朝大厅落地窗外看去。过了片刻，他似乎像是下定了决心一般，重新看向面前的姑娘，开口道："诗婳，其实我有件事情跟你说谎了。"

"嗯？什么事情？"诗婳愣了一下，不明白为什么他忽然换了话题。

"其实……也不算全都是谎话。"舒澄说道，"之前我不是告诉你，我有喜欢的人了吗？你一直以为那是别的人，但我没有告诉你，我喜欢的人其实就是你。"

诗婳微微张大了嘴，这……这是什么神展开？

"不好意思……你刚刚说什么？你喜欢的人……是谁？"她不可置信地问。

舒澄露出温柔笑意，说道："是你，你没听错。所以其实这段时间，我在追的那个姑娘就是你，可我不敢立刻就告诉你。因为当时你才跟林锦旭分开，我又是他的朋友，我怕你一时之间接受不了。却没想到，这个办法让我砸了自己的脚。但现在你误会了，我必须跟你说明真相。"

诗婳头皮发麻，感觉自己话都不会说了："可是……你怎么会……"

"我知道你怀孕了，你想要这个孩子。"舒澄走上前一步，伸手轻轻抓住了她的肩膀，十分温柔地说，"我有一个很好的建议，对你和你的孩子都好，你可以听一听吗？"

"什么……建议？"

"让我来做这个孩子的父亲吧。"

沈诗婳十分确定，这是她人生中最为惊愕的一刻。

她太过于震惊，以至于都不知道该对舒澄做出什么样的反应了，只能傻乎乎地盯着他，一个字都说不出来。

而舒澄在说出这句话后，也显得稍微有点紧张，但还是解释道："我……我知道我这个提议特别突然，肯定吓到你了，但我是真心的！我很喜欢你，所以我也愿意照顾你和你的孩子。你仔细想想，你独自一人在大城市里想要养大一个孩子，肯定是很辛苦的，但如果让我成为你的丈夫，我一定会让你的孩子幸福快乐，你应该也想给孩子最好的生活吧？

"我承认，我以前的确不是个好男人，可是为了你我现在都已经改了，其实自从你跟林锦旭分手后，我就再没有和从前那些姑娘来往过了。所以，你能不能……稍微考虑一下我这个提议呢？

"你不用立刻就告诉我答案，我可以等你，就在这座城市陪着你慢慢等，直到你考虑出结果，好吗？"

听完这些话之后，诗婳勉强找回了几分头绪，可仍旧陷入巨大的不可思议的迷茫中，无法相信舒澄对她说的每一个字。

她揉了揉耳朵，小心翼翼地看着他，试探着问："你……你刚刚那些话，是在跟我求婚的意思吗？还是我理解错了……"

她真的非常希望舒澄立刻否认，然后笑话她是自作多情。可舒澄却点了点头，认真地说："对。我本来不想这么仓促的，我想着慢慢追你……可现在既然你有了新的打算，我也要做出新的决定。"

"可……"诗婳一脸茫然，"可你怎么会喜欢……我？"他们两个以前根本都没说过多少话啊！

诗婳不由得说道："舒澄，会不会是你误解了自己的感情？你是看我可怜，所以同情我？这种感情不是喜欢……"

"我很清楚自己对你是什么感情。"舒澄温柔而坚定地打断了她的话，"从我见到你的第一面，我就喜欢上了你，只是以前我不敢让你知道。我是个遭人唾弃的花心浪子，而你太善良纯洁，很多时候我甚至觉得自己配不上你。可现在发生了这么多事，你受了这么多伤害，我不想再袖手旁观，我觉得我有能力照顾你。"

诗婳再度震惊，什么叫见第一面就喜欢上自己了？

她根本没察觉到啊！

短短十分钟内接收到这么大的信息量，诗婳有些承受不了，她朝后退了半步，说道："对不起，我……我想一个人安静一下，而且我还赶着上班，所以……"

舒澄非常理解地说："嗯，我明白。我这么突然表白肯定吓到你了，对不起。你去公司吧，等你想好了，给我个答案就好。"

诗婳却根本不敢看他的眼睛，连忙转身急匆匆朝着电梯跑去。

她离开后，舒澄独自站在大厅的安静角落，微微地叹了口气。他并不是因为诗婳的反应而感到失望，而是因为自己突然做出这样的决定，感到有些自责。

在决定向诗婳求婚的那一刻，舒澄就知道以诗婳迟钝的性子肯定会被吓到，如果可以，他也不想这么贸然。可现在她有了身孕，他如果再不行动，那以后就真的一点机会都没有了。

他知道她现在并不喜欢自己，可如果他努力在她身边做一个好丈夫，好好照顾孩子，那么她总归有一天会被自己打动吧？

从前在生意场上，父亲总是说他做事太过武断专横，这是他的优点但也是他的缺点，因为太过于急促武断必定会产生问题。而今天，他终于体会到了父亲说这句话的正确性，因为他现在对自己刚刚的求婚根本一点信心都没有。

如果诗婳在考虑后毫不留情地拒绝了他，甚至开始讨厌他，以后再也不想见到他，那他该怎么办？

现在的他，恐怕也只能等待了。

另一边，诗婳带着慌乱的心情走进了公司，因为大脑太过混乱还差点和迎面走来的顾沁撞了个正着，好在顾沁及时停住脚步扶住了她，这才没让她摔倒。

"诗婳，你没事吧？怎么这么慌慌张张的？"顾沁担忧地看着她，猜到了什么，低声问，"是不是……早上去医院检查的结果不太好啊？"

诗娴摇了摇头，说："不……不是因为这个，检查结果虽然不是太好，但是我不会放弃的。"

"那你为什么看上去这么紧张，脸色也很难看？"顾沁问，"到底发生什么事了？"

她这么一问，诗娴顿时有些犹豫，不知道该怎么跟顾沁解释。

当诗娴皱着眉思考怎么跟顾沁说明的时候，后者却误会了她的神情，不由得用手拍了拍脑袋，自责道："完蛋了，是不是你那个前男友找到你了？可恶，我明明都想办法阻止那家伙了啊……"

诗娴愣了一下："你……你刚刚说什么？"

顾沁看了看周围，把诗娴拉到了自己的办公室里，才跟她解释道："有件事……我没跟你商量就背着你做了，你听完以后要是觉得我管得太多，想怎么骂我都行！但我实在不想看你再被伤害，所以就自作主张了……前阵子你那个前男友差点就让侦探找到你在这里的消息了，我知道以后就让我老公帮忙，把那个侦探给挡回去了。没想到他竟然还是找到你了？"

"不，他没有找到我。"诗娴解释道，"今天是发生了另一件事，让我一时间难以接受，跟我前男友没有关系。"

"原来是这样啊！我就说嘛，我老公应该不会这么没本事吧，一个侦探都搞不定。"顾沁说道，"不过……诗娴，你怪不怪我这么自作主张啊？"

"怎么会。"诗娴笑了笑，"是我自己跟你说，我想一个人抚养孩子不让前男友知道。你帮了我，我应该感谢你。"

听她这么说，顾沁终于松了口气，挽着她的手臂笑道："你不生我的气就好，不过既然这样，那你刚刚是因为什么这么惊慌？"

诗婳诚恳道："事情有点复杂，我还没想好怎么处理这件事，等我处理好之后一定全都告诉你。"

"好，但你不要总想着一个人扛，要是搞不定，记得找我帮忙哦！"顾沁认真道。

诗婳笑着用力点头，两人又聊了几句，便各自投入工作当中去了。

同一时刻，林家老宅内。

林锦旭将打包好的行李箱拖到别墅门口，然后将一个厚厚的文件夹放在父亲面前，说道："爸，那我这就出发了。这是我公司这几个月以来的重要资料，我在您这儿留个备份，以防公司里发生什么事。"

林父没给儿子什么好脸色，瞪着他骂道："你的公司才走上正轨多久，现在你为了一个姑娘，就全都撒手不管了？你是不是想气死我？"

林锦旭还没说话，一旁的林母赶紧端了一杯参茶放在丈夫面前，劝道："好了，你就少说两句吧。还有什么叫为了一个姑娘？当年你追我的时候不也是放弃了很多东西吗？怎么，你的意思是你现在后悔了？"

"我不是这个意思。"林父的语气顿时软了下来，指着儿子说，"我是嫌这小子没个定性！你看他之前，为了那个什么肖念玉，白白搭进去多少时间？现在又忽然说要追另一个姑娘，我怎么知道他是说真的还是闹着玩？要是每次都为了感情就抛下事业不管，那公司早晚被他折腾黄了。"

"爸，我跟您保证，绝对不会有下一次了。"林锦旭认真地看着父亲，"我现在很确信，我真的喜欢沈诗婳，我想让她做咱们家的媳妇。以前是我太幼稚，总让您跟我妈担心，但您放心，我以后绝对不会了。"

林母听了，连忙拍了拍丈夫，说："你看儿子说得多诚恳，我觉得他已经长大成熟很多了。而且诗婳这个姑娘我也很喜欢，你就让他放手

216

去追吧，别再打击他了。"

林父叹了口气，说道："罢了罢了，既然这样那你就去吧。但我跟你说清楚啊，如果这回你还是搞不定自己感情的事，以后你的婚姻就由我和你妈说了算，你别再想着自己乱来！"

林锦旭自信地笑了笑，说："爸，我不会给您这个机会的。"

"哎，你这小子——"

林锦旭也不听父亲对自己的训斥，笑着走到门口，转头说道："妈，那我就走了，我答应您，我一定会和诗婳一起回来的。这段时间，麻烦您好好照顾爸了。"

林母点了点头："嗯，你放心去吧。"

林锦旭拖着行李箱打开大门，秋日的正午阳光一瞬间落满了他的全身，虽然天气泛凉，他的心情却十分火热。公司里的事务他已经暂时交给副经理打理了，现在他知道了诗婳在 B 市，虽然还不确定她具体所在，可是他对自己充满信心，这世界其实很小，他一定能把自己心爱的女人找回来。

他开着车朝着机场驶去，脑子里忍不住想着等他见到诗婳后第一句话该跟她说什么。可就在这时，一辆车忽然从旁边的岔道冲了出来，挡在了他的面前。

好在林锦旭反应迅速，看到有车冲出来就立刻踩下了刹车，这才没有和对方的车子撞在一起。

尽管如此，他难免有些生气，心想对面的司机是怎么开车的，这么突然冲出来也不按喇叭，他都要以为对方是故意的了！

而下一秒，他的猜测就变成了现实，因为从对面车子里走下来的人，正是肖念玉。

林锦旭的愤怒又加重了一层，他也不下车，只是打开车窗对朝自己走来的肖念玉说："你挡到路了，请你把车开走，我还有事情要办。"

肖念玉自然不会乖乖听话，她红着眼眶看着林锦旭，委屈道："你现在对我一定要这么生分吗？见到我，连叫我一声'念玉'都不愿意了吗？"

林锦旭并不看她，只是平静地说道："因为我觉得我跟你真的已经没什么话好说了，请你离开。还有，以后请不要再做出这种危险的举动，会伤害到别人。"

肖念玉的眼泪扑簌簌地往下坠，她扒着林锦旭的车窗，哽咽道："锦旭，我知道以前是我不好，我也的确有做错的地方。但为了你我会改的呀，我们认识这么多年，你真的舍得以后再也不理我吗？你就再给我一次机会好不好？"

林锦旭无奈道："以前是以前，可是肖念玉，我现在真的已经完全放下了，你叫我怎么可能给你机会？我已经跟你说过了，请你向前看，不要再拘泥于过去。更何况你觉得你现在来找我的目的，真的单纯吗？真的是发现你其实是爱我的所以想挽回吗？真的不是因为你家里的生意马上要支撑不住了吗？是不是在你的印象里，我永远都是一个好骗的冤大头，你一有事就可以找我买单？"

肖念玉愣了一下，她完全没想到林锦旭会把话说得这么直白尖锐，简直就是直接打了她的脸，说她是个趋炎附势见风使舵的拜金女。她不禁恼羞成怒，忍不住说道："那沈诗婳又能比我好多少？她不也是看中你有钱，这些年才巴着你不放手的吗？是，我承认我家里现在有困难，可即便如此，我也比她优秀，过得比她好！我不明白我哪里就比不上那个没见识的穷酸女人了！"

林锦旭冷冷瞪着她，说："就凭你刚刚说的这些话，你就根本比不上她。肖念玉，你根本就不明白，一个人是否优秀是否善良，和他的出身没有直接关系。我现在只是对你无感而已，但你如果还要诋毁诗婳，就别怪我厌恶你了。"

说完这些，林锦旭就踩下了油门，转动方向盘，绕过了肖念玉的车，毫不留情地快速朝前方驶去。

肖念玉满脸泪痕地看着离去的车子，握紧拳头带着不甘心与嫉妒高喊着："我就是比她强！她沈诗婳算个什么玩意儿，连给我提鞋都不配！林锦旭你给我听着，我一定要把你抢回来！"

听着那女人在背后的疯狂嘶喊，林锦旭只觉得脑仁一阵阵发疼，连忙关上了车窗，加快了行驶速度。他叹了口气，怎么都没想到当年那个知书达理的大小姐肖念玉，会变成如今这副歇斯底里的疯癫样子。也不知道自己走后，她会不会接着去骚扰自己的父母？自己还是给家里安排几个保镖比较好。

不过再多的烦恼，都没办法消弭他此刻的期盼心情。一想到很快就能在 B 市见到心爱的诗婳，林锦旭就觉得心头一阵温暖。

但现实远没有他想象的那么顺利。

到达 B 市三天之后，林锦旭依旧没能收到关于诗婳的消息，私家侦探换了好几个，却连关于她一星半点儿的消息都找不到，林锦旭都快要怀疑她是不是真的在 B 市生活了。

就在林锦旭一筹莫展的时候，一名侦探忽然给他带来了消息："林先生，我查到沈小姐之前曾给邱氏企业投过简历，而这家企业最近在 B 市设立了分公司。我想，或许您可以去那里打听打听消息。"

林锦旭听了正要激动，又听到对方补充道："不过，林先生，我需要提醒您一点。邱氏企业的老板邱朗是个很厉害的商人，如果这段时间阻碍咱们找寻沈小姐的人是他的话，那您还是小心一些为好。"

林锦旭听了原本有些不以为意，邱氏企业的名头他是听过的，也知道这个叫邱朗的男人很有经商手腕，可他林锦旭并不觉得自己就比这个男人差。不过如果真的像侦探所说，是邱朗在阻碍他，那邱朗又为什么要帮诗婳？

难道说，诗婳才离开自己没多久，就有别的男人看上她了？想到这里，林锦旭紧张起来。他连忙在网上查找关于邱朗的资料，当他看到那家伙的照片后，心中顿时警铃大作！

不妙，这个邱朗长得好像有点帅啊！虽然比他林锦旭还差一些，但也算能看的了，年纪也和自己差不多！可恶，难道这家伙真的看上诗婳了？

不过，他很快发现这个邱朗早就结婚了。

林锦旭正要松一口气，但转念一想顿时更不安了！这家伙结婚了又怎么样，现在生意场上找小三的富商多了去了，说不定这个邱朗就是人面兽心的家伙，诗婳要真的被他盯上那可怎么办！

林锦旭越想越不安，索性直接离开了酒店，朝着诗婳可能在的那家公司奔去。

同一时刻，诗婳正在办公间内认真地做着自己的工作。

过了一会儿，有个同事走过来问她："诗婳，你知不知道顾老板去哪儿了呀，我有个策划案要让她过目呢，但我看她下午一直不在。"

诗婳解释道："中午吃饭的时候老板跟我说，下午她要去机场接个人，不然你再等等，她应该快回来了。"

那位同事点点头离开了。没过多久，公司门口忽然传来了一阵嘈杂的欢呼声，紧接着员工们一个接一个都跑了出去，诗婳不禁跟着站了起来，好奇地问身边的同事："发生什么事了？"

对方还没来得及回答她，答案就揭晓了。只见顾沁拉着一个身材高大的男人走进了公司，对方穿着一件米白色风衣配咖色高领毛衣，身材颀长下巴瘦削，长相很是帅气，不过浑身上下都带着一种冷峻的气场，给人一种生人勿近的感觉。

顾沁却大大咧咧牵着冷峻男子的手，笑着对大家说："来来来，见见我的上级，他才是邱氏的大BOSS，哈哈哈！"

同事里有人认出了这个男人，惊呼道："是邱朗！咱们总公司的董事长来了啊！"

"好羡慕顾老板啊，我要是也能找到这么厉害的老公就好了。"

"啊啊啊，我要拍照发到朋友圈里炫耀！"

诗婳这才明白，原来这个突然出现的男人就是顾沁的丈夫邱朗，那个这些年在商圈一直叱咤风云的厉害人物。看来今天顾沁去机场接的就是他了。只是她怎么都没想到，顾沁的丈夫竟然会是这种冷峻的性格，她一直以为，顾沁性格这么活泼，她丈夫肯定也跟她一样热情呢。

就在诗婳思索的同时，顾沁拉着丈夫，开始给他介绍分公司的情况，还轮流跟每一个员工打招呼。邱朗面上看着虽然冷冷的，但为人非常礼貌，很快就收获了公司员工的好感。

很快，顾沁跟邱朗来到了诗婳面前。顾沁开心地介绍道："这就是我一直跟你说的沈诗婳！我跟她关系可好啦！"

诗婳连忙礼貌道："邱先生，您好。"

邱朗也点点头回应了她。

三个人又随意聊了几句，顾沁拉着诗婳低声说："你下班以后等我一下哦，我有话跟你说。"

诗婳连忙点头答应了。

两个多小时后，下班时间到了，同事们陆续从公司离开，而顾沁则找到了诗婳，兴奋地对她说："诗婳，今晚你没事吧？跟我和我老公一起去吃饭呀！"

诗嬿没想到她让自己留下为的是这件事，连忙摆摆手，说："不不，你丈夫才刚刚来这边，你们肯定想单独聚一聚。把我叫上多尴尬啊，我还是不去了。"

"这有什么尴尬的。"顾沁却不肯放弃，"你在B市没有家人，我就是你最好的朋友了，有什么事我当然要想着你啊。至于我丈夫，你就当他不存在好了。"

诗嬿还是拒绝，可是耐不住顾沁缠着她的胳膊苦苦哀求，最后她只好同意了。他们三个人一起下电梯走出大厦，正准备上车去餐厅，可顾沁忽然一拍脑袋，说道："哎呀，我把策划案落在办公室了，今晚回家要看的。"

邱朗无奈地叹了口气，说："笨手笨脚的，在哪里放着，我去拿。"

"不用啦，我去就好了，很快的。"顾沁对两个人说道，"我马上回来，你们稍等我一下哦。"

说着，顾沁就飞也似的一溜烟跑了回去，剩下诗嬿和邱朗站在大厦门口，气氛顿时变得十分僵硬。

邱朗性格冷淡，诗嬿也没有跟他交流的打算，于是两个人就这么尴尬地沉默着。

没想到，片刻过后，邱朗忽然开口道："沈小姐。"

"嗯？"诗嬿一惊，连忙扭头看向他，"邱先生，有什么事吗？"

"我妻子她……为人很热情善良，还有点容易自来熟。最近她一直跟我讲，觉得你很像以前大学时候的她，所以才这么想帮你。"邱朗平淡地说，"但有时候她可能太过于热情了，做事有些冲动，如果有让你觉得不适应的地方，还请你多多包涵。但请相信，她没有什么坏心思。"

听着邱朗为了妻子跟自己解释的话语，诗嬿有些受感动，连忙点头道："当然，我明白的！能够跟顾沁认识我觉得很开心，您不用担心我误会她。"

"那就好。"邱朗点了点头，便转过视线不再说话了。

可就在这时，旁边忽然冲出来了一个男子的身影，二话不说就把诗婳拉到了他身后，然后气势汹汹地瞪着邱朗："你这家伙，想对我的诗婳做什么！"

发现

第十三章

时间回到十分钟之前。

林锦旭离开酒店后，很快在网上找到了邱氏企业在 B 市的分公司地址，他开着新买的车很快就到达了那里。此刻正是下班高峰期，在这幢大厦上班的员工们如潮水般从商厦里涌出，林锦旭站在大厦门口一时之间有些茫然，如果诗婳在这里上班，那她现在应该也准备下班了吧？可人这么多，他该怎么找到她呢？

他决定去大厦保安那里问问邱氏企业具体在哪几层，再上去找诗婳。但他刚刚迈出几步，那个他日思夜想的身影就出现在了自己眼前。

许久未见，诗婳似乎变得比以前更漂亮了，她穿着一件浅粉色的长大衣，里面是白色的高领连衣裙，脚上踩着黑色的平底单鞋，微卷的长发软软地披在肩头，脸颊因为冷风的吹拂而微微泛红，整个人看上去好像一颗诱人的糖果一样可爱。

不过，林锦旭怎么觉得她看上去好像比之前瘦了一些，而且好像有点没精神？他顿时觉得又欣喜又心疼，真的很想立刻冲过去把这个姑娘抱进怀里，但他还没来得及行动，就发现诗婳身边忽然又多了两个身影。

那是一男一女两个人，那个陌生姑娘对两人说了句什么，就转身跑回了大厦，剩下诗婳独自和那个高大冷峻的男人待在一起。林锦旭再仔细盯着那个男人一瞧，鼻子都差点气歪了——

这不就是那个邱朗吗！敢情这家伙还真把主意打到他的诗婳身上来了，简直是找死！

眼看着诗婳和邱朗站在一起微笑着聊天，林锦旭心里直冒酸水泡泡，哪还能忍得住，他顾不上其他，连忙冲了上去。

"你这家伙，想对我的诗婳做什么！"林锦旭拉着诗婳的手，像老母鸡护仔一样把诗婳藏在自己身后一脸防备地瞪着邱朗。

而邱朗这家伙似乎也不甘示弱，他微微眯起眼睛打量了一下林锦旭，很快得出结论："我猜，这位……大概就是沈小姐的前男友林先生吧。"

听到"前男友"这三个字林锦旭顿时炸毛了："前男友又怎么样，那她也是喜欢我的！我警告你邱朗，你背着你妻子做什么坏事不归我管，但你不许对我的女人起什么歪心思！"

被他挡在身后的诗婳原本还有点蒙，听到这里顿时瞪大了眼睛，连忙拉了他一下，怒道："林锦旭，你在胡说什么啊！"

邱朗也冷笑了一声，说道："林先生的想象力未免也太过丰富。我妻子邀请沈小姐一起吃晚饭，我们只是在这里等她回来而已。不过听你这短短几句话，我已经很明白沈小姐为什么要跟你分手了，你实在是幼稚至极，我真的很怀疑令尊辛苦创立的公司在你手里还能维持几年。"

"你——"

"好了，林锦旭，不要再说了！你要是再胡闹我就不客气了！"诗婳愤怒地打断他，"你以前说那些误会我的话就算了，干吗扯上无辜的人！"

一看诗婳是真的生气了，林锦旭的气势顿时弱了下来，他扭过头想跟她解释，但还没来得及开口，顾沁就回来了。

顾沁看着这个突然出现的陌生男子，茫然地问自己丈夫："这是谁啊？你们一个个为什么脸色都很难看？发生什么事了？"

这种时候，诗婳觉得自己必须站出来解释一下，便开口道："顾沁，他……就是我的前男友林锦旭。"

她话刚说完，顾沁就撸起了袖子，气势汹汹地瞪着林锦旭，怒道："好啊！这家伙竟然还敢找上门来，我想揍你已经很久了！"

但她很快被邱朗拦住了，邱朗带着些许无奈对她说："你别闹，让他们自己解决自己的事情。"

"可是这个家伙太坏了，我不能看他继续伤害诗婳！"顾沁义愤填膺地说。

林锦旭听了忍不住开口："这位女士，我虽然不认识你，但我可以向你保证，以后我绝对不会再做出任何伤害诗婳的事情。我今天来，只是想让她重新回到我身边而已。"

"我才不信——"

眼看着又要吵起来，诗婳连忙上前拉住了顾沁的手，低声安慰道："顾沁，我知道你是关心我，但如果你因为我搞得这么生气，那我会过意不去的。我能处理好跟他的事情，你不要担心了，快点去和邱先生吃饭吧，今晚我就不跟你们一起去了。还有，邱先生，刚刚的事真的非常对不起，我……替林锦旭跟您道歉，希望您不要放在心上。"

"没关系。"邱朗礼貌地点点头，又扭头去劝妻子，"小沁，感情的事只能由他们自己做主，你要明白你只能帮她到这里了。"

顾沁很信任丈夫，听他这么说只好叹了口气，对诗婳说："那好吧，今晚我就不叫你一起了。但你有什么事一定立刻给我打电话哦！"

诗婳连忙答应了。等两个人坐进车里离开后，她脸上的神情立刻沉了下来，扭过头冷冰冰地瞪了林锦旭一眼。

林锦旭被她这么一瞪，顿时畏惧地缩了缩脖子，小声道："对不起，我不是故意的……"

诗婳根本懒得听他解释，抬步就朝前走。

林锦旭像个小尾巴一样紧紧跟在她身后，试图去拉她的手腕："诗婳，你不要生气好不好……"

诗婳一把甩开了他的手，回头嘲讽地看着他，说道："让我不要生气？林锦旭，你哪来这么大的脸？上次你说我是拜金女，这次又说我跟有妇之夫有染，说完了转头又跟我装可怜你不是故意的。怎么白脸红脸都被你一个人演完了呢？你要是真看不起我就走开啊，我又没求你缠着我！"

"我……我不是那个意思！"林锦旭慌乱地说，"我不是说你跟那个邱朗有什么，我就是怕他对你有意思，所以才冲动了，但我真的没有把你想成那种女人。"

"人家邱朗和妻子感情深厚，为什么会对我有意思？我们不过站在一起说了两句话，在你眼里就是他对我有意思？说到底，其实还是你不相信我罢了！"诗婳冷冷道，"请你走远一点，我不想在这座城市再看到你！"

"我不，是你告诉我你在这里的。"林锦旭却倔强地说，"既然你肯告诉我，那就说明你心底还有我！我知道我今天做错了，你想打我骂我都可以，但我这次既然找到你了，就绝对不会放手，我一定会让你重新回到我身边！"

"那你就这么继续自信下去吧！"诗婳瞪了他一眼，转身快步朝前走去。现在的她简直后悔万分，那天晚上怎么就糊里糊涂愿意告诉他自己在 B 市了呢！

但她还没走出几步，林锦旭就跟上来拉住了她的手。

诗婳顿时气不打一处来，用力甩开了他："不要碰我，你现在没资格碰我！"

却没想到，她甩动的动作幅度太大，以至于肩膀上的单肩包也跟着飞了出去，包包摔在地上，磁扣松动，里面的东西洒了大半出来。

诗婳没办法，只好低下头去捡，林锦旭却比她动作更快，他将地上散落的东西塞回她的包里，却在捡起其中一样东西时，忽然顿住了动作。

诗婳根本没留意到他的呆滞，只是低着头急忙捡东西想尽快远离这个男人。但下一秒，她忽然听到林锦旭声音发颤地问自己："诗婳……这是什么？"

诗婳本来想回一句"是什么都跟你没关系"，可当她抬起头，发现林锦旭手里攥着自己前几天去医院产检的报告单时，整个人顿时僵在了原地！

老天啊，她怎么忘了包里还放着这个呢！还偏偏让林锦旭发现了！

诗婳努力让自己表现得镇定一些，她上前一步，想把报告单从他手里拿回来："跟你没有关系，还给——啊！"

可是她话还没说完，林锦旭就激动地抓住了她的肩膀，带着兴奋和欣喜问她："你……你怀孕了？我要当爸爸了……我要当爸爸了是不是！"

诗婳只觉得头痛欲裂，她简直无法相信，自己最不希望发生的情况竟然就这么戏剧性地发生了！她原本是想瞒林锦旭一辈子的！

不……不行，不能让他跟自己的宝宝扯上关系！

想到这里，诗嫚努力让自己板着脸，漠然道："林先生，你未免太自信了一点，你凭什么觉得这个孩子就是你的？我们早就分开了，请你不要太过自作多情！再说你刚刚不是还怀疑我跟别的男人在一起吗，既然如此这就更不可能——"

"不许胡说！"林锦旭生气地打断了她，"我没有那么怀疑你，更不许你这么贬低自己！沈诗嫚，你别想骗我了，你这辈子就爱过我一个男人，这个孩子不是我的又是谁的？你要是再不承认，信不信我现在就站在天桥上对着所有人喊我要当爸爸了！"

"你有病吧你！林锦旭，我以前怎么没发现你这么幼稚呢！"诗嫚气得脑袋都要冒烟了，他用力踢了他一脚，想要转身离开，却被面前的男人一把搂进了怀里。

诗嫚使劲儿挣扎，却被林锦旭把脑袋按在了他的胸膛，她听见他的声音里甚至带上了一丝丝哽咽："不要乱动，让我抱抱你好不好？诗嫚，你知道吗……我现在真的很开心……"

诗嫚想要挣扎，可或许是因为天气太冷而林锦旭的胸膛太温暖，又或许是因为怀孕初期身体和情感上都很脆弱，被紧紧拥抱在林锦旭怀中的她，忽然就失去了挣扎的力气。

以前跟林锦旭在一起的时候，他答应跟自己牵一会儿手都能让她高兴半天。曾经的她，是多么希望林锦旭能够这样热切而温柔地把自己抱住啊，可是现在她的愿望终于实现了，她心底却只剩下委屈和难过。

而林锦旭还在轻轻抚摸着她的头发，带着欢喜柔声重复道："诗嫚，我好开心啊，我现在真的好开心……"

他越这么说，诗嫚心底的委屈就越浓重，最后她忍不住开口道："你别骗人了林锦旭，以前你连抱我一下都不愿意，现在谈什么开心？不要在这里装什么情真意切了……"

"我没有装，我是真的开心！"林锦旭连忙低下头对她说，"我……我承认在今天见到你之前，我从没认真考虑过自己成为一名父亲是什么样子，但现在我们既然有了宝宝，我一定会尽全力照顾好你和孩子的，你相信我好不好？"

"谁要相信你？你能不能不要自作多情了，我有说过我一定会把孩子生下来吗？"诗嫚赌气地说着，泪水却已经不受控制地从眼眶里涌了出来，"难道就因为有了你的孩子，我就要为了你把他生下来养大吗？"

"我……我不是这个意思……你不要哭啊，会伤身体的……"林锦旭心疼地想去替诗嫚擦眼泪，却被她没好气地拍掉了手，他只好轻轻搂着她，解释道，"我知道身体是你自己的，可是……我记得你一直很喜欢小孩子的啊，以前咱们去逛街，路上看到别人带着小孩子，你不是都会说很可爱吗？我也知道养大一个孩子是很重的责任，但你不要怕，以后有我跟你一起承担，我们一起努力给宝宝一个幸福的家庭好不好？"

诗嫚用力推开了他，沙哑道："谁要跟你建立家庭？林锦旭，你现在就给我听清楚，第一，这个孩子是我的，无论我做出什么选择都跟你无关；第二，就算我决定把他生下来，也绝对不会要你来照顾我们！我不需要你！"

说完这些，她就转身快速朝旁边的地铁站口跑去。林锦旭追了她几步，却发现她越跑越快，他担心她会因此摔跤，只好喊道："你不要跑那么快，我不跟着你跑了，小心身体！"

诗嫚没有理会他，径直走进了地铁站。

林锦旭在原地待了一会儿，这才悄悄跟了上去。才刚刚得知诗嫚怀孕的事情，他怎么可能就这么抛下她不管？虽然不能紧跟在她身边保护她，但就算能远远看着她也是好的。

林锦旭就这么默默地跟随在诗姆身后十多米远的地方，和她一起坐进了地铁。此刻正是下班高峰，地铁上人很多，林锦旭看着诗姆被挤在人群当中摇摇晃晃的样子，不禁一阵心疼，要是他今天没有意外地发现那张报告单，也不知道诗姆还会瞒着他多久。

现在的情况让他更加坚定了追回诗姆的信念，他必须加快脚步了，他不想看到诗姆这么辛苦的样子。

他决定用孩子的事情打动诗姆，虽然他知道自己这么做显得有点乘人之危，可是诗姆是个很容易心软的人，如果是为了孩子，她回心转意的概率就更大一点。他想让她先回到自己身边，然后再让她愿意重新爱上自己。

他一路思考着把诗姆追回来的办法，接着和诗姆一起出了地铁，最后跟她一起走到了她住的公寓楼附近。

他本以为诗姆没发现自己，却没想到她忽然停住了脚步，回头瞪着他说："你还要跟到什么时候，信不信我报警让人抓你！"

林锦旭只好说："好好，那我不跟着你了。可是诗姆……这就是你现在住的地方吗，这小区治安看着不太好啊……"

"我就喜欢住这里，关你什么事？"诗姆毫不客气地反驳道，"你这种富家大少爷看不起这种地方，就不要来啊！"

说完她就转过身，气呼呼地走进了公寓楼。她带着火气回到宿舍，连关门的时候都是很用力"砰"的一声。

她其实也不想这么暴躁的，可怀孕之后，她发现自己真的比以前更容易生气了。再加上一看到林锦旭，她这些年受的委屈就不由得全都从心底往外冒，让她恨不得把这家伙骂个狗血喷头！

诗姆忍不住抓起床上的枕头，把它当成林锦旭的脑袋用力捶了好几拳，这才稍微解了气。

短暂的激动和愤怒渐渐消散之后，诗姵只觉得浑身无力，倒在了床上。

　　她原以为自己肯定会对林锦旭那个组建家庭的提议嗤之以鼻，可是当她真的冷静下来之后，脑海中却回忆起那天在医院育婴室前看到的那对夫妇。他们看上去是那么幸福，都担心自己会养不好孩子，而她沈诗姵只是独自一人，真的能够将孩子幸福地养大吗？

　　现在的她的确不想见到林锦旭，可是现实一点来说，以林锦旭的经济条件，他确实能给孩子提供绝对优越的物质生活，让孩子过得比很多人都要好。

　　如果自己委屈一点，就能换来孩子这一辈子衣食无忧、幸福快乐，那是不是也很值得呢？不不不，自己怎么可以这么想！如果为了金钱就跟孩子回到林锦旭身边，那等宝宝长大了知道这些，会不会觉得自己这个母亲太没志气呢？

　　一时之间，各种各样的念头在诗姵的脑子里乱窜，让她烦躁地用手遮住了脸，最后竟然就这么躺在床上睡了过去。

　　第二天早晨，诗姵洗漱完毕之后和宿舍的另外两个同事一起出门，打算去公司上班。

　　冬天将至，天亮得越来越晚，三个姑娘出门的时候外面还有些灰沉沉的。大家下了楼走到单元门门口，最前面的那个姑娘刚刚把门打开就被吓了一跳，大喊道："哇，什么东西呀！一大早缩在这里吓死人了！"

　　诗姵和另一个姑娘闻讯连忙赶了上去，想看看到底是怎么回事，然后她就看见一个黑乎乎的身影蜷缩成一团，正靠在公寓楼下面的单元门旁边睡着大觉。天色很暗，这人又穿着一身黑色羽绒服，看上去就像只大黑猫蹲在门口似的，乍一眼瞧上去确实有点吓人。

两个同事又喊了那人几声，对方这才醒了过来，他揉了揉眼睛缓缓抬起头。当诗婳看清楚那张脸之后，顿时无语了——

这怎么是林锦旭啊！这家伙难道就这么在宿舍楼下睡了一整晚吗！

刚睡醒的林锦旭原本还有点迷糊，但当他看清面前的人影之后，立刻兴奋地站起身，说道："诗婳！你起来了，你要去上班吗？"

两个同事把视线转向了诗婳，问道："这是你认识的人吗？"

诗婳只觉得既尴尬又生气，她不想因为自己的私事打扰到同事，便说："是我一个朋友。你们先去上班吧，不用等我了。"

两个同事叮嘱了她几句，便转身离开了。而诗婳则没好气地瞪了林锦旭一眼，把他拉到一边压低了声音说："林锦旭你有病啊！我不是让你别跟着我了，你怎么还在这里！你这样会吓到别人的你知不知道！"

林锦旭的鼻子被冻得发红，他有点委屈地说："我也不想的。我昨晚本来想好了不睡觉等你早上出来。但是熬到六点多的时候我实在忍不住，就……就睡着了……诗婳外面好冷啊，我好像有点感冒了……"

"你感冒怪我咯？"诗婳没好气地说，"又不是我让你在冷风里熬夜的！我没说你一句活该已经是客气了！"

这家伙，他以为自己装装可怜，自己就会原谅他了吗？

林锦旭也发现了自己的计策并没有奏效，他连忙换了另一个策略，缠住了她的手腕对她说道："没没没，我就说说，我没有感冒！你要去上班是不是，那我开车送你吧，昨天我看你在地铁上被挤来挤去，真的很心疼啊。"

诗婳想甩开这家伙，可是林锦旭像小孩耍赖皮一样，死活缠着她不放手。她只好说："我不用你送！我坐了多少年地铁，早就习惯了，不用你这种不食人间烟火的公子哥儿可怜。"

"我是心疼你啊。"林锦旭立刻说，"退一步说，就算你不想着自己，那也得想想咱们的宝宝吧？你想想啊，孕妇不可以在拥挤的环境里久留的，不然你被人撞一下，伤到宝宝怎么办？"

其实这几天，诗婳也考虑到了这个问题，可是如果每天打车去上班又确实超出了她的经济能力，她正在发愁呢，林锦旭就忽然出现了。

现在他又说可以开车送自己去上班，诗婳有点犹豫了……

见她没有立刻拒绝，林锦旭眼睛一亮，连忙抱住她的肩膀说："让我送你去公司吧，诗婳，这样又快又安全。我保证，我把你送到就走，绝对不影响你工作，好不好？"

诗婳想仔细思考一下，可是林锦旭却抱着她，把她像个布娃娃一样轻轻来回摇晃，还不断在她耳边说"答应我吧，答应我吧"，让她根本无法正常思考，最后不知怎么就糊里糊涂地说："好了好了，我答应你就是了，你不要再啰唆了！"

坐进林锦旭车里的一刹那，诗婳就有点后悔了，她觉得自己刚刚肯定是脑子进水了才会答应让林锦旭送自己。她正想着赶紧找个借口下车，可就在这时，身旁的男人却忽然递给了她一个纸盒子，兴奋地说："诗婳，我给你带了一份礼物，你打开看看喜不喜欢吧？"

诗婳没好气地说："我为什么要收你的礼物？麻烦你拿回去，不用你送我去公司了，我自己——哇！"

就在她说话的同时，林锦旭勾着嘴角将她怀里的纸盒子打开，里面的东西顿时让诗婳惊讶得忘记了后面要说的话。

因为这个精美纸盒里装着的，全都是婴儿的衣服！一共有五套衣服，每一套都粉粉嫩嫩的，简直可爱到了极致。诗婳心底的母性顿时被激发起来，她忍不住拿起了其中一套衣服，感叹道："怎么会这么好看……我最近去逛商场都没见过这么好看的婴儿服……"

"喜欢吧？"林锦旭笑着说，"喜欢就送给你，等宝宝生下来，咱们一起给宝宝打扮吧。"

听他这么说，诗婳的理智暂时回来了，她努力收起自己喜悦的表情，冷着脸对他说："我都跟你说了，这个孩子与你无关，我为什么要跟你一起打扮宝宝？衣服就更不用你送我了，我自己买得起。"

说着，她就低下头想去翻看婴儿服的商标，然而翻来覆去找了几遍什么都没找到。诗婳不解道："这衣服怎么没有吊牌？"

"因为这是还未发售的新款，走高端路线，只对内部客户销售。"林锦旭不无得意地说，"我一个朋友做服装生意的，昨晚我知道你的事情后，就赶紧去找他，让他给了我很多婴儿服。所以这些衣服你在商场里是绝对买不到的。诗婳，你可要考虑清楚啊，如果你不接受，那宝宝以后就没有这些漂亮衣服穿了……"

诗婳真的很想摔门就走，奈何怀里的婴儿服实在是太可爱了，最后她只能气呼呼地瞪了他一眼，扭过头不说话了。

她这般可爱的模样让林锦旭笑了出来，他发动了车子，有些欣喜地想，看来用宝宝打动她还是有效果的。

车子上路之后没多久，诗婳忍不住低头继续打量那些衣服，但她看了一会儿就发现了问题，扭头去问林锦旭："怎么这些衣服都是女孩子穿的？"

林锦旭对她眨了眨眼，说道："今天晚上你下了班让我来接你，我就把男孩子穿的婴儿服给你。"

诗婳觉得心底开始冒火："敢情你现在是在跟我讲条件咯？"

"追女孩子嘛，当然还是要用点儿计策的。"林锦旭十分认真地说，"不止如此，我今天给你的婴儿服都是孩子一个月大的时候穿的，以后还有两个月的、三个月的衣服，所以如果你想要这些，就得天天让我送你了，嘿嘿！"

最后那个"嘿嘿"让诗妍心底的火气瞬间爆发，她气鼓鼓地伸出拳头用力捶了他几下，一边揍人一边骂："叫你嘿嘿！嘿嘿你个头啊！你以为我会这么轻易被你摆布吗！我——"

"哎哟！哎哟！别打了，老婆你不要打我了！我这正开车呢！"林锦旭立刻嚷嚷着求饶道。

诗妍却顿时更气了："谁是你老婆啊！你再胡说信不信我打肿你的脸！"

"我这用的是一般将来时。"林锦旭瞪大眼睛一脸无辜地说，"反正早晚有一天你会成为我老婆的，我就是提前叫一下——哎哟！好了好了，我知道错了，真的错了！你不要打了，路上要是出事，伤到你和宝宝怎么办？"

"哼！"诗妍没好气地瞪了他一眼，抱着那些婴儿服扭头看向窗外，不打算理这个家伙了。

她决定了，今天晚上说什么也不让他送自己回去！自己绝对不会再次被诱惑了！

而看着这样的诗妍，林锦旭脸上的温柔笑意是怎么都无法淡去。等红灯的时候，他忍不住开口道："诗妍，我感觉今天我好像认识到了一个不一样的你，现在的你好像更活泼了，以前你在我面前好像总是有点拘束。"

诗妍甩了他一个白眼，说道："你不就是喜欢我以前仰慕你的感觉吗？怎么，现在我打你两下你就讨厌了？"

"当然不是！你现在的样子我也很喜欢，或者说，是更加喜欢了。"林锦旭温柔地看着她，"我喜欢你无拘无束、恣意表达感情的模样，所以就算你以后每天都揍我，我都没有怨言。"

"我才懒得揍你呢。"诗婳被他温柔如蜜的眼神盯得有点脸红,连忙指了指前面,说,"马上要绿灯了,精神集中一点准备开车了好不好!"

"嗯,知道了。"林锦旭微笑着应了一声。

片刻后,他将诗婳送到了公司楼下。

诗婳看着怀里的婴儿服,实在是舍不得,最后只好对他说:"这些衣服我要了,你多少钱买的,我给你钱好了。"

林锦旭立刻瞪大眼睛,佯装生气地说:"这是我送你的礼物,你要是敢给我钱,那这些衣服我就不给你了。"

说着他就假装要把衣服拿回去,诗婳连忙抱紧了它们,紧张道:"你干吗!不……不许拿回去……"

林锦旭笑了:"就知道你舍不得。既然这样就收下吧,以后不准再跟我提钱的事情,知不知道?"

诗婳低着头没有回答他,他轻轻摸了下她的头发,柔声道:"好了,快去上班吧,晚上我就在这里等你。"

"说了晚上不用你接我了。"诗婳咕哝了一句,抱着装衣服的礼盒下车朝公司走去。

看着她的背影,林锦旭忍不住开口道:"诗婳!"

被他叫到的姑娘停住了脚步,扭头看向他:"怎么了?"

林锦旭笑着说:"没什么,就是想跟你说,我爱你。以后每天我都要对你说这句话。"

"有病吧你!"诗婳瞪了他一眼,然后加快脚步跑进了大厦。

林锦旭不舍地看着诗婳的身影,最后直到诗婳完全消失在大厦里都不愿意收回眼神。

他呆呆地坐在车里,忽然就产生了一种风水轮流转的感觉。曾经是诗婳一直无怨无悔地追在他身后,默默地看着他的身影,那个时候他就是觉得有点欣喜和得意，但他从未考虑过一直追着自己的诗姬是什么心情。

现在换作他站在诗姬的位置上，才明白要追求一个心爱的人，是多么不容易。

可无论如何，他都不曾想过放弃。

诗姬抱着那些婴儿服来到公司之后，立刻引起了同事们的围观，大家纷纷夸赞衣服好看。顾沁也凑过来好奇地说："哇，真的都好可爱啊！诗姬这些衣服你在哪里买的呀？以后等我有孩子了，我要买跟你一模一样的。"

诗姬有点不好意思地跟她低声解释道："这是林锦旭给我的。他说这些衣服外面买不到……不过，如果你真的很喜欢，我可以帮你去问问他。"

顾沁听了，微微睁大眼睛，问道："那这么说，你们两个已经和好了？"

诗姬连忙摇摇头："没有，只是他一直缠着我，要送我来上班，我就答应了……"

顾沁打量着她，露出一种过来人的神情，笑着说："就算现在没有和好，可是看你的样子，也好像不是那么抗拒他了吧……呼，还好昨晚我老公拦着我，没让我揍你前男友，不然我可能就做错事了。"

诗姬"扑哧"一笑，说道："不会，你打他我会更感激你的。说实话今天我自己都揍他了，不知道为什么，他最近变得特别皮，一副欠揍的样子。"

"一个男人真心要追你的时候，都会表现得和以前不一样的。"顾沁说，"我老公当年要把我追回来时就是这样。从前他一天对着我都不会说超过十个字，可是那阵子他每天都要拉着我长篇大论，最后我见到他就烦。"

诗婳羡慕地说："昨天我就想跟你说了，我看得出你们感情真的很好。"

"你也会跟我一样幸福的，不，肯定会比我更幸福。"顾沁拉着她的手，"诗婳，我知道现在你肯定为了林锦旭在犹豫，我们的经历虽然很像，但我也不敢给你什么建议。我只是希望不管你做出什么决定，都一定要深思熟虑，好吗？"

诗婳点头道："嗯，你放心吧，我会的。"

时间一晃而过，很快就到了傍晚。诗婳正在桌前收拾东西准备下班，忽然收到了林锦旭的消息，他用一种撒娇的口吻对她说："诗婳你下班了没有啊？为什么我在门口没有看见你，你该不会偷偷找别的出口溜走了吧？"

发完这些，后面还跟着发了一个大哭的表情包。诗婳看着觉得又好笑又好气，回复他说："一个大男人哭哭啼啼像什么样子？你走吧，我真的不用你送我。"

林锦旭却再度发了大哭的表情包，说："我不走，你要是不出现在我面前，我就在你公司门口地上写'沈诗婳我爱你'写一百遍。"

诗婳："……你敢写你就死定了！"

可是按照林锦旭现在这个性子，诗婳觉得他恐怕真能干得出这事儿。她只好无奈地下了楼，打算把这个讨人厌的家伙轰走。可是她才刚刚走出大厦，就看见林锦旭靠在车子旁，手里还抓着一件可爱的婴儿服对着她晃来晃去。

这……这可恶的家伙以为自己在钓鱼吗！她才不会上钩呢！

诗婳瞪了他一眼，气鼓鼓地扭头就走，可是走出几步又舍不得了。最后她快速转过身，打算把衣服从林锦旭手里抢过来就跑，可是她才刚刚跑到他身边，就被这个男人用力抱进了怀里。

　　"哎……你干什么！放开我啊！"诗婳试图从林锦旭的怀里挣扎出来，可是这家伙不仅不松手，还抱得越来越紧了。

　　他一脸灿烂地对诗婳笑道："我就知道能抓住你。"

　　这会儿正是下班时间，路上全是来往的行人，很多人路过他们俩时都会好奇地瞧上几眼。诗婳不禁脸红了，压低声音道："林锦旭，你不要闹了快放开我，这样下去会被人围观的。"

　　"围观就围观啊。"林锦旭却无所谓地说，"他们之所以看我们，是因为我们俩实在是太相配了，任谁看都会觉得我们是天作之合。"

　　"你再胡闹，我就揍你了啊！"

　　"好好，我不闹了。"眼看诗婳真的有点生气了，林锦旭这才放开了怀抱，却还是拉着她的手腕说，"走吧诗婳，我送你回去。你看我把男孩子穿的婴儿服也拿来了，你真的不想仔细看看吗？"

　　诗婳朝车里看了眼，果然看见了装着衣服的礼盒，她顿时有种林锦旭挖了个陷阱等自己跳的感觉。

　　而悲剧的是，因为这陷阱里的诱饵对她来说实在是太香甜，她……她根本无法拒绝啊！

　　诗婳一边稀里糊涂地坐进了林锦旭的车，一边在脑海里把没定力的自己训了一百遍。

　　林锦旭这个得了手的猎人开心地发动了车子，一边开车一边笑得像个傻子似的。

　　诗婳也懒得理他，拆开盒子认真去看那些衣服。看着看着，她忍不住就心潮澎湃了，激动道："真的都好可爱啊！怎么会有这么可爱的衣服呢！"

林锦旭笑着说："我就知道你会很喜欢的——哎哟……你怎么又打我？"

诗婳放下拳头，瞪着他说："你自己心里清楚，我说过不许那么叫我了。"

林锦旭压下心底那一丝丝的失望和酸涩，温柔地说道："好，我知道你还不愿意原谅我，可如果有一天你愿意回到我身边，就等着我这么喊你一百遍吧。"

诗婳没有回应他，只是低头认真摆弄那些可爱的小衣服，幻想着它们穿在孩子身上会是什么模样。

看着林锦旭如今如此细心为宝宝寻找衣服的样子，诗婳忍不住想到，她的宝宝以后如果多了爸爸的照顾，肯定会更加幸福吧？

诗婳的心不禁渐渐有些动摇了。

自这天之后，林锦旭便重新出现在了诗婳的生活里，他开车接送她上下班，每天都会送她一些营养食物和别致的礼物。时间才过了两周多，诗婳小小的宿舍房间就快要摆不下他送的东西了，最后连她两个舍友都说："你男朋友对你真的很上心，唉，我那个男友要是有你男朋友一半好，我早就同意嫁给他了。"

诗婳听了这些话，说心底没有一点欣喜那肯定是假的。只是她仍旧十分犹豫，不知道自己是否应该重新接受林锦旭。现在他是对自己很好，可是他能这样坚持多久呢？如果不是因为孩子，林锦旭还会这么照顾自己吗？而现在他对自己的感情，又到底是不是爱情？她自己是不是还爱着他呢？

种种问题让诗婳想得头大，根本理不出头绪，最后她索性不去想了，她现在只想尽全力好好照顾肚子里的宝宝。

几天后的一个傍晚，林锦旭像往常一样开车接诗娴回家。

她才刚刚坐进车里，这个男人就凑了过来，小心翼翼地摸了摸诗娴依旧平坦的小腹，带了几分困惑问道："我每天喂你那么多好吃的，为什么宝宝好像一点都没长大啊？"

诗娴解释道："医生说要四五个月才会显怀呢，现在月份小是看不出来的。"

林锦旭听了点点头，对着她的肚子说道："好吧，宝宝你要加油长大啊。"

听他这么说，诗娴的心却不由得稍稍揪紧了几分。因为她至今都没告诉林锦旭，她的孩子有可能保不住。

虽然她总说这个宝宝是属于她自己的，跟林锦旭没关系，可如果不幸真的发生了，他也会很难过吧？

她咬了咬嘴唇，开口道："林锦旭，其实……"

"嗯？其实什么？"林锦旭问道。

诗娴刚想回答，就在这时她的手机忽然响了，是舒澄打来的电话。自从上次他跟自己坦白了心迹之后，他们还一直没联系过。

诗娴接通了电话，那边传来舒澄的声音，依旧像以前一样温和："诗娴，最近过得还好吗？"

"嗯，我还好，你呢？"诗娴问道，"你现在……还在 B 市吗？"

"对，还在等你给我一个答案。"舒澄自嘲地笑着说，"本来说好让你安静思考，不打扰你的，可是……我还是有点忍不住……"

"我知道，是我不对，不应该让你等这么久的。"诗娴说道。

其实从舒澄表白那一刻，她就知道自己跟他绝对不可能，可是她不知道该怎么告诉他才不会太过打击他，后来林锦旭又出现了，以至于事情拖了这么久。

现在她是不能再拖了，必须早点给舒澄一个答案，才好让他开始新生活。虽然他可能会消沉一段时间……

诗嫚轻轻叹了口气，说："你现在有时间吗？我……当面跟你说吧。"

结局

WEIFENG
QINGQINGQI
WOHAOXIHUANNI

第十四章

　　和舒澄约好了见面的地点，诗婳一挂断电话，身旁的林锦旭立刻就扑过来抱住了她，十分委屈地说道："我不许你去见舒澄！"

　　诗婳无奈道："我有很重要的事跟他说，你不要闹了。再说我又没答应跟你复合，你是不是也管得太多了？"

　　"不行，谁不知道那家伙打的什么主意啊！"林锦旭搂着她不松手，"万一你去了，被他抢走了怎么办？我才不会这么傻把你让给他呢！"

　　诗婳顿时愣住了，看着他问："你……你是怎么知道他……"

　　舒澄之前跟自己告白的时候，诗婳简直吓了一大跳，她觉得这么多年了，自己都没发现舒澄对自己有感情，那其他人肯定也没有察觉。可是现在，林锦旭却说他知道？

　　"本来我也不知道，这家伙竟然敢打你的主意。"林锦旭没好气地说，

"后来你不是……离开我了吗,他开始想办法缠着你,我才发现不对劲的。诗婳,你千万不能被舒澄骗了!我知道我过去也有很多做得不对的地方,不算个好男人,可是我真的很努力在改了……"

"好了,你每天要把这些话重复多少遍啊。"诗婳无奈道,"我今天去见他,只是想把话跟他说清楚,不想这么拖着他而已。"

林锦旭听了,眼睛一亮:"那……那就是说你还是喜欢我的对不对?"

"……你的逻辑思维能力是跟谁学的?没及格过吧。"诗婳一边吐槽,一边打开了车门,"今天不用你送我了,等下我见完舒澄自己回家就好。"

"不行!"林锦旭却立刻拉住了她的手,死缠烂打般地说,"我才不会放你独自去见他,要去,也必须我陪你一起去!"

诗婳知道她要是拒绝这个提议,那林锦旭接下来肯定会花样百出地闹腾,她只能无奈地答应了。

她和舒澄约好见面的地方,在附近一家咖啡厅的门口。等林锦旭带着她赶到那里时,舒澄已经站在店门外等候了。一些日子没见,舒澄看上去似乎比之前瘦了一点,脸色也有些憔悴,诗婳隔着车窗看到这样的舒澄,心中难免有些愧疚。

停好车的林锦旭发现了诗婳的眼神,立刻用手遮住了她的眼睛,酸溜溜地说:"不许这么看他,我比他帅多了,你要看就看我!"

诗婳推开他的手,瞪了他一眼,说:"我过去跟他说几句话,你不要下来捣乱,听到没有?"

林锦旭赌气地扭头看着旁边并不回答她。

诗婳无奈地拍了他一下:"你回答我呀,不许出来捣乱,不然我不理你了!舒澄并没有做错什么,我只想好好处理这件事尽量不伤害到他,你明白吗?"

林锦旭这才不情不愿地点了下头。

诗婳稍稍松了口气，推开车门做了个深呼吸，这才鼓起勇气朝着舒澄走过去。而舒澄在诗婳下车的那一刻就看见了她，他先是对她很温柔地笑了笑，而下一秒，当他看见车里坐着虎视眈眈的林锦旭时，脸上又不禁闪过了几分黯然。

　　诗婳原本想开口，却被舒澄抢了先，他用很平静的口吻说道："看来你最近有在好好照顾自己，气色比我上次见你时好多了，这样我就不担心了。本来我是想请你去店里喝点儿东西的，不过……现在想来是不太方便了。"

　　诗婳看了眼身后的林锦旭，对舒澄解释道："不，我还没决定重新接受他，而且他也并没有影响到我对你做出的决定。舒澄，是我自己真的……"

　　"你真的对我完全没感觉，所以没办法接受我，是吗？"舒澄温柔地替她说完了剩下的话。

　　诗婳顿了顿，还是残忍地点了点头，说道："这么说对你的确很残酷，但我不想骗你。其实……按理来说我应该早点告诉你的，可是……我一直不知道该怎么开口……"

　　"我明白。"舒澄说道，"你太善良了，总是不忍心伤害别人。更何况是我自己唐突地跟你表白，你没有当场骂我已经很好了。而且其实我心底一直知道，你从来都不喜欢我，我这么跟你表白不会有结果，我只是不甘心想要试一试。对不起，一定让你很困扰吧？"

　　他越这么说，诗婳的心越难受："舒澄你不要这么说，其实你根本没做错什么，只是……你没遇到正确的人罢了，我相信以后有一天，你会找到比我更好的人。"

　　舒澄轻轻笑了笑："嗯，那就借你吉言了。好了，外面这么冷，你身子要紧，我们就不要站在路边说太多了，让林锦旭送你回家吧。"

诗姗点了点头，想要转身时却又被他叫住了，她听到他问自己："诗姗，我们虽然没有缘分在一起，但……以后你还是会把我当成朋友的对吗？"

"当然了，你有什么困难，我肯定会帮你的。"诗姗认真说道。

舒澄听完笑了笑，觉得或许这样一个结果也不错。他不能以恋人的身份陪在她身侧，可起码，她不会从自己的世界里完全消失。

他就这么站在路边，看着诗姗朝着林锦旭所在的方向走去，心中不禁还是涌起一股熟悉的酸涩感。过去那么多次，他都是这么目送诗姗朝着林锦旭走去，他以为他早已习惯了这种苦涩，却没想到当他再次目睹时，心里还是会这么失落。

舒澄顿时有些不想继续看下去，可就在他转身要走的那一刻，不远处忽然冲出来了一个身影，猛地朝着诗姗扑过去，然后用力扇了诗姗一巴掌！

诗姗根本毫无防备，这一巴掌的力气又出奇的重，她顿时被打得朝旁边退了几步，撞在了路边的电线杆上。

她捂着脸，只觉得后背和腰的连接处一阵疼痛，再定睛一看，刚刚打自己的人竟然是肖念玉！

肖念玉怎么会突然出现在这里？

不过，此时此刻，肖念玉再不复之前千金大小姐的优雅打扮，她的头发乱糟糟的，双眼通红，像看仇人一样狠狠瞪着诗姗，指着诗姗的鼻子大骂道："都是你，都是你这个不要脸的女人抢走了属于我的东西！"

在她咒骂的同时，林锦旭和舒澄也冲了过来，林锦旭将诗姗牢牢护在身后，舒澄则将肖念玉推到远处，冷声道："要撒泼请在你自己家里撒，再敢动手，你别怪我不顾跟你这么多年的交情对你不客气。"

肖念玉却根本听不进去，她嘶哑着喊："家？我现在还有家吗？我爸爸的公司破产了，被人追债，我现在连他躲在哪里都不知道！这全都是因为沈诗婳这个女人！如果不是她抢走我的锦旭，那锦旭肯定能帮我爸爸渡过难关，我也不会落到这步田地！"

舒澄冷笑一声，回头看了眼林锦旭，嘲讽道："林锦旭，你以前眼光可真好。都到现在了，这女人脑子里想的仍旧是怎么利用你，你不觉得你以前喜欢她那么久很浪费吗？"

林锦旭也冷冷地看着肖念玉，说道："你家里的事情和我无关，更和诗婳没有关系，请你不要因此迁怒别人。还有，看在你是姑娘家的分儿上，你刚刚打诗婳那一下我不打回去了，但你要是以后还敢这样，我绝对不会放过你。"

肖念玉哭喊道："锦旭，你清醒一点吧！你是被这个女人迷了心智了，你以前明明是喜欢我的啊！沈诗婳这个拜金女她哪里比得上我！我可是从小锦衣玉食长大，琴棋书画哪个不会？而她会什么？除了想尽办法勾引男人，她根本什么都不会！她就是个不要脸的狐狸精！"

"你给我闭嘴！"林锦旭生气地想要上前制止她胡说，可是手腕却忽然被身后的诗婳抓住了。

林锦旭回头对她说："诗婳你别怕，我帮你教训她！"

诗婳却脸色苍白地摇摇头，颤声道："锦旭，我……我觉得不太对劲……"

看着她的脸，还有捂着小腹的动作，林锦旭的神情也在一瞬间变得惨白。

下一秒，诗婳就忽然失去意识，朝着地上倒了下去……

再度醒来时，诗婳发现自己躺在医院的病床上，手背上还扎着吊针。

她愣怔地盯着陌生的天花板看了一会儿，伸手摸了摸自己的小腹，好像意识到了什么。她缓缓转过头，看向坐在床边一直沉默不语的林锦旭，语气虚弱地问："宝宝……是不是没了？"

林锦旭的眼眶无比通红，他揉了揉眉心，想要伸手去摸诗姵的脸，却被她扭头躲开了。她执着地盯着他问："你……说话啊林锦旭，我的宝宝是不是没了？"

林锦旭甚至不敢跟她对视，他停顿了一会儿才哽咽道："以后我们肯定会有孩子的，诗姵，你不要——"

他话还没说完，诗姵就不由得闭上眼睛发出了一声痛苦的悲鸣。她用双手捂住了脸，可泪水还是不受控制地从眼角滑落下来。

林锦旭压抑着心中的难受，哑着嗓子说道："宝贝你不要哭，这样会伤身体……"

诗姵摇着头，抽噎着低声道："你出去，我现在不想看到你。"

"诗姵……我……"

"我说了让你出去！"诗姵由于身体虚弱，甚至连大声喊都喊不出来，只是哭得在床上抽搐成一团。

林锦旭怕自己待下去只会更加刺激她，只好站起了身。他缓缓走到门口，回头对她说："我就在门外保护你，不会走远，你不要怕。"

可是诗姵听了这些话，更加伤痛欲绝。保护？她的宝宝已经没有了，她还需要什么保护吗？

她曾经设想了那么多以后照顾宝宝长大的美好情景，现实却如此残酷，突然就将一切打回原形，难道她沈诗姵就注定连这么一点点的幸福都不能拥有吗？

从病房里出来之后，林锦旭只觉得浑身脱力，转身把额头抵在了医院走廊的墙上，痛苦而自责地长叹了一口气。

而不远处，舒澄正坐在走廊旁的长椅上，见林锦旭出来，他便起身朝林锦旭走过去，低声问："她……醒过来了吗？状态怎么样？"

　　林锦旭轻轻摇了摇头，沙哑道："不太好，我也不知道该怎么安慰她……"

　　"她刚刚醒来，受了这么大的打击，这种时候别人说什么她都听不进去，更何况还是你去说。"舒澄说道，"所以先让她一个人静一静吧。"

　　林锦旭应了一声，又问："找到肖念玉了吗？"

　　舒澄摇了摇头，有些无奈地说："还没，她有护照，要是真的怕了，直接跑出国都行。她父亲最近不也在躲债吗，恐怕一时半会儿是找不到的。"

　　林锦旭听了，不由得怒道："这个女人……我真不明白她怎么会变成现在这个疯癫的样子！早知道她会这么嫉恨诗姩，我当初一定不会对她那么客气！也都怪我，没考虑到这些事情，如果我能再仔细小心一点的话，诗姩她也就不会……"

　　说到这里，他自责地用拳头狠狠砸了一下墙壁。

　　舒澄看着曾经最好的朋友，想了想还是开口道："林锦旭，不要太自责了。我们谁都没想到肖念玉会因为家里出事而变得这么偏激癫狂。还有，我知道你和诗姩现在都很伤心，但……刚刚医生也跟你解释了，你们这个孩子的确本身就先天不足，有概率流产，所以……别把错误都归咎在自己身上。"

　　"可我怎么能不归咎在自己身上？"林锦旭红着眼眶看向舒澄，"诗姩虽然没有告诉我，但是最近她脸色一直不好看，我却一直傻乎乎地以为是她工作累着了！如果我能早点儿发现她的不对劲，或许今天的事情就不会发生了！"

　　"可现在事情已经这样了，你与其浪费时间自责，不如想想以后该怎么办。"舒澄冷静地说，"诗嫚现在是最脆弱的时候，你必须要比她坚强，才能带着她挺过难关。"

"我当然会的！"林锦旭立刻回应，但他很快又反应过来什么，问道，"你……这么说是什么意思？你不打算跟我抢人了？"

舒澄淡淡地苦笑了一下，说："她今天已经那么明确地拒绝我了，我再缠着她只会给她带来困扰。更何况，我看得出她心底对你还是有所留恋……不过，林锦旭，如果最后她仍旧选择拒绝你，那我或许会重新开始追她。"

"你不会有这个机会的。"林锦旭立刻回应道。

舒澄耸了耸肩，说道："好了，知道她醒了，那我就先回去了。等明天诗嫚稍微平静一些，请你帮我转告她，让她不要太难过，未来还有很多幸福在等她。"

"我会的。"林锦旭看着舒澄走远的身影，不禁开口，"对了，差点忘了说，今天谢谢你帮我拦着肖念玉。"

舒澄一边朝前走，一边说："别太感动了哥们儿，我是为了保护诗嫚。"

"哥们儿？"林锦旭重复了一遍这个词，问道，"现在我们还可以做哥们儿吗？"

舒澄的脚步微微停顿了下，说："或许过个十几二十年，我能彻底把诗嫚忘了，那个时候我们还能重新做哥们儿。不过我还是很荣幸，能认识你这样一个朋友。"

林锦旭认真道："我也是。以后，祝你一路平安。"

舒澄没有再回答，只是快步走进了电梯。

林锦旭对着空荡荡的走廊微微叹了口气。曾经舒澄是他最要好的朋友，可是现在，他们两个不得不走到如今关系决裂的地步。可是，没有办法，他不可能把最爱的姑娘拱手让给别人。他想，或许舒澄也跟自己有同样的想法。

所以就这么默默决裂，从此再不联系，或许对大家都好。

林锦旭重新走到了病房门口，他轻轻把门打开了一条缝隙，能隐隐约约听见诗婳伤心哭泣的声音。他的眉头不由得皱了起来，心口也是一阵疼痛。

他一定要想办法，让最爱的姑娘从苦痛中走出来。

两周过去后，诗婳的情绪稍稍比之前好转了一些，只是现在的她变得不爱说话，每天都只是躺在病床上，大部分时间都在盯着窗外的景色发呆。

起初的几天里，林锦旭如果过来照顾她或者安慰她，她就会情绪激动地把他骂走，如果他非要赖在原地不离开，她有时候甚至会用东西扔他。

诗婳也明白，失去孩子并不是林锦旭的错，可是她又怎么可能一点都不怪他？是他曾经喜欢过多年的那个肖念玉让她没了孩子，归根结底，不还是因为他吗？诗婳真的非常后悔，如果当初她没有爱上林锦旭，而是喜欢上了其他什么人，或许现在她早就幸福地步入婚姻有了孩子，也不用经历那么多的酸涩。

想着想着，看向窗外的诗婳不由得再度红了眼眶。而就在这时，病房的门忽然被打开了，是林锦旭提着午餐小心翼翼地走了进来。

"该吃午饭了，诗婳，你饿了吗？"林锦旭一边朝她靠近，一边轻柔地问她。

诗婳却没有理他。

经过前几天的撕心裂肺，她已经哭喊累了，不想再因为林锦旭而伤心失神，于是她开始学着无视他。

林锦旭却并不介意她的冷淡，他将食盒打开放在病床上的小桌子上，然后开始给她热情地介绍食物："今天我让厨师又给你做了点燕窝粥，昨天我看你好像很喜欢吃这个，来，咱们趁热尝尝好不好？"

他一边说，一边捏起勺子，将粥稍稍吹凉然后送到了诗嫚嘴边。前几天他这么做的时候，诗嫚经常会推开他甚至打翻桌子，可是现在，她只是机械性地张开嘴，面无表情将他喂的食物都吃下去。

林锦旭就这么认真而耐心地喂她吃完了整顿饭，然后摸了摸她的头发，拿出平板电脑，问她："我们一起看电影好不好？我昨天在网上发现一部特别搞笑的喜剧片。"

诗嫚不说话，他便当她答应了。林锦旭小心翼翼坐在床的一边，将诗嫚搂进自己怀里，然后打开了那部电影。

尽管电影剧情非常搞笑，可是诗嫚从头到尾都没什么反应，林锦旭也不刻意去逗她，只是轻轻摸着她的头发。电影看到一半的时候，他感觉到肩头有些发沉，低头看去，原来诗嫚已经靠在他怀里睡着了。

他忍不住低头轻轻在她额头上吻了一下，轻声说："睡吧，宝贝，我会一直在这里陪着你的。"

林锦旭就这么靠在病床上，保持着这个姿势一动不动，只为了让他心爱的姑娘能睡得安稳一点，最后自己也慢慢陷入了睡梦中。

一个多小时后，诗嫚从午睡中醒来，感觉到有轻柔的呼吸喷洒在她的侧脸上，她抬起头看了看。

只见林锦旭闭着眼睛，在睡梦中也微微蹙着眉，似乎在为什么事担忧的样子。他的脸比前些天瘦削了很多，下巴上也有来不及剃掉的胡楂，给他英俊的脸增添几分疲惫。

诗嫚收回视线，刚想要下床，抱着她的男人就警觉地醒来了，他揉了揉眼睛，拦住她紧张地问："怎么了？你要去哪里？"

诗婳没说话，继续低头穿拖鞋，林锦旭却明白了，他问："是要去卫生间吗？我扶你好不好？"

　　诗婳挥掉了他的手自己走进了卫生间。片刻后她出来时，看到林锦旭正在挂断一个电话。他将诗婳扶回了床边，对她说："我有点事情要出去一下，很快就回来，你乖乖待在这里别乱跑，好吗？"

　　诗婳闻言怔了怔，因为这是他陪在自己身边这两周以来，第一次提出要离开。之前林锦旭可是把自己看得十分紧，简直恨不得拿条绳子把两人拴在一起。

　　可是，现在，他忽然要出去？是终于厌烦了一直照顾这样的自己，所以打算放弃了吗？

　　诗婳不由得在心底嘲讽地笑了笑。她没说话，回到床上盖好被子，把脸埋了进去。

　　她听到林锦旭走到自己身边的脚步声，然后感觉到他用手摸了摸自己的脑袋，柔声道："你继续睡吧，我很快回来。"

　　要走就走吧，何必说这种话骗自己？诗婳挥开了他的手，又朝被子里缩了缩。

　　林锦旭没有再说话，他脚步匆匆地离开了病房，看上去好像真的有什么急事。

　　诗婳原本打算等他走了以后，自己就去办手续出院。她觉得与其让他抛弃自己，不如她来做这个主动离开的人。可是不知道为什么，当他真的离开后，她却只是睁着眼睛，把自己捂在黑漆漆的被窝里发呆。

　　不知道过了多久，诗婳在迷迷糊糊中忽然听见房门被打开的声音，她顿时清醒过来，掀开被子坐起了身，原本以为会看见林锦旭，此时此刻，站在房门口的却并不是他，而是她大学时的三个舍友。

　　看着她最要好最亲密的朋友们，已经连续三四天没说过一个字的诗婳，终于压抑不住心底的悲伤，捂着脸放声大哭。

赵小果、何楚珺、殷菲她们三个原本心底就不好受，此刻看到诗婳哭了，三个姑娘顿时也难受得红了眼眶，连忙快步走进病房，将诗婳用力抱住。

"别哭，别哭……"何楚珺轻轻拍着诗婳的后背，"诗婳，我们都来保护你了，所以你不要太难过，你……你还有我们……"

赵小果也哽咽道："对，我们会保护你的。诗婳，你要坚强一点，你在天堂的孩子肯定也不希望看到你这个样子……"

她这么一说，诗婳顿时哭得更惨了。赵小果顿时手忙脚乱，殷菲却拍了拍赵小果说："没事，让她哭出来吧，林锦旭不是说她一直不说话吗，把情绪一直压抑在心底更会出问题。"

赵小果点了点头，没有再试着去安慰诗婳，只是在她哭得太剧烈的时候，用手给她拍拍后背。

就这么过了十多分钟，诗婳才稍稍平静了些。她流着眼泪问朋友们："你们怎么会来的？"

殷菲解释道："是林锦旭接我们来的，他说你最近一直压抑自己不说话，所以让我们来开导你。"

赵小果则哽咽道："诗婳，你说你……这么重要的事，你为什么不告诉我们呢？如果知道你怀孕，我当时肯定不会同意你一个人来 B 市的……"

赵小果这么一说，诗婳的眼泪顿时又止不住了，她抽噎道："我……我之前也不知道，是来到这里才发现……我本来以为自己可以好好把孩子养大，可是他就这么没了，是我不好没有照顾好他……"

"千万别这么说，这不是你的错啊。"何楚珺连忙安慰道，"诗婳，我这么说可能有些残忍，但或许……这就是你跟这个孩子缘分还不够。

你可以伤心难过，但千万别因此弄坏了身体，你想想啊，或许这个孩子正在天堂等着你，你不把身体养好，以后怎么重新接他回来？"

殷菲也开口道："何楚珺说得虽然有点玄乎，但诗婳，你必须明白，有时候现实就是这么残忍，你只有坚强起来才能打败这些挫折。以前你在学校无论遇到什么事都那么勇敢，现在就因为这件事，从此一蹶不振了吗？"

听了她们的话，诗婳终于渐渐止住了泪水。她低头思索了一阵，最后缓缓点了点头，喃喃道："你们说得对，我不能继续这么消沉……我要坚强起来……"

三个姑娘见她重新有了生气，顿时都松了口气。大家又围在一起劝了诗婳许久，诗婳的精神状态终于渐渐恢复了正常，能够和她们聊一些别的话题了。

过了差不多半个小时，赵小果忽然想起什么，说道："哎呀，咱们聊了这么久，林锦旭是不是还在外面等着呢？"

何楚珺闻言跑去门口偷看了一眼，回来点头道："还在，他好像有点冷，一个人站在走廊墙边跺脚呢。"

几个姑娘顿时把视线投向了诗婳，小心翼翼地问："诗婳，不然……让他进来吧？走廊里也挺冷的，把人家冻坏了，也没人照顾你了。"

诗婳立刻赌气地说："我不用他照顾，等会儿我去办手续出院，以后再也不想见到他了。"

"别这么说嘛，我看他照顾你这么久也不容易，瘦了好多啊，我今天在机场见到他都差点没认出来。"赵小果说道。

诗婳奇怪地看着她们："你们是怎么了？之前你们可都是不赞同我和林锦旭在一起的，现在为什么开始帮他说话了？"

"咳咳……"赵小果摸了摸鼻子，解释道，"以前我们确实觉得他不靠谱。可是发生了这么多事，我感觉他现在好像真的变了，我不是他的托儿哦，但是……诗婳，我觉得或许你真的可以再给他一次机会……"

何楚珺也点头道："我也觉得。"

诗婳又扭头去看殷菲，对方说："虽然我一直不相信男人会变好这种鬼话，但林锦旭的确和以前不一样了。至于怎么做，还得你自己决定。"

诗婳低头想了想，很小声地问了一句："走廊……真的很冷吗？"

"嗯嗯嗯，真的！我刚刚开门朝外偷看的时候，被冷风吹得飕飕的！"何楚珺连忙说道，"那……你看，我还是把他叫进来吧？"

诗婳没回答，何楚珺和其他两个姑娘笑着对视了一眼，知道她这就是同意了，连忙跑出去把林锦旭叫了进来。

林锦旭进屋后还有点局促，说："不然我还是出去吧，我在这儿会不会影响你们？"

"不会。"赵小果连忙说，"聊了这么久诗婳也有点累了，你照顾她休息吧，我们就先走了。"

诗婳顿时一惊，不舍道："你们这么快就走吗？"

"不是不是。"赵小果解释，"我们来得匆忙，都没吃晚饭。我们三个先去外面吃了晚饭再回来看你。在此期间，你就让林锦旭照顾你吧。"

说完，赵小果就连忙拉上另外两个姑娘飞奔出去，诗婳连个叫住她们的机会都没有。

房间里只剩下林锦旭和诗婳，气氛顿时再度变得紧张起来。

林锦旭想了想，鼓起勇气走到诗婳面前，温柔地试探着问："你饿了吗，我去给你——哎……"

他话还没说完，诗婳的小拳头就朝着他砸了下来。林锦旭也不躲开，就这么任由诗婳揍他发泄情绪，看着她鼓着脸气呼呼揍他的样子，他甚至忍不住露出了笑容。

诗娴看到顿时更生气了，怒道："你笑什么笑！有什么好笑的！"

林锦旭抓住了她的手，放在唇边亲了一下，说道："因为你好久没有理过我了，所以就算是打我，我也很高兴。"

"有病！这有什么好高兴的！"诗娴继续用拳头打他，"我打你是因为我生气，谁让你不经过我同意就把我朋友叫过来的！"

"我……我这是实在没办法了啊。"林锦旭认真地解释，"我只是想让你尽快开心起来……"

"可我现在一点都不开心！我讨厌你，林锦旭我讨厌你！啊——"

她正说着，面前的男人忽然将她一把抱进了怀里。诗娴听见他在自己耳边轻声道："嗯，讨厌我也没关系，只要你不是一直不理我就好了。以后你想对我做什么都行，只要你开心就好。"

他的胸膛太过温暖，诗娴一投入就不受控制地红了眼眶，但还是倔强地说："谁说我开心了，天天被你这家伙缠着，我一点都不开心……反正我现在身体也没事了，不用你再管我，你不用再为了什么负责任而照顾我了……"

"我承认两年前，我的确是为了对你负责任才答应跟你在一起的。"林锦旭认真道，"我也知道我的这种做法一直在伤害你，这都是我的错，你怎么怨我骂我，我都接受。但诗娴我向你保证，现在我选择陪在你身边，并不是为了什么男人就要负责任的鬼话，而是因为我真的爱你。现在我心里只有你一个人。"

诗娴的眼泪忍不住坠落下来，脆弱地说："你骗我，你根本从来就没爱过我……"

"我没骗你，诗娴，现在我已经很清楚自己心底的想法了。"林锦旭一边帮她擦眼泪，一边解释道，"你或许不相信，可是其实……我在咱们上大学的时候就喜欢上你了。也许是从你陪我熬夜做司仪队的文稿开始，也许是从你在我喝醉时安慰我开始，我不清楚确切的时间和原因，可是你真的一点点融进了我的心里。只是……我的偏执让我忽略了这件事。

"从前在大学校园里，追我的姑娘那么多，可是你有见过我跟她们任何一个做朋友吗？我从来都是立刻拒绝她们的，但只有你……在你告白之后我也没舍得远离。可是那个时候我太傻了，我总觉得既然我是喜欢肖念玉的，就绝对不会改变，但我却不知道自己的感情已经在悄然中变化了。

"诗娴，我知道我现在只是这么告诉你，你不会立刻就相信我，但请你给我一点时间，让我以后慢慢证明给你看好吗？我一定会成为你想要的男人，好好照顾你，让你以后不再孤单，把以前欠你的幸福全都成倍成倍地补偿给你，好不好？"

林锦旭深情地望着他深爱的姑娘，诗娴却不愿意回望他的眼神，只是小声啜泣地看向窗外。

林锦旭轻轻捧起她的脸，用轻柔的语气说："你要是不吭声的话，那我就当你答应了。"

诗娴眨了眨眼，刚想开口说她才没答应，但嘴唇就被面前的男人忽然吻住了。她微微睁大了眼睛，明明想要推开他的，可是不知为何使不上力气。属于林锦旭的熟悉气息牢牢将她包围，让她觉得无比辛酸，却又夹杂着那么一丝丝感动。

她慢慢闭上了眼睛，任由自己被林锦旭的温柔亲吻包围。过了许久许久，林锦旭才放开了她，摸了摸她的额头，说道："我去给你拿晚餐，你等我一下。"

诗娴轻轻应了一声，然后忍不住说道："你……你不要太得意了，我刚刚是没有反应过来，才让你……让你……反正我还没有原谅你呢！"

她话刚说完，林锦旭就又在她脸上快速亲了一口，微笑着说："没关系，以后还有那么长时间，我一定不会让你逃走的。"

　　几天后，诗婳办理了出院手续。林锦旭和诗婳的三个好友一起接她出了院。诗婳原本是打算继续住在公司宿舍的，可是林锦旭这些天一直跟她软磨硬泡，非要让她搬去跟他一起住。

　　一开始诗婳自然是不同意的，她说："我好久不工作，有些知识都忘了，现在每晚都要认真看书，才不想让你打扰我。"

　　林锦旭连忙道："我不会打扰你的，我保证一定在你身边乖乖的，不发出一点声音。晚上你看书累了，我还可以给你捏捏肩膀送点儿夜宵，不是很好吗？"

　　诗婳还是不愿意："可你不是住在酒店吗，酒店住着一点都不方便啊……"

　　"谁说的？我已经把房子买好了，只要你愿意，咱们立刻搬过去都行。"

　　诗婳闻言顿时被吓了一跳，问道："你在 B 市买房子了？什么时候的事啊？"

　　"刚来那几天就在办手续了。"林锦旭认真道，"你不是打算在这边工作吗，既然这样，那我肯定要陪着你了。"

　　"可你……可你的公司怎么办？还有你爸妈……"

　　"公司可以远程办公啊，再说，实在不行，我把公司搬过来也可以。"林锦旭抱着她，一边轻轻摇晃一边说，"我爸妈那儿就更别说了，他们可是一直很着急，就希望我赶紧把你追回来，自然是都支持我了。诗婳，你看我对你好不好？"

　　看着这个帅气男人努力讨好自己的温柔模样，诗婳连忙把头扭了过去，明明心底觉得暖烘烘的，可是说出的话还是没什么温度："不过是两三天的热度罢了，谁知道你能坚持多久……别到时候后悔了又怪我耽误你……"

"我不会的。"林锦旭在她脸颊上吻了一下，"现在你就是我生命里最最重要的人，我会努力让你幸福一辈子的！"

诗婳微微红了脸，试图推开他："你的情话是跟谁学的，太老土了好不好！不要说了！"

"不行，我就要说，除非你答应跟我一起住！沈诗婳我爱你我爱你我爱你——"

诗婳被他闹得实在没办法，最后只好答应等出院后搬去他的新房子住。

为了方便诗婳上班，林锦旭把房子买到了离她公司很近的一个高档小区，房子是二百多平方米的大平层，里面的家电设施全都配套齐全，两个人可以舒舒服服地直接住进去。

尽管如此，入住后林锦旭还是有些不安，他拉着诗婳的手在房子里转了一圈，说："我当时买得急，所以屋里的家具都是地产商给配套的，你要是有哪样不喜欢，咱们就换新的。"

诗婳摇摇头："为什么换掉啊？我看都挺好的，你不要浪费钱。"

林锦旭搂着她说："好，那就都听你的。"

到家后已经是夜晚了，诗婳稍稍整理了一下房间里的东西，便坐在卧室的书桌前开始看书。而林锦旭也真的像他说的那样乖巧，一直安静地没打扰她。

一个多小时后诗婳合上了书，有些困顿地揉了揉眼睛，她起身去简单洗漱了一下，人才刚刚从卫生间里出来，就被林锦旭一把抱住了。

"你干什么呀？"

诗婳想推开他，他却一边用下巴蹭她，一边说："不早了，宝贝我们一起睡觉了。"

　　"谁要跟你一起睡了，以前你不是一直要睡客房吗？"诗婳瞪他一眼，"去，自己一个人睡客房去。"

　　林锦旭立刻露出可怜的神情，搂着她说："我不，我要跟你一起睡，明明在医院病房你都愿意跟我一起睡的。我要每天早上醒来都能第一眼就看见你。"

　　他一边说着，一边忽然将诗婳拦腰抱起，然后温柔地放在了床上低头去亲她。诗婳无奈道："好了好了，别闹了，你先去把胡子刮了好不好，很扎人啊。"

　　林锦旭又亲了她一下才笑着说："我这就去。"

　　他很快洗漱完毕回来，立刻躺上床将诗婳抱进了怀里，又用下巴蹭了蹭她的脸，问道："现在不扎了吧？"

　　诗婳嫌弃地说："你放开我啊，这么睡觉很热的。"

　　"胡说，眼看都冬天了，两个人抱着睡才不会感冒。"林锦旭有条有理地说，"我这是为了你的身体着想。"

　　诗婳简直都想翻白眼了，她索性不理会他，闭上眼睛想要尽快入睡，可是没过多久忽然感觉到林锦旭在轻轻摸自己的小腹。

　　她缓缓睁开了眼，就看见他带着一种自责的神情，小心翼翼地轻声问她："现在这里还会不会疼？"

　　诗婳的心不由得变得柔软起来，说道："你傻呀，早就好了。别乱想了快睡吧。"

　　"嗯。"林锦旭将她抱紧了几分，认真道："宝贝，以后我绝对不会再让你受伤了，绝对不会。"

　　"知道啦，知道啦。"诗婳打了个哈欠，靠在林锦旭温暖的胸膛让她渐渐有了困意。

可是林锦旭显然精神很好，他开始亲吻诗婳的脸颊，这儿亲一下那儿亲一下，仿佛要把这些年欠她的亲吻一次全补回来似的。然而被打扰到睡眠的诗婳并不高兴，她愤怒地踹了他一脚，说道："林锦旭，你再不让我睡觉信不信我让你去跪榴梿！"

被训斥的林大少爷只好可怜巴巴地朝被窝里缩了缩，小声道："我知道错了。"

诗婳瞪了他一眼，翻了个身用后背对着他睡觉。可是没过多久就又感觉到这家伙缠了上来，不过这回他没敢再亲她，只是用温热的手掌贴着她的小腹。诗婳微微怔了怔，最后没有挣脱开，而是轻轻把手覆盖在了他的手上。

她顿时感觉到林锦旭的身体颤抖了一下，然后立刻把自己抱得更紧了。诗婳带着幸福的无奈叹了口气，罢了罢了，就这么凑合着睡吧。

两个人就这么在新房子里开始了新生活，和以前相比，林锦旭变得非常黏人，从前她的确很希望林锦旭能对自己的爱有所回应，可是现在他这一回应起来也太过热情了，让她有时候甚至想要稍微躲开一点。

可是他身上的味道，和他温暖的体温又是那么让她沉迷，她只好一边数落他，一边任由这个男人用温柔将自己包裹起来。

这天傍晚，两人回到家吃完饭后，林锦旭忽然拉着诗婳说："宝贝，我带你去一个地方。"

诗婳很是不解："怎么突然要出去？去哪里？"

林锦旭却不告诉她，只是说："你跟我来，很快就知道了。"

诗婳只好跟着他出了门，林锦旭开车带着她，来到了 B 市的一条小河附近。虽然冬天的夜晚很冷，但此刻小河的两岸站着不少人，很多人手里都捧着河灯，而河面上也漂浮着不少河灯，一盏盏河灯在夜色的映衬下缓缓漂浮，远远看去，给人带来一种淡淡的怅然感。

林锦旭跟她解释道："每个月的初一和十五，这里都有放河灯为故去的亲人祈福的习俗。诗婳，虽然你不说，但我知道你肯定还在想着我们没能出世的宝宝，我们也给他放盏河灯好不好？如果他收到我们的祈福，来生一定会幸福的。"

诗婳捏了捏发酸的鼻子，轻轻点了点头。

于是林锦旭从车上拿出他提前准备好的河灯，点亮后放在诗婳面前，问道："要在上面写祈福语，然后再放进河里。诗婳，你想写什么？"

诗婳没想到他带自己出来是为了这件事，一时间还有些缓不过神，她摇了摇头："我……我也不知道……"

"那就让我来写吧，我就写……爸爸妈妈祝宝宝在天堂里幸福快乐，好不好？"林锦旭轻声问道。

诗婳只觉得眼眶越来越酸，她点了点头。于是林锦旭便蹲下身，认真在河灯上写下了这些字，然后拉着诗婳的手，跟她一起将河灯放在了水面上。

看着河灯渐渐顺着水流漂走，诗婳的眼泪终于控制不住滚落下来，林锦旭将她轻轻抱住，拍着她的背安慰道："我知道你难受，但我们必须一起努力战胜忧伤，慢慢学着向前看，好不好？"

诗婳在他怀里轻轻点了点头。

林锦旭松了口气，又故意逗她说："还有啊，我跟你保证，以后我们肯定会有宝宝的，你想要多少我们就生多少个，好不好？"

诗婳听了忍不住用力捶了他一拳，哽咽道："谁要跟你生那么多！"

林锦旭亲了一下她的侧脸："好好，那生多少都听你的，好不好？不要哭了。"

诗婳抽泣着靠在他胸口，做了几个深呼吸，终于将压抑在心头许久的话说了出来："锦旭，对不起……孩子没了，我之前不该迁怒你的，我知道这不是你的错……"

"没关系，都过去了。"林锦旭摸着她的长发，"更何况你为什么不能迁怒我？以后我就是给你遮风挡雨的男人，无论你心里有什么不满或者酸涩，都可以告诉我让我来承受，我爱你，所以我心甘情愿为你做这些事。"

他的话再度让诗婳泪流满面，只是这一回，她的眼泪并不是因为失去孩子而悲伤，而是因为感动。

安静地靠在林锦旭的胸口，诗婳渐渐重新有了信心，也许这一回，她真的找到了幸福也说不定。

两人就这么在 B 市相处了一个多月，诗婳原以为她和林锦旭之间肯定会有很多需要磨合的地方，但出乎意料的是，他们的小日子过得十分平静安稳。

林锦旭真的变了，变成了一个成熟的男人，有他在身边陪着，解决他们生活里的一切小问题，诗婳终于久违地体会到了那种"家"的温馨感。

可是这天傍晚，两人一起回到家后，林锦旭的表情却看着不太对劲。诗婳很快察觉到了，不禁担心地问："你怎么了？接我回来的路上就一直不太说话，遇到什么麻烦事了吗？"

林锦旭看了看她，这才犹豫着说道："也不是麻烦事。就是这不眼看要过年了吗，下午我妈给我打电话，她想让我带你一起回 S 市过年，可我怕你不愿意，所以……"

诗婳愣了下，问："你就是为了这件事在纠结吗？"

林锦旭老实地点头："嗯……你要是不想回去，咱们俩在这里过年也行。"

　　诗嬿微微睁大眼睛："你瞎说什么呢？过年这么重要的日子，肯定要回去跟家里人一起过啊，阿姨既然愿意叫我，我当然愿意去。"

　　"真的？你愿意跟我一起回去？太好了！"林锦旭惊喜万分，一把将诗嬿抱在怀里亲了几口，"我还怕你没做好准备，觉得跟我回家一起过年太正式了……"

　　诗嬿一边推他一边说："只是回去过年，又不是就答应嫁给你了，你不要太自作多情好不好。"

　　"我不管，反正你答应跟我回去，那就是我林家的人了，别想从我身边逃走！"林锦旭开心又得意地搂着她。

　　诗嬿看着他这前后反差如此之大的情绪变化，忽然觉得有些不对劲儿，微微眯起眼睛问道："林锦旭，你是不是故意给我挖坑呢？刚刚装得那么郁闷的样子，是不是想让我心软答应跟你回去啊？"

　　林大少爷立刻瞪大了无辜的双眼，说道："没有啊，我刚刚是真的很担心你不同意来着！诗嬿，你怎么可以这么不相信你未来的老公呢！"

　　"老公你个头！我认识你多少年了，还能不清楚你吗？"诗嬿鼓起了河豚脸，开始用拳头揍他，"你刚刚就是装的！你这个狡猾的男人，害我担心了一路，我还以为你公司出事了呢！"

　　林锦旭笑着抱住她，说道："好好，是我错了，宝贝不要生气，我以后再也不敢了。"

　　两个人又闹了一会儿，诗嬿这才渐渐消了气。当然，答应了跟林锦旭一起回家过年的事还是不会改的。

　　那之后，她和林锦旭就陆续准备了许多年货，在除夕那天两人一起回到了 S 市。

　　其实过去那两年过年时，她也会跟林锦旭一起回家吃饭，但每次都是吃完晚饭后就一个人悄悄躲上楼。因为林家过年时家族聚会的人很多，但她当时能感觉到林锦旭并不是很想把她介绍给家里的人。

可是这一回，两人才刚刚走进家门口，林锦旭就拉着她的手，把诗婳带到他家的亲戚面前，热情地跟众人介绍道："这是我女朋友，沈诗婳。"

看到林锦旭如此正式的态度，亲戚们对诗婳自然也很热情，把她从头到脚都夸了一遍，还有人说："看你这么在乎她，那就赶紧拿个戒指把她套牢，省得人跑啦。"

林锦旭听了，看向怀里的诗婳，小声嘟囔："我也想啊，可是人家连我叫她老婆都不愿意……"

诗婳看着他越发热切的眼神，生怕这家伙一个激动直接现场下跪求婚，连忙说："我……我去那边拿点儿吃的，你先跟大家聊吧。"

说罢，她也顾不上林锦旭略显失望的神情，连忙逃开了。

说实话，以前诗婳的确非常想嫁给林锦旭，可是经历了这么多事之后，她对结婚这件事没那么急切了，她觉得自己还要再观察他一段时间，才能确定这个男人是否的确想跟自己过一辈子。

更何况，现在她心底除了结婚，还有了另外一个新的打算……

诗婳正想着呢，肩膀就忽然被人拍了拍，她回头一看，发现林母站在面前，连忙道："阿姨好。"

林母笑着拉住她的手，把她带到大厅一个无人的角落，关切地问："刚刚人多我都没来得及问你，回来的路上还累吗？"

"不累，锦旭他把我照顾得很好。"诗婳说道。

林母听了不禁欣慰地笑了笑，说："想不到我那个幼稚儿子也有学会照顾人的一天，这下我终于能放心了。诗婳，阿姨有件礼物要给你。"

诗婳本以为她是想送自己什么年货，谁料林母却拿出了一个首饰盒。

当她看见盒子里装着的水绿色玉镯时，顿时瞪大眼睛说道："阿姨，这个太贵重了，我不能收。"

林母温柔地笑道："这是我婆婆当年给我的，说让我以后传给相中的儿媳妇。贵重嘛，自然是贵重的，所以它也当然配得上你。"

她一边说着，一边把镯子戴在了诗婳的手腕上。

诗婳想要拒绝，林母却又说道："诗婳，这个你一定要收下，好吗？阿姨知道你和锦旭现在还没走到结婚那步，我也不是想用这个东西逼你。我只是想告诉你，在我心里你已经跟我们是一家人了。更何况，你为了锦旭受了那么多苦，阿姨如果不补偿你一点，我心底真的过意不去……"

诗婳被林母这番真切话语打动了，实在是说不出拒绝的话，最后只能点头道："那……谢谢阿姨，我会好好珍惜这个镯子，也会好好跟锦旭相处的。"

林母听了顿时舒心地笑了，点头道："那就好。至于你们以后想什么时候结婚，我和你叔叔绝对不会打扰，你们自己看着办，好吗？"

诗婳点了点头，感动道："好，我会的。"

两人又聊了几句，便一起回到大厅和客人们聚在了一起。众人在外面的爆竹声和热闹的电视节目声中热切地聊着天，直到十二点的钟声响起，大家才渐渐散去，回到各自的房间休息。

诗婳也回到了卧室，然而一进门，就看见林锦旭坐在床边一脸不高兴的样子。她不禁叹了口气，走过去摸了摸他的脸，说道："怎么啦？还在因为我刚刚躲开你的事情生气呢？大过年的，不要这样嘛……我……我只是还没准备好……"

"嗯？不，我不是因为这个。"林锦旭将她抱在腿上坐好，这才解释道，"我知道你现在还有些不安，所以我不会逼你立刻嫁给我的。我心情不好是因为刚刚有人打电话跟我说，肖念玉跑到国外去了，恐怕很难找到她，所以我生气，没办法让她受到应有的惩处……"

"过年这么好的日子，何必为了这种人生气。"诗婳说，"没关系的，日子这么长，以后肯定能找到她的。"

"嗯！"林锦旭点了点头，发现她手上的玉镯，眼睛一亮，"这个镯子！我妈送你的？你收下了？那也就是代表——"

诗婳堵住了他的嘴，无奈道："打住打住，我承认镯子我是收下了，但是我还没答应成为你家的媳妇呢。"

"为什么啊？难道你看不出我有多爱你吗？我就差把心掏出来给你看了……"林锦旭不无委屈地说道。

诗婳叹息道："我知道……只是，我最近有了一个新的计划，一直没敢告诉你。锦旭，我想继续去读书。这阵子上班我感觉自己有很多地方都跟不上，所以想要去深造一下。可如果我真的要认真读研的话，也没工夫跟你经营家庭生活啊……"

"读研？这有什么不敢告诉我的？"林锦旭说道，"这当然好啊，难道你怕我不答应吗？我肯定是支持你的啊。"

诗婳瞥了他一眼："哼，现在说得好听，那以前你连我去上班都不让，该怎么说啊？"

林锦旭红了脸："咳咳，我……以前我那不是幼稚不懂事嘛。更何况当时你们公司领导一直对你有意思，每次我去接你下班都看见他在讨好你，差点没气死我，难道你没看出来吗？"

诗婳茫然道："啊？领导讨好我？我怎么什么都不知道……"

林锦旭不无得意地说："不知道也好，反正现在他也没机会了。总之，诗婳，你以后无论想做什么我都会支持你的，你不用担心。"

诗婳咬了咬嘴唇："但我一读研就是两三年，我们结婚的事不就……"

"现在读研也能结婚啊，不影响什么，你要是真的觉得不方便，那等你读完再结婚也是一样。你也不用担心没时间陪我，你放心，我会每天都缠着你的。"林锦旭蹭着她的脸亲密地说道，"只是……不管怎么说，你总得给我吃颗定心丸吧？"

诗嫚不解道："什么定心丸？"

林锦旭笑了笑，忽然从口袋里掏出一个绒布小盒子。诗嫚在看到它的一瞬间就猜到了那是什么，她的心跳顿时不受控制地加快起来。

林锦旭让诗嫚坐在床边，自己单膝下跪在她面前，然后将盒子缓缓打开，里面的钻戒在灯光的照耀下发出璀璨的光芒，诗嫚听到他真挚地说："诗嫚，答应嫁给我好不好？我们不用立刻就结婚，我愿意等到你做好准备的那天，只是……我需要你答应我，这样你就没办法从我身边逃开了。"

诗嫚吸了吸酸涩的鼻子，问："戒指你是什么时候买的？"

"在我知道心底爱着的人是你的时候，就买了。"林锦旭温柔地望着她。

诗嫚傲娇地哼了一声，说："还是那么自作主张，也不问问我喜不喜欢这个样式，就擅自买了。"

林锦旭有些慌了，连忙道："你不喜欢这个样子的钻戒，我可以去买新的！我现在就去，你等我一下！"

说着他就起身往外跑，诗嫚连忙把他拽住："你傻呀！大过年的谁给你卖钻戒！我……我逗你一下而已啦。"

林锦旭回头看向她，忐忑又激动地问："那……那你答应了是不是？"

诗嫚伸出手说："让我试试吧，要是戴着不合适我就不嫁给你了。"

林锦旭连忙把戒指戴在了她手上，认真道："肯定合适的，以前你不是经常拉着我的手吗，我记得你手指的尺寸是多少。"

诗嫚本来觉得他在吹牛，却没想到那枚戒指戴在自己手上真的正好合适。她勾起了嘴角，却还是佯装无奈道："怎么会这样啊……好吧，那就勉为其难答应你了。"

她话刚说完，面前的男人就激动地抱住了她，开始热切地亲吻她。

诗婳被他亲得十分无奈，喊道："好了好了，我要喘不过气了……"

林锦旭又不舍得啄了啄她的嘴唇，这才用额头抵着她的额头，温柔道："那，从现在起我可以叫你老婆了对不对？"

诗婳只好点了点头，林锦旭开心地抱起她在原地转了一圈，然后喊道："老婆老婆老婆……"

他正喊着，窗外忽然亮了一下，原来是有人在不远处放烟花。

林锦旭开心地抱着诗婳走到窗边，搂着她说："老婆，我答应你，我一定会让你幸福一辈子的。"

烟花是如此美丽，而身边的男人又是如此温柔，诗婳再也无法傲娇下去，她忍不住把脑袋靠在了他胸口，渐渐红了眼眶。

一年后的某天，正是举行考研的日子。

林锦旭将车子停在了考场外的不远处，有些紧张地看向身边的诗婳，问道："东西都带齐全了吧？饿不饿？要不要吃点儿什么再进考场？"

诗婳无奈地说："不用啦，我说林锦旭，今天到底是我考试还是你考试，你怎么比我还紧张？"

"老公我这是关心你啊！"林锦旭不无委屈地说，"还不是怕出什么问题……"

"不会的，我都准备好了，你还不相信我的实力吗？"诗婳摸了摸他的脸，"你呀，就在外面乖乖等我考完出来好了。"

林锦旭又凑过来亲了她一下，这才不舍地放诗婳下车了。

谁料她刚刚朝着考场走出几步，林锦旭又把脑袋从车窗里探出来，大喊道："老婆我爱你！考研加油！"

　　旁边几个准备进场的考生听到他的话，·不禁都笑了出来，诗婳无奈地回头瞪了他一眼，见他老老实实坐回车里，这才转身继续朝前走。

　　其实以前在大学考试时，诗婳难免还是有些紧张的。可是今天不知为何，她一点都不担心，或许是因为她比以前成熟了，又或许……是因为那个男人在背后默默支持她吧。

　　想到这里，诗婳摸了摸手上的钻戒，然后带着微笑更加坚定地走向了前方。

　　更加坚定地，走向了她和林锦旭共同的美好未来。

执着的舒澄

番外

"你这个没出息的败家子！"

伴随着父亲这句恶狠狠的话语朝着舒澄一起袭来的，还有他扔过来的一只玻璃杯。

舒澄并没有躲，他只是安静地坐在沙发上，任由玻璃杯在他的额头前碎裂，任由鲜血从他的脸上缓缓蜿蜒流下。

一旁的舒母看到这一幕，顿时惊恐地喊了一声扑过来挡在了舒澄面前，双眼通红地看着丈夫说："有什么火气你就朝我发吧，不要打儿子，他又没做错什么……"

"你还敢说他没做错什么？"舒父顿时没好气地反问了一句，"这些年我在公司给他铺了多少路，给他搭了多少人脉，结果现在他一声不吭，说辞职就辞职，这不是忘恩负义是什么？不是不孝败家是什么？"

舒母一向是软弱的，被舒父这么一吼，不禁胆怯地朝后缩了缩，但还是努力小声为儿子辩解道："可是儿子只是想暂时辞职休息一段时间，之前他跟你一起打理公司也挺累的……"

　　"他有什么累的？公司里哪件大事不是我扛着，可他呢？就花着老子赚来的钱在酒吧胡混而已！"舒父继续指责道，"他要是真的能干出什么大事业，那辞职也没什么，可是他呢？我问他为什么要辞职他也不说，一看他就根本对未来没有任何规划！这种儿子我还要他干什么？"

　　说到最后，舒父又指着舒母的鼻子添了一句："全都是你这个女人给我养出的好儿子！我在外面赚钱累得要死要活，你连个家都管不好，我要你有什么用！"

　　听到这里，一直默不吭声的舒澄终于忍不住缓缓握紧了拳头。因为这早就不是他第一次听见父亲这么责骂母亲了。

　　从他很小的时候起，就经常听到父亲用类似的话责怪母亲。舒澄的学习成绩下降了，父亲要怪她；公司经营得不好了，父亲要怪她；什么人给他脸色看了，父亲回到家还是要怪她。总之什么事落到最后，都是母亲的错。

　　可是，事情根本不是父亲说的那样。

　　舒母是千金小姐，她的父亲，也就是舒澄的外祖父一手创建了一家大型实业公司。舒母过得无忧无虑，所有人都把她当成公主一样宠着，但或许是她在这样的环境里生活得太久，心思单纯看不清外界险恶，不知怎的就爱上了当时出身贫困、在舒澄外祖父公司打工的舒父。

　　当时的舒父除了有一张英俊的脸和能说会道的嘴，就再也没有其他亮眼的地方，所以家里的大部分人都不同意舒母跟他在一起。奈何她偏偏像是中了邪一样，只想跟舒父在一起，在家里闹得要死要活，最后舒澄的外祖父只能无奈地松了口。

舒母本以为这会是她幸福生活的开始，却没想到她与舒父的这段婚姻，会毁掉她的一切。

结婚没多久，舒父的本来面目就渐渐显现出来，之前在妻子面前伪装的甜言蜜语和伏低做小全都不见了，开始仗着自己是家里的男主人作威作福。舒澄外祖父的年纪也渐渐大了，他只有舒母这一个孩子，舒父便借机一步步侵占老丈人的公司。

当时也不是没有明眼人劝过舒母离婚，可她那时已经怀上了舒澄，又对丈夫死心塌地，别人说她丈夫的坏话她全都听不进去，所以后来渐渐也就没人管她了。

后来没过多久，舒澄的外祖父便去世了。这下舒父更加耀武扬威，全部掌管了公司不说，在家里也根本不把妻子放在眼里，甚至在她怀孕的时候就把外面的女人带回家中。

而舒母则整日以泪洗面，只希望等她生下孩子，丈夫或许能看在孩子的分上回心转意。

很显然，她并没盼望到自己想要的结果。她的丈夫变得越来越过分，软弱的舒母除了跟亲戚哭诉，根本没有别的办法。

这些事情，全都是在舒澄长到七八岁的时候，家里的亲戚还有公司的高层偷偷摸摸告诉他的。小的时候，舒澄还听得半懂不懂，可是随着他一天天长大，看着母亲整日被父亲这样忽视和折磨，在家中搂着他哭泣，他心中也渐渐开始憎恨这样不负责任的父亲。

于是他学着抗争，学着去保护母亲，却因为自己年龄还小没有能力，每次都失败。被父亲用东西砸脑袋，又或者是挨打早就是习以为常的事情了。但是这些舒澄都不在乎，他只希望自己能够带着母亲逃离这个家，让她过上安稳幸福的生活。

所以他开始努力学习，努力去交际，想要尽早靠自己的本事赚钱从家里离开。在他考上大学之后没多久，就和朋友们合伙投资赚到了钱，当时他十分高兴，他觉得自己终于有能力保护母亲了，他开心地回家跟母亲说想带她离开，然而迎接他的却是母亲的一个巴掌。

　　那是温柔的母亲第一次动手打他。

　　他永远都记得母亲双眼通红地对他说："妈妈辛辛苦苦把你养大，就是想让你有出息，这样你爸爸才会高兴才会多回家，你怎么可以说让我跟他离婚这种话！"

　　舒澄被打蒙了，片刻后才反应过来气愤地说道："妈，你怎么就是不明白，爸他根本就不爱你，你为什么要在不爱你的人身上耗一辈子？"

　　"这件事跟你没有关系，不用你插手！"母亲立刻激烈地说道，"以后我不许你再提到这件事！我这辈子除了你爸，其他什么人都不要！"

　　舒澄也激动起来，嘶哑地喊道："为什么？我爸那种人渣到底有什么好的？"

　　母亲哭着说："你现在不会懂的，因为你还没遇到真正喜欢的人。当年我看到他的第一眼我就知道，这辈子我都无法从他身边逃开了……这是没办法的事……"

　　舒澄确实不懂，他也觉得自己不必懂。如果真爱就是这么个能毁掉别人一生的鬼样子，他宁愿一辈子都遇不到那个真爱的人。

　　自那之后，他身上的那股斗志就消散了不少，毕竟连他母亲自己都不肯面对现实，他再怎么努力又有什么用呢？

　　于是他渐渐学会了胡作非为，开始和他在生意场上认识的那些朋友去酒吧里胡混、泡妞。他开始用这种颓废的生活方式来逃避不如意的现实。

　　尽管舒澄从小到大最恨的人就是他的父亲，可是不知不觉中，他却渐渐变成了和父亲一样的人，都是那么喜欢花天酒地胡作非为。他一边憎恨着这样的自己，一边又冷眼看着这样的自己陷得越来越深。

他想被拯救，却根本没人能够救他。既然如此，那就这么继续沉沦下去吧。

舒澄带着这样绝望的心态浑浑噩噩地活着，对未来的日子没有一点期待，就在他以为自己的这辈子就要这么完蛋的时候，一切却忽然变了。

因为他遇到了那个人，遇到了，他的诗婳。

他到现在都记得第一次见到诗婳那天的所有细节。

那天的夜色很亮，车窗外的星星在夜空中闪闪发光，而那个叫沈诗婳的姑娘就那么小心翼翼地从座位上转过头，用水润的大眼睛好奇地打量他，就仿佛从树林间悄悄探出脑袋的小鹿一般可爱。

他回看向她后，她很快被他投过去的视线吓得转回了身。他看着她像受惊后的可爱反应，一直沉闷的心情不知怎么就变得轻松起来。

这是个很漂亮的姑娘。其实舒澄这段时间天天花天酒地，漂亮的姑娘他也见了不少，可是沈诗婳不一样，她身上带着一种很天然的清纯气质，是那种看上去就需要保护的类型。

这样的女孩子他还从未接触过，他不禁对她有了点兴趣，可他很快意识到沈诗婳是跟着他的好哥们儿林锦旭一起来的，难道……她是林锦旭的女朋友？可是林锦旭不是一直喜欢肖念玉吗？

舒澄将这个疑惑问出了口，很快被林锦旭激烈地否认了，原来诗婳只是他的学妹，他今天顺路送她回宿舍。

可尽管如此，舒澄还是察觉到了林锦旭对待沈诗婳的不同。林锦旭平时是对别人很好，但这还是他第一次见林锦旭对肖念玉之外的姑娘这么照顾。

而沈诗婳对林锦旭的爱慕更是藏都藏不住，开车的路上，他注意到她一直偷偷用含情脉脉的眼神打量林锦旭，也就是林锦旭这个粗线条还没察觉。

起初他还能用旁观者的态度去看他们之间的交流，可是不知怎的，他的视线渐渐就黏在沈诗婳身上挪不开了。

那天晚上，林锦旭把他送到了附近的酒店休息，在离开之前他忍不住开口问林锦旭："喂，哥们儿，你真的对那个沈小师妹没意思？"

林锦旭听了就来气，拽着他的领子说："没有！而且我告诉你，你也别想打她的主意，人家是正经女孩子，你要是敢做什么伤害她的事我一定不放过你！"

舒澄不认同地耸耸肩："我也可以是正经男人啊。"

"你就算了吧！"林锦旭白了他一眼，就把他扔在酒店匆匆离开了，他知道林锦旭肯定是在担心还在车里等待的沈诗婳。

他栽倒在大床上想要睡觉，因为晚上刚刚撞了车，他身体本身是有些疲惫的，可不知道为什么，他怎么都睡不着，脑袋里一直回想着诗婳回头看他时那个湿漉漉的眼神。

他本以为过上几天自己就能把这个只有一面之缘的姑娘忘掉，但接下来的几天，无论他在做什么，诗婳的脸都会莫名其妙地从脑海里冒出来，心情也变得越来越焦躁。

于是他找了个借口去林锦旭学校找他，想着能不能遇到诗婳，当他站在司仪队的会议室外面，看着诗婳安静地坐在座位上开会的样子时，内心的焦躁情绪忽然就消散了。

他就是在那一刻意识到，自己或许是动了情。他忽然回想起那天母亲哭着对他说的话："我看到他的第一眼我就知道，这辈子我都无法从他身边逃开了……"

他或许还没到逃不开诗婳的地步，但恐怕也离那不远了。

一直以来，别人都在暗地里说他舒澄简直就是从他爸的模子里刻出来的，两父子都是花心浪子，可是这一刻他忽然明白，原来他根本不像他的父亲，而是像极了他的母亲。

　　一旦爱上了一个人，就是死心塌地。

　　所以后来，即使他明白沈诗婳心底根本没有自己，也完全不想放弃。他终于明白了母亲的想法，那就是即使爱的人不爱自己，也想把对方留在自己身边。

　　于是在知道诗婳与林锦旭分手后，他做出了很多尝试，但最后仍旧没能有结果，诗婳最终选择了重新回到林锦旭身边。

　　他内心深处是不想对诗婳放手的，可是现在在朋友圈里看着她与林锦旭互相体贴爱慕的样子，他又实在不忍心去打扰。

　　既然得不到，放在眼前看着心底又难受，那么自己便远离吧。于是他做出了辞职去国外的打算，但他并不是像父亲说的那样对自己的未来毫无规划。

　　他心底其实有很远大的商业目标，但这些年他一直被父亲束缚着手脚无法施展，所以他打算趁这次出国，靠自己的力量重新建立起属于自己的商业王国。

　　只是，这些事情他并不想告诉父亲，因为他根本打心底不信任父亲。他原本想悄无声息离开，却没想到自己要出国这件事让父亲如此愤怒，而母亲又因此受了牵连，被父亲骂得狗血喷头。

　　此时此刻，眼瞧着父亲对母亲的咒骂越来越难听，甚至马上就要对她动手了，舒澄终于再也忍不住，猛地站起来将父亲一把推开。

　　舒父没有反应过来，被他直接推倒在沙发上，顿时瞪大眼睛愤怒地看着他："你——你竟然敢对你父亲动手，你这个不孝的家伙！"

　　他则冷冰冰地看着父亲："天天在家里辱骂妻子，出轨不断，把所有过错都怪在无辜妻子身上的人，不配做我的父亲。"

"你说什么！"许是舒澄已经许久没有反抗过他，如今忽然看到舒澄如此狠绝的一面，舒父是既震惊又愤怒。

"我说你不配做我的父亲。"舒澄一字一顿地说，"你给我听好了，以后如果我再听到你骂我妈哪怕一个字，我一定不放过你，你要是不信，现在就可以试试。"

他一边说着，一边握紧了拳头。

或许是舒澄冷酷的样子太过吓人，而从脸上蜿蜒流下的那道血痕又进一步给他增添了几分凶狠，舒父是真的被骇住了。

舒父在沙发上愣了几秒，接着有些仓皇地站起身，留下一句"不孝逆子"，然后就摔门离开了家。

而舒澄在父亲离开后，则是长长地、无奈地叹了口气。因为他知道，虽然这已经是自己第无数次挺身而出保护母亲，但母亲绝对不会感激他，反而会怪他气走了好不容易回家的父亲。

却没想到这一回母亲没有怪他，而是把他拉到了沙发上，拿来了医药箱，红着眼睛为他处理额头上的伤口。

对于母亲这样的反应，舒澄不禁觉得有些奇怪，但他还没问她是怎么回事，反倒是母亲先开了口，她哽咽道："儿子，你最近是怎么了？回家了也不怎么说话，又忽然要辞职，是不是你生妈妈的气了，嫌妈妈太软弱没用？"

舒澄怔了怔，才说："不是的，妈，是我……自己遇到了一些感情上的问题，所以想出国散散心。不是你的错，你不要总是责怪自己。"

"原来是这样……"舒母听了，擦了擦眼泪，"儿子，妈妈知道这些年你为了妈妈过得很辛苦，这次你就在国外好好散心，不用管你爸爸，好吗？"

舒澄叹了口气，说："可我担心我走了他又骂你……"

"不会的，我答应你，以后我不会再那么软弱了。"舒母保证道，"以前是妈妈不好，只想着你爸爸从来没在意过你的感受。可是最近看你这么消极颓废，我才知道是我太忽视你了。妈妈以后会坚强起来的，好吗？"

这还是这么多年，舒澄第一次听母亲这么说。他内心顿时涌起一股难言的感受，让他这个很少流泪的人也渐渐红了眼眶。他捏了捏鼻子，问道："真的吗？妈你保证吗？"

舒母红着眼睛用力点头："我一定会坚强起来的。其实说实话……现在我已经没有那么爱你爸爸了，也许再过阵子，我会试着跟他分居。以前你一直劝我，我都听不进去，可是最近我想明白了，我这大半辈子都在为别人活着，以后我想更多为了自己去活。"

舒澄哽咽道："好。"

舒母将纱布在他的额头上缠好，说道："你就放心去散心吧，只是到了那边，也要经常跟妈妈联系好吗？"

"我一定会的。"舒澄连忙答应。

尽管身上受了伤，心底的伤口也还未痊愈，可是听着母亲对自己说出这番话，舒澄心中还是好受了许多。

几天后，他订好了前往美国的机票。

去往机场的路上，舒澄打开手机忽然发现诗婳在朋友圈里发了一张和林锦旭的合照。

照片上，林锦旭笑着吻在诗婳的侧脸上，而诗婳则一脸九余地看着镜头。任谁都能看出两人之间的甜蜜与幸福。

舒澄想了想，在下面评论了一句"祝你幸福"，然后便关掉了屏幕。

他是真心说这句话的。

舒澄想，就连他的母亲现在都能渐渐放下对父亲的迷恋，那么或许他也能渐渐忘记这个叫沈诗姵的姑娘。以后只需要知道她一切过得很好，便可以了。

　　舒澄不禁微微笑了笑，然后抬头望向窗外。

　　不远处的机场上，一架飞机正腾空而起，就仿佛他即将开始的崭新生活一样，一切都充满了希望。

（全文完）